人民艺术家·王蒙
创作70年全稿

讲谈编

对话录
（四）

争鸣传统

对话赵士林

王蒙夫妇和泰国诗琳通公主

目　录

前言 ································· 赵士林（1）

说儒 ··（1）
说道 ··（73）
说禅 ··（156）
中国的美 ····································（185）
中国人的文化性格 ····························（231）
中国人的宗教意识 ····························（264）

后记 ··（287）

前　言

赵士林

参加中国海洋大学组织的王蒙文化论著座谈会,我发言后,人民出版社总编辑辛广伟先生建议我和王蒙搞个对话。其实我和王蒙在各种场合经常对话,但对话出本书,却是出自辛总编的雅兴或者叫职业敏感。

于是有了这本书。

我们在这本书里谈些什么,这里不多啰嗦,给读者诸君留下些悬念吧!

我只说几句负责任的话。

若想长寿,你就和王蒙聊天吧!

王蒙就像一锅老汤,什么菜放进去都有滋有味儿。什么话题让王蒙一聊,顿时就妙趣横生。每次和他聊天,包括和他争论,我都是心旷神怡,忍俊不禁。

若想长见识,你就和王蒙聊天吧!

王蒙是最了解中国的人,人生、文化、政治、社会,种种议论,或电光石火,惊雷霹雳;或温婉如玉,行云流水。什么现象他都能探到背后的最深处。每次和他聊天,我都不能不做沉思貌,否则轻薄了他那些见识。

王蒙是大巫,我是小巫。小巫见大巫,自然深浅共存,瑕瑜互见。

请读者诸君品鉴。

我不赞成王蒙的很多看法,他也不同意我的很多观点,因此有书中的异议、争论、交锋,这使本书充满了张力。除了王蒙的横溢才华,这种张力,这些不争之争、似争非争、确乎力争,大概是这本书的看点吧!

2018年初秋于长春南湖

说　　儒

一　儒家的二重性

赵士林:王老师好!承蒙辛总编提议,我们搞一个对谈,对谈的主题是传统文化。先请王老师发表高见。

王蒙:赵教授客气。传统文化博而恒,深而难言,我们就先从儒家孔孟之道说起吧!我认为,孔孟之道在中国的作用可以从几个方面讨论:

第一,文化立国。以文化的名义取得、掌有与行使国家权力。"为政以德,譬如北辰,居其所而众星共之。"权力的名义在于德,在于"合道性"(那时不可能讲到什么"合法性")。"内圣外王",圣是王的根基。"天下唯有德者居之"。大舜得天下,首在于奇葩之孝。改朝换代时,被颠覆的君王都是无道昏君。而开国皇帝都是德行超人。以上道呀、德呀、圣呀、孝呀都是文化范畴,旧中国的权力系统行事,多半以文化的名义。巩固权力第一,稳固权力要讲文化,推翻权力也要讲文化。例如,骆宾王起草的讨伐武则天的檄文,也是以文化的名义。"入门见嫉,蛾眉不肯让人;掩袖工谗,狐媚偏能惑主。践元后于翚翟,陷吾君于聚麀。加以虺蜴为心,豺狼成性,近狎邪僻,残害忠良……"洋洋洒洒,蔚为大观。

第二,文化治国。君王的使命首先在于教化。"道之以政,齐之以刑,民免而无耻。道之以德,齐之以礼,有耻且格。"就是说,仅仅靠行政与政法手段,虽然能抑制犯罪或犯上作乱,却仍然不能从人心的源头解决问题。只有"君君、臣臣、父父、子子",就是说承认尊卑长幼的秩序,以道德引领,以礼敬文化规范,才能治国安邦,天下太平。

第三,文化监督。做皇帝君王,在中国谈何容易?无道、缺德、好色、昏庸、近小人而远君子,都是封建权力系统被挑战、被颠覆、被消灭即造反有理的文化依据。包括杀富济贫、开仓放粮,都有"天之道,损有余而补不足"之类的文化依据。所以自古有"谏"的传统,也有所谓"道统"。自古以来,说一不二,权力绝对化的大帝乃至暴君是极少数;窝囊皇帝有一点,不算太多;开明仁爱、虚怀若谷的皇帝也还是少数;成为帝王文化的代表符号,又受到文化的约束与监督,同时利用道德文化的名义强化统治的帝王则不少。

第四,礼失求诸野。儒家理想,常常不能实现,但仍然活在一般老百姓的心中。文化出自现实,但不完全等同现实,它也是一种理想理念,全球都是如此。即使没有实现,你也未必能就此灭绝此种文化。忠孝节义,更是活在中国各类戏曲曲艺节目之中。"五四"以来,对于儒家的批评很成气候,仍然无法彻底消除影响。

第五,儒家的大同为公、仁义道德、自强不息、学而不厌、见贤思齐、坦荡荡的君子精神,永远推动着我们。同时,儒学的陈陈相因、寻章摘句、束缚思想、空谈误国的糟粕,治天下的牛皮信口吹嘘,也必须扬弃。至于某些歧视妇女、轻视劳动者的说法,更是糟粕中的糟粕了。

赵士林:文化立国、文化治国、文化监督的概括从某种角度上讲很精当,它揭示了儒家以内圣开外王,特别强调人文精神的政治理念。

但是在我看来,中华传统文化的代表形态——儒学,它的政治文化诉求、它的意识形态功能具有两重性。一方面它强调以"道统"制约"政统",以儒家政治理想规范国家政治权力,讲社会责任,讲道德义务,讲批评意识,讲担当勇气,讲抗议精神。从孔子的"修文德以来之""善人为邦百年,亦可以胜残去杀",孟子的"民贵君轻",荀子的"从道不从君"到董仲舒的"尧舜不擅移,汤武不专杀",范仲淹的"先天下之忧而忧",朱熹的"格正君心",王阳明的"破心中贼",一直到顾炎武的"天下兴亡,匹夫有责",王夫之的"以天下论者,必循天下之公",在历史上留下了崇高悲壮的身影。但另一方面,儒家意识形态的负面性同样在历史上留下了十分恶劣的影响。和"道统"抗衡"政统"相对应,"道统"配合"政统"、"道统"和"政统"同构、"道统"为"政统"提供意识形态辩解,乃至体制化儒生强化、固化专制制度的种种努力,对两千年专制帝国的所谓超稳定性,发挥了不可或缺的作用。孔子的"吾从周"、孟子的为政"不得罪于巨室",固然是对原始宗法社会遗留的血缘亲情人道主义政治楷模的合情合理的向往,但他们的政治倾向体现出来的向后看的保守性也毋庸置疑。到了荀子,则明确地强化"政统"的权威,即所谓隆君权。荀子坚决否认上古社会的禅让,他的理由是,"天子者势位至尊",不可能发生尧舜禅让的事情。

汉儒开始为专制帝国大规模地成系统地提供意识形态的服务。有的儒生如叔孙通为了进入体制,不惜违背儒家根本原则,用秦制为刘邦定朝仪,搞得刘邦喜出望外:"吾乃今日知为皇帝之贵也。"尽管当时有很多儒生不以为然,后来朱熹也严厉批评叔孙通的朝仪,说它"只是秦人尊君卑臣之法",但是这套朝仪还是两千年一以贯之。叔孙通更主张:"人主无过举。"皇帝永远没错儿,后来成了皇帝的金科玉律。所谓"只有臣错,没有君错"。一位大儒就这样从硬件到软件为专制皇权做了意识形态的出色服务。

另一位著名大儒公孙弘除了为汉帝国帮意识形态的忙,还以其个人品性从另一个角度代表了小人儒出卖原则、虚伪无耻的丑陋面目。

《史记》评公孙弘,说他:"不肯面折庭争……习文法吏事,而又缘饰以儒术……尝与公卿约议,至上前,皆倍其约以顺上旨。"

因此辕固生警告公孙弘:"公孙子,务正学以言,无曲学以阿世。"

曲学以阿世,枉道以从势,正是后世体制化儒家的常规表现。

汉代第一大儒董仲舒尽管强调以德治国,坚守儒家的道义立场,但也是他确立了尊君卑臣、君权绝对的意识形态建构,这个建构是通过儒法互用来实现的。著名的三纲之说就是儒法互用的最著名的成果。董仲舒说:"王道之三纲,可求于天。"三纲之说原来出自法家,韩非说:"臣事君,子事父,妻事夫,三者顺则天下治,三者逆则天下乱。"

尽管董仲舒的春秋决狱试图冲淡法家严刑酷法的狰狞,"任德教而不任刑",但也是他为诛心、腹诽式审判提供了意识形态根据。诛心、腹诽在某种意义上说其实更恶劣。

董仲舒对君权的伸张,根据也在韩非。韩非称:"有功则君有其贤,有过则臣任其罪。"董仲舒则说:"善皆归于君,恶皆归于臣。""臣有恶,君名美。故忠臣不显谏,欲其由君出也。"

总之,"天下无不是的君王",原始儒家那里的君臣关系相对论,君臣各司其职论,特别是"民贵君轻"的儒学左派的原始民主的意识形态,到了董仲舒这里,终于蜕变成君权绝对的专制帝国的官方意识形态。

二　修身之学和利禄之学

王蒙: 儒学成为封建中国的主流思想,于是明君昏君,忠臣奸臣,勇将孱头,君子小人,活儒学大家与僵死不通的"寻章摘句老雕虫",各种区分、分析都出来了。更不要说智者愚者、常人奇葩了,秦始皇以后的人都要以仁义道德、孝悌忠信的名义做事,都打一点孔孟的旗号。秦桧诬告岳飞,也自认为是忠,它符合了偏安南宋的皇帝的利益。岳飞坚持抗金,当然也是忠。王安石变法是儒,苏东坡反对变法,还是儒。这究竟是儒学的问题与后果呢,还是人心不同,各如其面的结果呢?很简单、很通俗的一个道理:意识形态不能完全决定一个人的道德品质。有马克思主义就有假马克思主义,有革命就有反革命与假革命,即以革命之名义而营私者;有和尚就有花和尚,有传教士就有以传教为名的间谍与文化侵略者。

毛泽东、鲁迅都对儒学有严厉的批评。前者说儒学否定秦始皇,但汉以后的所有君王学的都是秦始皇。后者则认为仁义道德字里行间,写着的是"吃人"。但是,既然难以实现,既然不如法家实惠与有利于权力,为什么历代帝王还都是宣扬儒学呢?

原因在于,恰恰是百姓大众,他们喜欢儒学的说法,而不是法家的"严而少恩"的说法,也不是老子的以万物为刍狗、以百姓为刍狗的说法。儒家从孝悌讲起,从人之初性本善讲起,从老吾老以及人之老讲起,多么平易,多么亲切,多么温馨!

一个有趣的事实是,帝王应该做得好,也应该想得好,说得好,表达宣扬好。言过其实,言未成实,言高手低,可能是虚伪欺骗,也可能是愿望太高太理想,有待变成现实。封建社会对于意识形态的讲求与推敲当然与此后不能比拟。他们知道什么话更合乎民心民意,他们也要表达一点情怀理想,这不是绝对的坏事。顺便说一下,一提帝王就痛斥个体无完肤,恐怕不符合历史主义。

赵士林:帝王当然也不一样。不过在我看来,由于制度的侵蚀,权力的扭曲,古代的帝王中,仁君寥若晨星,明君少之又少,昏君很多,暴君不少。由于大权在握,帝王对历史进程影响往往是决定性的。由于权力缺乏有效制约,帝王对国家命运的左右往往是灾难性的。另外,这里讲的帝王,是古代政治结构的金字塔尖,可以不理解为个别帝王。这里主要是指出儒家面对传统政治结构的基本立场和态度。

儒学蜕变成君权绝对的专制帝国的官方意识形态,同时颠覆的就是"天下为公"的意识形态传统。

西周初年讲"天视自我民视",有法家倾向的管仲都认为天的意志就是黎民百姓的意志。

例如他和齐桓公的对话。齐桓公问管仲曰:"王者何贵?"管仲曰:"贵天。"齐桓公仰望天空。管仲又说:这个天非苍苍之天,而是指百姓。

"天下为公"的观念到了战国末期还是正统意识形态。吕不韦称:"天下非一人之天下。"齐王建面对阻止他去秦国做投降之旅的侍卫长,也承认,齐国乃齐国百姓之齐国。就连那个要二世、三世、千万世家天下的秦始皇,也不敢公然颠覆这个意识形态,他竟然也说出了这样的话:"吾德出于五帝,吾将官天下,谁可使代我后者?"

但是,到了董仲舒这里,关系就变得曲折复杂了。他主张:屈民而伸君,屈君而伸天。民和天的关系就被君隔断了,这其实是一种倒退,从西周讲的"天命无常"倒退到"绝地天通",就是从天意直接代表民意倒退到天子代表天意,尽管董仲舒也讲"屈君而伸天",要用天来制约君,但是说起来容易做起来难,他真的要屈君而伸天了,就差点要了自己的命。

另一方面,由于"罢黜百家,独尊儒术",儒家堂而皇之地独占意识形态的解释权,从孔子开始的为己之学变成了为人之学,治己之学变成了治人之学,修身之学变成了利禄之学,也就开始了空前的堕落历程,儒家主张的很多道德理念都成了利禄之具,成了捞取功名利禄的手段。例如孝,在汉代由私德变成了公德,所谓以孝治天下,大孝子有官做,孝就成了典型的利禄之具。于是出现了很多"察孝廉,父别居"的伪君子。孝成为功名手段,不能不流于虚伪。汉末有守孝秀,守孝长达二三十年,从而引发魏晋"越名教而任自然"的反弹。

三 "政统"吞并"道统"

王蒙：有堕落也有坚持，有停滞也有发展，有黑暗也有辉煌，有曲折也有突围。宋明儒学、理学、心学、实学，都有一定发展。如果一派急剧堕落，一口气堕落几千年，居然至今没有灭亡也不能说是停滞，居然能混到二十世纪还显出了些影响力与自强势头，也似乎不合常理，尤其是经过五四运动的急风暴雨的洗礼，经过鲁迅与胡适的批判，经过毛泽东的清算，置之死地而后生，儒家与"孔家店"反而在21世纪又有新活力出现，又有例如杜维明的"新儒学"的提倡，又有近二十年的儒家经典包括《三字经》《弟子规》等的升温。

至于中国社会近现代的遭遇列强、遭遇世界、遭遇现代化，发生革命高潮，发生某些歧义，既有巨大发展，也有众多的新挑战新问题，饱经曲折挫折经验教训，付出了不小的代价，其责任孔孟能担负多少，董仲舒能担负多少，清朝皇帝能担负多少，我们只能清醒客观地评议，谁也不宜简单地下结论。

赵士林：现代新儒家的最重要的理论代表应该是梁漱溟、熊十力、冯友兰、牟宗三，还有马一浮、方东美、钱穆、徐复观等也为现代新儒家的学术建设作出了杰出的贡献。杜维明是现代新儒家的著名代表，他同时还是宣传家、社会活动家，他对现代新儒学的推广功不可没。让我回过头来继续梳理。唐代有些不一样，文化生态是儒、释、道平行发展，儒家地位下降。在唐代，佛家理论发展得最辉煌，但是道家地位最高，这有政治考虑。唐朝皇帝和老子攀亲，老子姓李，我们也姓李，老子是我们的老祖宗，追封老子为"太上玄元皇帝"，不外乎是给自己的统治增加神圣性。但从唐太宗开始的唐朝皇帝绝对不会忘记儒家的意识形态主导地位。唐太宗最重视《五经正义》，推崇编者孔颖达为"关西孔子"。孔颖达作为大儒则大谈逆取顺守，为太宗逼父弑兄抹平。唐玄宗亲自注《孝经》，看中的自然是君子之事亲孝,故忠可移于君。看大儒韩愈提供的意识形态:"君者,出令者也;臣者,行君之令而致之民者也;民者,出粟米麻丝、作器皿、通货财,以事其上者也。""民不出粟米麻丝、作器皿、通货财,以事其上,则诛。"

这简直已经透出法家杀气腾腾的气味了。

宋、元、明不用说了,四书成为科举考试的教科书,存天理,灭人欲,只有臣错,没有君错,君王圣明,臣罪当诛,宋明理学的意识形态配合朱元璋这样的独裁者,将君权绝对推向顶峰。到了清代,终于有理学名臣李光地希望"治统"与"道统"在康熙那里合二为一。"政统"吞并"道统",外王吞并内圣,康熙是由王而圣,而不是由圣而王,程序完全颠倒了。

儒家意识形态具有二重性,"道统"制衡"政统"的一面和"道统"配合"政统"的一面,但由于专制皇权的政治淫威和利益诱惑,后一面却是主流。尽管出现了一些君子儒不惮危难,体现了儒家的抗议精神和担当精神,但更多的还是小人儒投靠体制,沆瀣一气,助纣为虐,成了两千年皇权专制的黏合剂。

想想看,东汉党锢、北宋元祐、南宋伪学、明末东林、清代文字狱,操盘者哪一次不是饱读五经的士大夫?

四 儒学的意识形态性

王蒙:是儒家决定了制度与事件,还是制度与事件影响了儒家的走向?是饱读五经读出了权力的威风还是权力的存在与或正或负的运作,对经史子集产生了某种影响,还是经史子集在产生着权力,还是二者皆是?如果没有权力,也没有经史子集,就好了吗?

政治是充满了权力之争的,政治离得开权力吗?学者的政治、专家的政治、理念的政治与书斋的政治,或者假设的没有任何权力的素王、慈善家来搞政治,是不是更纯粹的政治?但是不是也是更不接地气的空头政治呢?政治离不开权力,就像爱情离不开性关系一样,有柏拉图式的爱情,而在老舍的《茶馆》里描写了太监也要娶妻。那是更清高,还是更不近人情、更恶劣?

古代中国的经史子集,尤其是经,与现代所说的意识形态是一回事吗?古代中国的经书,真正统一过国人的思想与生活方式吗?

中国毕竟是一个大国、古国,它千辛万苦,置之死地而后生,终于取得了今天的气象。它的文化如果只有千疮百孔,只有单线与直线堕落、腐烂、僵硬、愚蠢、恶劣,能够活下来并且大有发展吗?

赵士林:经当然不就是意识形态。这涉及学术思想和意识形态的关系。确实有一种看法,将学术思想和意识形态混为一谈。甚至有人认为全部思想文化都是意识形态,比较极端的如著名的福柯。余英时先生曾撰文反对这种泛意识形态的看法,强调学术的客观性和独立性,这里也包括儒学。但是,儒学作为伦理政治学,确实天然地就具有意识形态品格,特别汉以后儒学成为官学之后,儒学的意识形态功能就更加突出了。

另外,我当然不是绝对否定权力运作。政治当然就是权力的运作。没有政治权力的运作也不会有历史和文明。但是,当我们讨论儒家意识形态的负面性时,自然要和专制皇权的负面性联系起来考察。

五 孝悌是逻辑起点

赵士林:注意到您在《天下归仁》中对《论语》按照义理重新做了归类,我觉得这个尝试很有意义。《论语》本为散乱的语录体,各篇之间,各段之间,杂乱无章,了无头绪,似乎非常随意。《孟子》作为对话体也有这个问题。《荀子》是独立成篇的论文了,情况好得多,但也很难说各章之间有紧密的逻辑联系。有人认为,《论语》首"学而",尾"尧曰"有紧密呼应,未免牵强。有人认为《论语》开篇"学而",《荀子》开篇"劝学",表明儒家重学,因此孔荀开篇都论学习,其实也属凑巧。《论语》开篇尽管是"学而",这篇讨论的重点恰好不是学习。李零说自己读《论语》有一种读法是"以概念为线索,打乱原书顺序,横读《论语》",您对《论语》按照义理重新归类,可谓同类尝试。这个尝试的好处是能够以义理为线索将杂乱无章的《论语》整理成逻辑清晰的思想形态,并有利于凸显《论语》的问题意识。

赞赏您对《论语》的义理归类将"孝悌而仁"列为首位,以孔子为首席代表的儒家伦理政治学,正是以"孝悌"作为逻辑起点。您认为孔子从"孝悌"开始的道德建设"是一个美好的,甚至略带天真的思路",这有很大的讨论空间。梳理一下"孝"这个道德范畴的来龙去脉,对今天的道德文化建设乃至政治文化建设,仍有很大意义。

孔子将"孝悌"作为道德建设甚至政治运作的基石,有着实实在在的历史根据。就拿孝来说,甲骨文和金文中,孝和老相通,孟子所谓"老吾老以及人之老"的第一个"老"就和"孝"通用,它恰好是上古氏族社会的遗风。上古社会,对于氏族的生存来说,经验最为重要,而老人当然是经验的象征,孝所要求的对老人的尊重和服从,正是对经验的尊重和服从。无论是原初的宗教意义还是衍生的人文意义,无论是祭祀祖先还是"善事父母",孝这个后世看来融汇了温情脉脉的血缘亲情的道德规范,其实出自严峻的生存需要,有着沉重的历史内涵。孔子化礼为仁,以仁释礼,就将孝从上古最重要的宗教政治活动(礼)转化为最重要的人性心理、道德诉求(仁)。所谓孔门仁学将孝作为第一个伦理诉求,作为道德基石,其实有深入的思考。它有着生物学和人类学的依据。

王蒙:我的印象里,孔孟的解释更多的是将孝悌视为先验的、天生的、本来的善性。老子也是这样的,他问的"能婴儿乎?"也说明了他对性善的认可。悌,是不是也指弟弟?那就不仅是对兄长的态度了,时至今日,则似更可强调它提倡兄弟姐妹间的友爱的含义了。

孝是从宗教政治之礼转化为人性心理道德诉求的?这可能是从孔子的贡献角度来谈的吧?更早的上溯,是不是可以反过来,因为人天然地、天生地有这样的人性心理与道德诉求,才在更古的时期——是不是西周——成为宗教政治活动之礼的?这就超出了我的知识边界了。

一般地说,性情在先,文化在后,由文化而引领规范性情,变成社会主流,变成帝王意志在更后。然后,一是性情得到了文化的充实与保证,二是文化变成了性情的装饰与程式,变成作伪与作秀也极其可能。所以老子反对。

正像男女之性情出于自然而然,才有婚姻的保证与某些规范。有了保证规范,出现了许多白头到老的至爱家庭,也出现了各种痛苦、虚伪、麻烦。

当然反过来说,婚姻法律,婚姻前景也推动了男女相爱,以及相爱中的利益保证与利益平衡,例如婚姻导致的财产与名誉地位共享。但对于一般的婚姻来说,总是自然的相吸相恋在先,恋爱比婚姻手续更原生、更加第一性。同样,爱子女与爱父母的天性、情感在先,是第一性的,其他关于孝的种种强调、说法与意识形态建设,远远在后面。

六　立爱自亲始

赵士林:儒家讲的仁,发端于我们身边最普通的血缘亲情,也就是对父母兄弟、对亲人的爱。这就是孔子说的"立爱自亲始"。意思是说,爱这种感情的培育,是从爱亲人开始的。而爱亲人的核心,就是一个"孝"。

因此,《论语》开篇就说:"孝悌也者,其为仁之本欤!"一句话,就道出了儒家以血缘亲情为基础来建立道德体系的根本诉求。"孝"是对父母的敬爱之情,"悌"是对兄长的敬爱之情。"孝"是纵的要求,"悌"是横的规范。"孝"和"悌"两个出自血缘亲情的自然纽带,一纵一横,就为人间的道德秩序确立了经和纬。其中尤以孝为道德的基石。孔子认为孝是仁的根本,或者说是仁的出发点。

例如有一次，孔子的学生宰予对父母逝世后子女守孝三年的习俗提出质疑，说是守孝长达三年很耽误事，一年就足够了。孔子就批评宰予"不仁"，并提出理由说："子生三年，然后免于父母之怀，夫三年之丧，天下之通丧也。予也有三年之爱于其父母乎？"

用今天的话说，就是："小孩子三岁了，才离开父母的怀抱。因此，父母去世，为他们守丧三年是天下人都尊奉的规矩。你宰予难道不是直到三岁时，还被父母搂在怀里疼爱吗？"

孔子这个说法今天看来仍然不错。今天的小孩子也是三岁才上幼儿园，才算离开了父母的怀抱。

但是，守孝长达三年的做法肯定会严重地影响正常的生产和生活。这三年之丧怎么守？在父母坟旁搭个小草房，披麻戴孝，戒酒戒肉戒娱乐，想听听音乐是绝对不行的，同时还要戒掉性生活，结了婚的夫妻要分居。有工作的得请长假，甚至干脆就辞了职。后世为了照顾官员回家为父母守三年之丧，还专门设计了一个制度，叫"丁忧"，非常像今天的停薪留职。这样守孝长达三年之久，要耽误多少事？耽误多少孩子？那个时代，每个国家都格外重视人口的繁衍，耽误孩子可不是小问题。因此对三年之丧，不光是孔子的学生宰予有意见，专门和儒家PK的墨家更是坚决反对。这在今天当然已经是一个不存在的问题。但通过孔子的批评我们可以发现，他判断"仁"或者"不仁"的最重要的根据就是对待父母的态度，对待父母之恩要真诚地感恩，要充分地回报，这就是孝，这就是仁。不孝敬父母就是不仁。

王蒙：你的纵横说很好。恰恰是孔子此议似可证明我的小儿科的理解。为什么孝？因为喂他奶，因为抱着他，因为把屎把尿、喂汤喂药，照顾他的生命，因为他先学会的话是爸爸妈妈。圣人把孝变为文化、美德、礼法、仪式，老子觉得是多此一举。但是孔子还好，他提出"色难"，注意心情与态度。

儒家的特点是循环论证，这在逻辑上有瑕疵，加上信仰主义的特色就讲得通畅了。它强调礼义（绝对不能写成礼仪）文化，强调仁义道德，强调为政以德，根基在于家人自然而然的孝悌情感。孝悌才能齐家。亲情的根源是天性、性善、天生如此，天命天性天良天道，恻隐之心、辞让之心、羞恶之心、是非之心都是天性，就是说性善的根基在天，性与道的根据在天。为政的原则是顺性，是教化，是以德。顺性就是顺天，是郁郁乎文哉；天意的表现在民，天心就是道心，就是仁心，就是正气，就是民心；得民心者得天下，得天下就是王天下、平天下，就是圣人，就是王道仁政，就是从修身到齐家到治国到天下太平。这一大套论证中，核心判断是性善，它的说服力、感染力、普及力、通俗性与对权力的实用性，对百姓的安抚性，也在性善。

也就是说，天命、生命产生了、决定了性善，性善产生了孝悌忠信礼义廉耻等美德，性善形成了天道，修养、把持这样的天道就是教育，能够给人间带来天道的教化与示范的是圣人，圣人的一切作为与功能也就是德（合道性）。功德性是权力的依据，权力的运用就是为政以德，德的规范、外在表现与行为方式构成了礼法，礼法构成了秩序，秩序带来了天下太平，安居乐业。

七　道德建设的基石

赵士林：做人首先要孝顺。把"孝"作为人生头等大事，这是中国文化的特色，因此中国的传统文化在一定意义上又被称为"孝文化"。不仅儒家讲孝，就是专门和儒家过不去的道家也不否认孝。老子说："绝仁弃义，民复孝慈"，显然也是在主张孝，不过是声明儒家谈仁说义那一套非但不能使人"孝"，反而是"孝"的障碍。这体现了儒道两家人生观的重大差异。儒家人生观强调尽伦理，道家人生观强调任自然。老子还说："六亲不和有孝慈"，这也不是否认"孝"，这句话同样是在抨击儒家的谈仁说义恰好造成虚伪做作，从而破坏自然，导致"六亲不和"，这个时候才感觉到、认识到"孝慈"的可贵。

一个和睦的人家,并不需要天天把孝挂在嘴边上。徐复观曾指出"老子所反对的,是把仁义孝慈等当诈教条;而并非反对其自然地流露",这个看法很有道理。

为什么大家都认同"孝"这个道德要求,就连十恶不赦的强盗,也可能十分孝顺?就因为孝是对你生命之源的感恩,是对人世间最伟大、最无私的一种情感的回报。

儒家把人类全部道德建设的基石,就放在这种感恩和回报上,所以《论语》才说"孝悌也者,其为仁之本欤",民间谚语也有所谓"百善孝为先"。

王蒙:遗憾的是,恰恰有一些贪官、恶人、汉奸,以大孝子而标榜、而著名。例如大汉奸周佛海,就到处标榜自己的孝子特色。1944年他的母亲去世,国民党特务头子戴笠居然披麻戴孝代周汉奸完成孝子送终义务,据说还因此感动了周,使周与军统有所合作。戴笠的所为,背后则有蒋的指使。这样的孝道,滑稽又不无动人处。孝而至斯,夫复何言?

这说明私德并不能代替或决定公德,对父母行孝道也不能等于他在天地、国家、社会层面注定会无伤无咎,同时,这也说明仅仅靠天性,不足以应对历史的考验与挑战。因公认的正确性而孝顺父母毕竟是好办的,能应对历史的、社会的、国家民族的与人类的使命与考验,则非易事。

八　韩非子对孝的质疑

赵士林:当然,也有人不同意儒家对血缘亲情的强调,反对以血缘亲情来解释人类道德的起源。由于经济的、政治的、文化的多种原因,从历史到现实,确乎也不断出现违反伦理亲情的言论和现象。如先秦法家代表韩非子就说:"父母之于子也,产男则相贺,产女则杀之。此俱出父母之怀衽,然男子受贺,女子杀之者,虑其后便、计之长利也。故父母之于子也,犹用计算之心以相待也……"

翻译成今天的话就是,谈到父母和子女的关系,生了男孩就奔走相贺,生了女孩竟然杀掉她。男孩、女孩都是父母的亲骨肉,为什么那样喜欢男孩,却那样狠心地对待女孩呢?原因就在于考虑到以后长久的经济利益。韩非子得出结论说:看来父母和子女之间,没什么亲不亲的,也全都是利害计较,也不过是一种算账关系。

这是典型的重男轻女,它形成于中国古代农业社会,就是到了今天也没有完全绝迹。我们不是还经常地听到、看到有关溺死女婴的报道吗?俗话说,有狠心儿女,没有狠心爹娘,看来不完全是这么回事。那些杀害自己亲生女儿的爹娘该是多么狠毒啊!然而,这样一种基于利害考虑的选择显然不是出自伦理亲情的本性,相反,它完全违背了伦理亲情和人类的善根,是对人性的亵渎,是对父母之爱的伤害。父母和子女的关系当然也有经济的一面,所谓"养儿防老"。特别是古代社会,那个时候又没有保险公司,生一个儿子就等于上了一份养老保险。但是,这种经济的打算显然不能吞没血缘亲情。例如一个年轻的母亲给新生的孩子喂奶时,她绝不会一边喂奶一边在心里记账:"这口奶值多少钱,那口奶值多少钱。以后你都得还给我",她的心中,只是充满了无边的温暖、甜蜜和幸福。一个真正的孝子,也不会心里老惦记着老爸老妈的存折。

王蒙:孝道来自天性,天性来自本能。我们观察一下动物,哺乳类动物的母性对于幼崽是爱护备至的,不是出于道德而是出于生物延续生命的本能。鸟类卵生,对于新孵出来的幼鸟也爱护有加。我在新疆农村也养过鸡,看到辛辛苦苦孵育出雏鸡来的母鸡找着食物叫"儿女"们来吃,而自身骨瘦如柴地饿在一边,还有燕子嘴对嘴把小虫子喂给雏燕的情景也令人十分感动。小鸡、小燕一长大,立即与母亲拜拜,互不在意。说明动物本能只有它们长成前的上一代的慈爱,至于孝道,除所谓乌鸦反哺外无其他例证可言,羊羔跪乳,多半是人类的附会。羊羔之跪不是行礼,而是为了吃母奶的方便。

孝道的形成离不开天性，同时也离不开社会性。马克思强调人的本质是一切社会关系的总和。亲子间的感情抒发是自然的，也是其乐融融的。同时，亲子的和睦与深情有助于社会的稳定，有助于解决社会的养老与经验传承、教育任务。而每个人的命运也会与自己的父母、自己的子女具有密切的关系。有拼爹的，有家学渊源和书香门第的，还有因子女而光耀门庭、光宗耀祖的。多数情况下，你慈我孝，有利于本人，有利于社会。

九　孔融对父子亲情的质疑

赵士林：将自然的血缘亲情、动物性的本能上升为社会的伦理规范，这正是儒家的贡献。孝的弘扬，就是典型体现。因此，颠覆孝的伦理亲情的言论总是显得大逆不道。否认父母和子女的伦理亲情，还有一个著名的例子，就是相传孔融说过的话："父之于子当有何亲？论其本意，实为情欲发耳。子之于母亦复奚为？譬如寄物瓶中，出则离矣。"

意思是说，父亲对于孩子有什么亲不亲的，按父亲本来的意思，当初不过是发泄自己的性欲，孩子不过是他发泄性欲的副产品罢了。孩子和母亲又是什么关系？那就好像什么东西放在瓶子里，把那个东西从瓶子里拿出来了，那个东西也就和瓶子没有关系了。

这段话究竟是不是孔融所说，非常可疑。孔融是孔子的二十代孙，从小就十分仁义，四岁让梨的故事家喻户晓，长大了也是个著名的大孝子，十三岁时母亲去世了，他哭得死去活来，眼泪哭干了，血都流了出来。一个这样孝顺的人怎么能说出那样的话？原来孔融在政治上反对曹操，嘴还非常厉害，经常让曹操下不来台。例如曹操禁酒，理由是酒能乱性。孔融立刻讽刺他，为什么不禁色？色也能乱性啊！搞得曹操尴尬不堪。曹操要找个借口杀害孔融，就命令他的一个部下叫路粹的编造罪名，这段话应该是路粹在陷害孔融时编造的罪名。我们且不用过多地追究这段话究竟是否孔融所说。就这段话本身来说,它对父母与儿女的关系那样评价,也不能说全无道理。父母和子女的关系也有生理的一面。但那段话的问题是把父母和子女的关系极端地动物化、本能化、生理化、低级化,完全无视父母与孩子之间的骨肉亲情、伦理温爱,它的逆情悖理显然是十分荒唐、十分有害的。

王蒙:孝道也是一种感恩之情,感恩之道。无视孝道,是不可取的。把孝道忽悠得惊天动地,也讨嫌。二十四孝中的为母埋儿啦,卧冰求鲤啦,脱光了喂蚊子啦,就庸俗不堪,不足为训,父母在不远游之类的前现代说法,也早已不合时宜了。

十 二十四孝的不合情理

赵士林:鲁迅早就尖刻地挖苦过二十四孝里不合情理的故事。可叹的是,今天"国学热"中,还有人不加分析地宣传那些不合情理的故事。什么老莱娱亲、郭巨埋儿、王祥卧鱼等等。这其实是化精华为糟粕。这样继承传统是把中国人往沟里带。

王蒙:说得好,我们弘扬传统文化是为了前进与提升,为了更智慧更先进,不是为了钻入沟壑,不是为了回到纪元前的尧舜西周。当然,古人其实相当高明,但是今人泥古,就不是聪明选择了。

十一 和基督教的比较

赵士林:其实,建立在血缘亲情之上的"孝",是人类道德的本原,是人类的善根所在。因此,"孝"文化尽管是中国传统,但是又具有世界性的普遍意义。

世界上很多属于不同文化系统的不同民族,通过自己的人生体验,也都肯定了孝的意义和价值。例如西方文化。我们知道,西方文化的精神背景、信仰支柱是基督教。基督教的价值取向与儒家的价值取向有很大差异。基督教也讲爱,所谓"信、望、爱"是基督教的三大理念,但基督教讲的爱和儒家讲的爱就有巨大差异。基督教讲的爱来自上帝。《圣经》上这样说:"上帝就是爱。"

教堂里牧师布道,经常对信徒呼吁:爱人者,有福了!为什么?因为爱人是响应了上帝的号召,遵循了上帝的命令。儒家讲的爱就大大不同,前面说过,儒家讲的爱生发于血缘亲情,因此孔子讲"立爱自亲始"。一个讲爱来自于亲情,一个讲爱来自于上帝,这就大不一样。不仅如此,基督教讲的爱和儒家讲的爱甚至还有对立的一面。例如《圣经》说:"爱父母过于爱我的,不配做我的门徒;爱儿女过于爱我的,不配做我的门徒",这和儒家强调伦理血亲价值至上正好对立。

《圣经·马太福音》有一段记载特别能说明问题:

> 耶稣还对众人说话的时候,不料他母亲和他弟兄站在外边,要与他说话。有人告诉他说:"看哪!你母亲和你弟兄站在外边,要与你说话。"
>
> 他却回答那人说:"谁是我的母亲?谁是我的弟兄?"
>
> 然后就伸手指着门徒,说:"看哪!我的母亲,我的弟兄。凡遵行我天父旨意的人,就是我的弟兄姐妹和母亲了。"

基督教主张人人在上帝面前都是兄弟,每个人都是上帝的孩子,到了教堂里,不管你是几代人,大家彼此都是兄弟,大家都是上帝的孩子。

中国人对这就很难理解,很难接受。当然我这样讲,绝不是说基督教主张打爹骂娘。实际上,就在《圣经·旧约》的"摩西十诫"中,第五条也主张孝敬父母。但是,在基督教的价值序列中,孝绝对没有价值基石、价值源泉的地位,基督教的全部价值的源泉都在上帝,上帝是万有的创造者,也是一切价值的建构者。

而在儒家的价值序列中,孝却具有源泉、基础、前提的意义。但是尽管如此,基督教到了中国,也十分重视中国的孝文化,也欣然接受儒家讲的孝。

我们都知道比尔·盖茨,说起来,比尔·盖茨是位虔诚的基督徒,十几岁背《圣经》,一背背上七八万字。但是这么一位虔诚的基督徒,他对中国人讲的孝,也有十分深厚的感受和认同。例如一次,一家叫《机会》杂志的记者采访他,向他提出一个问题:"你认为什么最不能等待?"

《机会》杂志的记者以为比尔·盖茨一定会回答:"机会不能等待",商机稍纵即逝嘛!但比尔·盖茨这样回答他:"孝,是不能等待的。"

这使人很自然地想起中国的谚语:"树欲静而风不止,子欲养而亲不待。"

十二 孝和忠的关系

王蒙:"五四"时期的中国处于一个特殊的时期,新旧文化、新旧思想斗争激烈,在巴金的"激流三部曲"《家》《春》《秋》中,孝是一个令人痛心疾首的字眼。正是在孝道的要求下,高老太爷成为扼杀青春、扼杀爱情、扼杀生活的僵尸与阎王。而大哥高觉新也是在孝道的要求下,先是毁了梅表姐,又紧接着毁了瑞珏。也是这个时期,鲁迅激昂慷慨地批判了二十四孝。我们不应该忘记这段历史。

赵士林:没错。必须指出,"孝"在历史上也曾经被统治者利用,成为专制统治的手段。这就涉及忠和孝的关系。统治者纯粹从政治功利出发强调儒家"孝"的道德要求,他们提倡对父母尽"孝"的目的完全是对皇帝尽"忠",通过对父母的孝来保证对帝王的忠,并且进而用对帝王的忠来压倒对父母的孝,对于专制帝王来说,孝不过是手段,忠才是目的。在他们看来,君权就是父权的放大,臣子应该像在家里对父母尽孝一样,在朝廷对皇帝尽忠。所谓"忠臣出于孝子之门"。秦代丞相吕不韦编《吕氏春秋》,指出"人臣孝,则事君忠"。汉代的皇帝号称以"孝"治天下,除了汉高祖刘邦外,皇帝的谥号都冠上一个"孝"字,如汉武帝的谥号是汉孝武帝,汉文帝的谥号是汉孝文帝,目的都是在维护皇权统治。

这种思想在孔子和他的学生那里好像能找到一点根据,有子就明确地说:"其为人也孝悌,而好犯上者,鲜矣;不好犯上,而好作乱者,未之有也。"这段话是在肯定孝悌对于维护政治稳定的价值,也就是孝对于忠的价值。

但是到了孟子,就坚决反对将"孝"和"忠"扯到一起。孟子是孔子的铁杆粉丝,甚至可以说是"钢丝",因为他说过:"自有生民以来,未有如孔子者也。"

但孟子在很多方面,特别是他的政治观点比孔子要激进,要民主。他高度评价舜的孝行,甚至主张为了尽孝可以违反法律。有人问他如果舜的父亲杀了人,舜该怎么办?他说舜一定放弃自己的王位,背着自己的父亲逃到海边去,逃避法律的制裁,隐居下来享受天伦之乐。但对君臣关系,孟子则坚决主张建立一种互相尽义务的关系,也就是君臣关系相对论。君对臣好,臣就对君好;君对臣不好,臣也就可以不买君的账。这就是孟子那段著名的议论:"君之视臣如手足,则臣视君如腹心;君之视臣如犬马,则臣视君如国人;君之视臣如土芥,则臣视君如寇仇。"

这段话后来惹得专制皇帝朱元璋大发雷霆,要将孟子从孔庙中赶出去,并说谁反对就杀掉谁。但有个叫钱塘的大臣偏偏不怕死,坚决反对朱元璋的决定,并说为孟子死,虽死犹荣。由于大臣冒死反对,朱元璋未能如愿,但他最后还是让大臣重新编了一本《孟子节文》,也就是《孟子》的删节本,把这样的话统统删掉。总之,在中国政治思想史上,孟子第一个从根本上颠覆了帝王专制时代忠君不贰的政治要求。"君要臣死,臣不得不死;天王圣明,臣罪当诛"的奴才政治逻辑在孟子这里是根本行不通的。

王蒙：我倒是觉得孟子的这个父亲杀了人,先抓捕起来,再利用君权把父亲偷出来逃跑的说法实在差劲。我觉得这是孟子被刁钻的提问逼到了墙角,无话可答的诡辩的产物。东周时代中国名家名言中两段最著名的答问,都是不符合起码的逻辑规则的诡辩。一个是庄子答惠施的"子非我,安知我不知鱼之乐?",因为惠施可以再回答:"子非我,安知我不知子不知鱼之乐?"一个就是孟子此说,其尴尬与不通之状溢于言表。

整个《孟子》中,讲到的舜的大孝的故事都令人反感,舜的父亲与舜的弟弟涉嫌故意杀人,舜上房,他们放火,舜挖井,他们堵口。为此,舜到田野上大哭,这样的故事匪夷所思,靠对准杀人犯的孝来彰显至孝大德,近于荒唐与弱智。先抓再偷跑的说法也荒谬到了极点。

十三　曹丕的问题

赵士林：哈哈!王老师对儒家的某些道德说教和逻辑问题看来很反感。孟子、庄子的逻辑问题其实也是中国文化的问题。至于那些道德说教,可能有悖常理,但是儒家就是要通过这些看来很极端的案例,来彰显他们倡导的道德观念。不过孟子宣传的那种观念是有传统的。例如晚近出土的《郭店楚墓竹简》里就说:"为父绝君,不为君绝父。"

三国时期有位叫邴原的名士更勇敢地捍卫孝高于忠的原则,坚决地回应了统治者就这个问题提出的挑战。事情是这样的:曹操的儿子曹丕向属下宾客们提出了一个极端尖锐的问题:"君父各有笃疾,有药一丸,可救一人,当救君耶?父耶?"

这个问题问得很巧妙,很刁钻,很老辣,很阴险,很敏感,令宾客们很难回答。这其实就是一个孝的原则与忠的原则哪一个是更高原则的问题,是一个孝的原则与忠的原则相互冲突的问题。曹丕这样提出问题,用意就在检验臣下对帝王是否绝对地忠。

从内心自然的真实感情来说,人们肯定更愿意尽孝,更愿意用这丸药救自己的父亲,而不愿意用它来救皇帝。因为我和老爸是血缘关系,有亲情,我和皇帝不过是政治关系,没有什么亲情。但是谁也不敢讲真话,因为那样就违背了忠的原则,就得罪了皇帝。大家议论纷纷,谁都不发言。于是曹丕就点名,他点一个叫邴原的人,命令他回答。他没想到这个邴原和孔融是好朋友,孔融这时刚被曹操杀害,邴原正对曹家一肚子气。竟腾地站了起来干脆果决地回答:"父也。"当然是救我的父亲!

邴原的回答捍卫了"孝"的尊严,捍卫了孝对于忠的至上性,颠覆了帝王家的霸道逻辑,粉碎了专制统治者的政治意图。我们从邴原的回答中能够感受到一种道德的无畏,感受到一种孝的巨大力量,获得一种亲情的最高满足。如果他回答说:"君也",大家一定在心里骂他是马屁精。

王蒙: 这样说起来,孟子式的孝的理论也还有一个好处,平衡一下提倡愚忠的封建主义道德观。但是,曹丕提的问题太像当今的段子:女友逼着男生回答:"我与你母亲都落入水中,你先救谁?"据说一个优秀答案是:"我不会游泳,但我妈是国家二级游泳运动员,我可以肯定的是,如果咱们俩同时落水,我妈肯定先救我。"另外,作家洪峰的小说中,也写过一个傻丫头逼着情人回答这类问题,最后跳入水中活活被淹没。想不到的是堂堂曹丕提出这样低残的问题。

如果是我被问及这样的问题呢,我应该指出他的提问是为了颠覆因孝而忠的道德体系,是恶意破坏。其实更多情况下,戏曲当中常常讲忠孝不能两全的说法,是指国家有事,儿子不能在家侍奉父母,而要上前线或什么其他地方完成公派或君派任务。那种情况下,以忠为先,应该是可以理解的。

十四　何谓"父母官"

赵士林：这就涉及对忠的理解。谈到孝和忠的关系,还有更复杂的一面。实际上,忠的对象不能仅仅是帝王,忠还有更为宽广的含义。如果"忠"的对象是国家、是民族,甚至是某个大集体时,舍孝而取忠,舍小家而顾大家,就往往具有道德的崇高性和震撼性。"岳母刺字"的故事、杨家将的故事之所以能够千古流传,就在于这些爱国者能够以忠代孝,甚至毁家纾难,先天下之忧而忧,后天下之乐而乐,体现了可歌可泣的献身精神。

另外,古代社会,官吏经常被称为"父母官",百姓被称为"子民",这其实是混淆了血缘伦理和政治关系。过去的专制统治者就喜欢来这一套,什么"忠臣出于孝子之门""人臣孝,则事君忠",目的不外乎是让百姓像孝敬爹娘一样忠于朝廷官府,百姓不仅在政治上要服从,在伦理上也要服从。

从当代公民社会的视角来看,"父母官"的说法当然荒谬绝伦。打个比方,政府和公民的关系就好像物业公司和业主的关系。业主出钱雇物业公司是为他服务的,不是花钱买爹的。同理,公民将权力赋予政府是让它为民众服务的,不是请它来当爹的。当然,我们的现实是,如同很多物业公司搞错角色,把自己当成了业主的主人,肆无忌惮地盘剥业主,不少政府官员也搞错了角色,把自己当成了百姓的爹娘,肆无忌惮地欺压百姓,主仆关系倒挂。

"父母官"不仅在政治上荒谬,在伦理上也是对父母之爱的亵渎。

王蒙：这里有一个家长制的问题。最初,"父母官"的说法应该是庸众对于直接与百姓打交道的中下级好官的褒奖说法。而那些贪官污吏,那些酷吏恶官,是不会被称为"父母官"的。

说是西汉元帝时,南阳郡太守召信臣,"其治视民如子",劝民农桑,"好为民兴利",亲自指导农耕,常出入于田间,住宿在民家,"百姓归之,户口增倍,盗贼狱讼衰止"。"吏民亲爱信臣",尊他为"召父"。

东汉光武帝刘秀建武七年(公元31年),南阳郡百姓又幸运得遇新任太守杜诗。全郡百姓家家粮丰衣足。百姓拿他与以前的召信臣相比,说"前有召父,后有杜母"。自此"父母官"这一尊称便广传后世。

在封建社会,提倡一下亲民爱民,乃有此说法,类似的说法是"爱民如子"。相信爱民如子也有好官的故事。

现在这种说法当然早已过时。但是,爱民如子的说法仍然有可能流传下来,继承下来,虽然这种说法涉嫌老旧封建,至今当我读到一些好干部的动人事迹时,我仍然会想起这个老词来。这也许说明我个人的老朽化。

赵士林:这种感觉也很自然。只要有清醒的理性认知就没问题。"父母官"的初衷也是好的,希望官员像父母疼爱自己的孩子一样疼爱百姓嘛!但事实上,由于权力的腐蚀,这样的"父母官"太少了。历史的真实情形是,官员是"父母官"也都是后爹后妈,他们像后爹后妈虐待非亲生的孩子一样虐待百姓啊!

十五　是不是家国符号

王蒙:问题是有时个人成为家国的符号。中华传统文化或被认为是感情性的文化。漫长的封建社会中,把对感情家国的情感符号化,然后个人化,是难免的。二十世纪第二次世界大战当中,也仍有喊着领导人的名字冲锋的,或有喊着教主、上帝冲锋的,怎么样区分仅仅与不仅仅是为了帝王呢?

仅仅是为了帝王一人而如何如何,这是不太容易落实的,帝王之所以是帝王,正因为他不是一个个人,而是代表一个朝廷,一个庞大的权力系统,一个族群,一个国家。例如,彼得大帝与叶卡捷琳娜二世大帝。前者有杀子、后者有杀夫的记录,他们的杀亲记录主要不是由于个人之争,而是由于路线之争。前者是由于阿列克谢王子反对改革并参与火枪手的宫廷政变,后者是由于彼得三世执行亲普鲁士与损害俄国利益的政策。叶大帝主张开明专制,并且与法国进步思想家伏尔泰与狄德罗通信联系,具有友谊。

赵士林:古代帝国,特别是中央集权的帝国形态,其实贯彻的是"家天下"的逻辑,就是所谓的"朕即国家"。这在秦统一中国之后的古代中国表现得最为典型,所谓"一人一姓之天下"。先秦尽管也有"普天之下莫非王土,率土之滨莫非王臣"的观念,但是也同时存在着"天下为公"的观念。秦的统一完全颠覆了"天下为公"的观念,颠覆了"公天下"的观念、颠覆了"天下乃天下人之天下"的观念。尽管秦始皇这样的皇帝有时也讲讲"官天下"("官天下"在古代近似于"公天下")。这个"家天下"当然需要一个庞大的权力系统来维系。"王侯将相,宁有种乎""皇帝轮流做,明年到我家",专制帝国的权力斗争也是异常血腥和恐怖的。就像黑格尔说,"东方专制是一个人的自由"。但这个人的自由也不能是真自由。他每时每刻都被阴谋算计所包围,每时每刻都生活在恐惧中。因此,很多帝王都心理变态。为提防和清除对"家天下"的威胁,他们有很多行为已经不讲起码的良知和人性。如汉武帝对钩弋夫人,明成祖对方孝孺。俄国杀子的沙皇不仅有彼得大帝,更有名的是伊凡雷帝。列宾的名画《伊凡雷帝杀子》就是表现这个事件。那也是一个大暴君,毫不留情地屠杀政敌,连大主教都被他绞死了。无论中外,臣弑君、子弑父、明争暗斗、骨肉相残,是宫廷的常规状态。那真是比什么宫廷戏都险恶。

当然,我这样说,不是搞"皇权虚无主义"。正因为是"家天下",百姓的命运总是和这个"家"的状况息息相关。历史上的"太平盛世",当然离不开君王较好的品德和较强的能力。

王蒙:还有就是,讲李世民的玄武门之变也好,讲俄国的两位大帝的杀子杀夫也好,我们当然会看到封建专制主义的宫廷血亲相残的残酷与凶险。但同时这三个人又都是有作为有业绩的大人物。在那样一个历史阶段,如果这三位都是温、良、恭、俭、让的谦谦君子,他们能够为历史、为人民、为国家民族、为自己带来什么呢?历史,还得历史地分析。他们高高在上、养尊处优、顺我者昌、逆我者亡,血腥气是有的;他们励精图治、推动前进、不惜代价、创造历史,流芳百世也是有的。我们当然不喜欢这样的辣手屠夫,当然,历史发展到了今天,他们愈益不可亲、不可爱、不足为训了,这也是可以理解的。但是,除了道德的亲爱温柔的观点还可以历史地略有体谅地为他们的业绩而有所敬意,有所理解与钦佩,这似乎也是可以有的。毕竟我们不是仅只知道妇人之仁!"对不起",这个词我其实是最讨厌的,但是一时没有找到更合适的词眼。

十六 孝成为礼教

赵士林:回过头来还讲孝。绝对的孝,特别是孝成为礼教,也曾经带来严重的问题。您在前面也提到这个问题。当孝成为对个性的压抑、对个人情感的蹂躏、对个人权利的剥夺时,就往往会酿成悲剧。从《孔雀东南飞》《梁山伯与祝英台》到巴金的《家》、曹禺的《雷雨》,都是对"孝"成为束缚人的礼教的深刻暴露,都是对礼教扼杀年轻一代幸福追求的强烈控诉。想一想旧时代,为了遵循"父母之命,媒妁之言",对父母尽孝,发生了多少不幸的婚姻!"五四"时期,都已经民国了,还有姑娘因为不满意自己的婚姻,在出嫁的轿子里用剪刀自杀的。由于孝成为礼教后带来很多社会问题和政治问题,"五四"时期反传统也把矛头对准孝道。当时对孝道的批判,主要是想解决两个问题:一是提倡个性解放,冲破家族压迫;二是提倡政治解放,推翻专制压迫。因此"五四"对孝道的批判,并不是号召人们都去打爹骂娘,而是反对孝成为礼教的绳索,束缚人的基本自由。

现在为了弘扬传统,有人激烈否定"五四",包括"五四"对封建孝道的批判。什么"二十四孝"等极端不近人情的东西又有人津津乐道,《孝经》这种专门借孝来谈忠的东西又有人稀里糊涂地宣传。这是一种非历史主义的态度。"五四"的反传统,包括对孝道的批判,有它时代的合理性。我们应该同情地理解"五四",肯定"五四"。弘扬传统,包括讲"孝",应该从"五四"往前走,不应该从"五四"往后退。

王蒙: 赞成。

十七 天地之性,人为贵

赵士林: 在中国古代社会,正是儒家高高地举起人的尊严的旗帜。在任何情况下都维护人的尊严,成为儒家的优秀传统。例如《易经》把天、地、人列为"三才",意味着人的地位可以和天地并立,同样伟大,同样崇高。"天地之性,人为贵",是中华传统文化最响亮的口号。不仅儒家维护人的尊严,道家例如老子也十分重视人的尊严,因此他说:"道大,天大,地大,人亦大,域中有四大,而人居其一焉。"从维护人的尊严出发,孔子痛斥:"始作俑者,其无后乎!"最初发明人俑来陪葬的人,应该断子绝孙吧!俑就是人形的陶俑或木俑,古代用来陪葬,孔子对这种做法深恶痛绝,于是骂出最狠毒的话。古代社会把没有后代看成最严重的事,孟子说:"不孝有三,无后为大。"骂人断子绝孙是最狠毒的、最令人不能容忍的咒骂了。孔子很少这样骂人,他之所以对用人俑陪葬的现象深恶痛绝,一反常态地痛骂,就是因为这种做法侵害了人的尊严。

东晋大诗人陶渊明的儿子身体不好,陶渊明为儿子雇了一位仆人。在将这位仆人送给自己的儿子时,陶渊明专门附上了一封信,信中叮嘱自己的儿子:"此亦人子也,可善遇之。"意思是说,尽管这个人是个仆人,但他也是人生父母养,你必须好好地对待他。

古代道州那个地方由于水土的关系，——今天从医学科学的角度看，大概是由于环境污染或近亲结婚等原因，很多人生下来就病态地矮小，成了我们所说的侏儒。唐代宫廷为了取笑逗乐，经常要求道州地方官向朝廷进贡侏儒。有一年一位叫阳城的人出任道州刺史，却勇敢地抵制朝廷的指示，反对向朝廷进贡侏儒。这就是有名的"阳城抗疏"。阳城之所以敢于对抗朝廷的旨意，目的就是要维护侏儒做人的尊严。后来大诗人白居易写诗歌咏此事，其中有两句写道："道州水土所生者，只有矮民无矮奴。"仆人尽管社会地位低下，侏儒尽管矮小，但他们也都是人，也都具有做人的尊严。这就是上面两段故事告诉我们的道理。如果和西方古代的有关思想相比，中国的智慧对人的尊严的维护，就更显得格外宝贵。古希腊最开明的思想家之一亚里士多德肯定奴隶存在的合理性，中国的智慧强调人的尊严却包括一切人，奴隶也不例外。

西方近代大思想家康德响亮地提出"人是目的"，不是手段，而中国的儒家却从孔子开始就坚持这一原则。

当然，我绝不是说在社会生活中，中国人做人的尊严都得到了保障。实际上，由于专制政治的压迫，还有经济的、社会的、文化的种种原因，普通中国人饱受着种种等级的、身份的歧视和侮辱。举一个典型的例子，中国传统社会奉行重视农业、打击商业的政策，商人在社会生活中受到种种歧视和侮辱，这些歧视和侮辱甚至在法律上被明确下来（从商鞅变法开始，法律明文重农抑商）。例如，汉代的法律曾经要求商人穿鞋必须一只黑，一只白。明代的法律要求商人不管怎么有钱都只能穿粗布做的衣服，而不能穿绫罗绸缎，走在路上只能靠两边走，而不能走在路中间。这种明目张胆的野蛮歧视当然是对人的尊严的亵渎。

历史就是这样，古圣先哲倡导的文化精神一落实到社会生活，就必然遭到来自政治、经济、社会各个方面出自各种利益的扭曲、阉割，大打折扣乃至形存实亡。但这些都当然不能遮掩儒家强调和弘扬的人的尊严、人的平等,这样一种文化光芒。

王蒙:中国是喜欢一元化的,是讲"天下定于一""吾道一以贯之",还有"天得一以清……侯王得一以为天下贞"的。但即使这样一个古老大国的社会生活与家庭生活方式仍然是多元的。中国的说法是,一个中国,有自己的"政统"(政治传统)、"法统"、"道统"(宋明理学家称儒家学术的思想授受的系统,他们自以为是继承周公和孔子的道统的)、"学统"(学问与教学传统)、"文统"(文化传统)、"治统"(治国传统)的。除了以上的传统或体系,还有生活方式与人际关系的包括各种潜规则在内的传统。儒家对于人的尊重的主张,最多是在着重强调上留下一笔,其他传统上则未尽说得明晰,做得清楚。只消看看《红楼梦》就清楚了,金钏与宝玉的一句玩笑话,就被王夫人逼得跳了井,而傻大姐拾到的一个涉黄荷包引起了大观园的查抄搜检、天翻地覆,害死了晴雯、司棋,驱逐了入画与所有小戏子。一边看《红楼梦》一边看这些儒家尊重人的说法,难免不产生满口仁义道德,一肚子男盗女娼的感想。

十八 仁,天心也

赵士林:任何民族、任何社会、任何文化,道德口号和实践行为互相矛盾的情况总是存在。心口不一的人物什么时候都有,满口仁义道德,满肚子男盗女娼的败类也代不乏人。

我还是非常喜欢孟子讲的十个字:"亲亲而仁民,仁民而爱物。"亲亲是对亲人的爱,仁民是对大众的爱。爱物呢?爱物是对天地万物的爱。儒家从爱亲人推广到爱大众,从爱大众又推广到爱天地万物。儒家对天地万物的爱,是对生命的爱,对生生不息的宇宙的爱。这样一种爱培育了人和自然和谐相处的文化主张。实际上体现了中国文化的核心观念——天人合一。也就是宇宙和人类的和谐统一。

这种统一在宇宙体现为"生",如《易经》所说:"天地之大德曰生""生生之谓易";在人体现为"仁",就是所谓"仁也者,人也",而"生"就是"仁",所谓"生,仁也"。宇宙的本性和人的本性就这样通过对生命的珍爱融合成一个有机整体。中国的文化特别善于把无情的事物有情化,把无生命的事物生命化,例如中国人讲天也有心。天有什么心呢?董仲舒就说:"仁,天心也",天也有一颗大爱之心。

十九 "谣言"的出现与演变

王蒙:姚雪垠所写《李自成》第一卷中,写到李自成见到了他寻找的一位谋士牛金星,牛金星有一句名言:"民心即是天心。"老子也说过:"圣人无常心,以百姓心为心。"还有更有趣的古人观点,出自《东周列国志》:

> 太史伯阳父奏曰:"凡街市无根之语,谓之谣言。上天儆戒人君,命荧惑星化为小儿,造作谣言,使群儿习之,谓之童谣。小则寓一人之吉凶,大则系国家之兴败。荧惑火星,是以色红。今日亡国之谣,乃天所以儆王也。"

大意是:在街市流传的没有依据出处的话,叫做谣言。上天要警戒君王,会让火星变成小孩,让其他小孩们学会这些话,成为童谣。往小里说,其含义是某一个人的吉凶预判;往大里说,就是国家的兴盛或衰败。"荧惑火星",因此是红色的。现在出现了亡国的童谣,这是上天用来警示大王的。

原来古人对谣言是这样的态度,今人看来不可思议。当然,在传播时代,如今被深恶痛绝的"谣言",不是火星化为儿童说出来的,而是别有用心地制造出来的。古称火星为荧惑星,似又有敬畏又有警惕乃至敌视,这也是中华文化,叫做敬而远之。

赵士林:《尚书》讲"天视自我民视,天听自我民听",《左传》说"国将兴,听于民;将亡,听于神",都是中国上古社会很可贵的民本思想。其实西方也有类似思想,如基督教就讲"神之声,民之声"。通过民歌、民谣了解民间情况,体察民间疾苦,也是中国古代政治难得的优良传统。例如《诗经》中的"风"、汉代乐府诗,所谓"立乐府而采歌谣……亦可以观风俗,知薄厚",都是在发挥这种作用。您举的"谣言"的例子,更生动地说明了古代政治家对民间舆论哪怕是流言、谣言的清醒态度。

二十　绿满窗前草不除

赵士林:接着讨论儒家的爱。儒家对万物的爱,特别是对生命的珍爱,留下了许多动人的事迹。宋代大儒周敦颐的"绿满窗前草不除"。自己家院子里的青草到了春天蓬勃生长,把窗户都遮住了,但是周敦颐却舍不得除掉它。有人问他为什么不除,他说"与自己意思一般""观天地生物气象",就是说,春草的生长和人的生命一样,都是宇宙生生不息的气象,体现了"天地之大德曰生"的伟大造化。

王蒙:类似的问题在严复译的《天演论》中也提出来过。植物园里的植物,如果任其内的植物自然生长,只能是园子的混乱完蛋。人类也是一样,人类要在自由竞争中实现物竞天择、适者生存,实现发展进步,同时又不能任凭丛林法则,弱肉强食、以强凌弱。这里要掌握一种文化与自然的平衡。只强调道法自然,也许从哲学高明的"无为"变成了俗人的"不作为",不作为是相对于作为而言的,指行为人负有实施某种积极行为的特定法律义务,并且能够实行而不实行的行为。某些条件下,"不作为"是违法的。

而过分的耳提面命,过分的能者多劳,事必躬亲,驾必亲征,也会引起反效果,变成劳而无功,调动不出众人的积极性,如司马谈之言:"博而寡要,劳而少功。"

即使尊儒的班固也要说:"唐虞之隆,殷周之盛,仲尼之业,已试之效者也,然惑者既失精微,而辟者又随时抑扬,违离道本,苟以哗众取宠,后进循之,是以五经乖析,儒学浸衰,此辟儒之患。"

有意思的是,他说的孔子之道的实践检验的正面结果,不是说孔子以后的实践,而是说孔子之前的传说中的实践。他还指出了后人抓不住精神实质的迷惑,乖僻又胡乱发挥,哗众取宠。搞得五经解读走上邪路,儒学支离破碎,渐渐衰退。这是令人深思的。

班固说的情况,可以说是传播普及带来的某种危险,孔子红了几千年,各种高调解读铺天盖地,怎么可能不出现对孔子的随时抑扬、违离道本的现象呢?

其中最恶劣的就是"半部《论语》治天下"之说,夸张到这份儿上,活活害死人。教条主义、书生气,有可爱的一面,到了这个份儿上,算是吾国吾民休矣!

二十一　万物静观皆自得

赵士林:"半部《论语》治天下"这类说法,是古代的大忽悠,似是而非,误导人。可叹的是,今天很多人还津津乐道,好像真是那么回事。足见如何正确地理解传统、继承传统,在今天仍是一个大问题。

还是回过头来讨论儒家的爱。对天地万物的爱,使得中国人经常把无生命的事物生命化,无情的事物有情化,中国古人对大自然充满了亲切感、认同感、投入感,也就是家园感。宋代大儒程颢有诗云:"万物静观皆自得,四时佳兴与人同。"

什么叫"万物静观皆自得"?对天地万物,你不要一味地从功利主义的角度去对待它,一味地以自我为中心去索取它。你不要看到一只兔子,就想吃红烧兔子肉;你不要看到一只鸟,就想把它锁到笼子里。你跳出功利主义的层面,跳出人类自我中心,你静静地观照那天地万物,鸟在天上自由翱翔,鱼在水中摇头摆尾,青山屹立,大河奔流,大自然的每一个生命都是那样的自在、自得、自然、活泼、和谐。

什么叫"四时佳兴与人同"?春夏秋冬的交替,季节的讴歌和人的身心合成一篇最动人的生命诗篇。这样的家园,怎么不值得珍爱?

我们都知道程颐训斥皇帝折柳枝的故事。程颐好像有些小题大做,但由此可以看出理学家们的认真。珍爱万物可以说是最深刻最有效的环境保护主义。

放眼当今世界,对自然的过分掠夺,对万物的无情摧残,已经造成了可怕的后果:地球不断升温,臭氧层空洞不断扩大,江河不断干涸、森林日益消失,环境污染、生态危机日益严重……

我们已经必须提出这样一个拷问:要么就是一个世界,要么就是没有世界。

面对这样一个严峻的世界,儒家强调对天地万物的爱,尤其具有严峻的现实意义和崇高的文化价值。儒家的爱物情怀,可以说是最深刻的环境保护主义。

王蒙:这一段讲得很文学,并且令人想起孔子担任"诗三百"的责任编辑的伟大贡献。但整体说来,历代大儒的文学细胞良莠不齐。一般的正人君子,更是常常对文学抱怀疑态度。《红楼梦》里,贾政听仆役李贵说到宝玉在读"呦呦鹿鸣,荷叶浮萍(本为'食野之苹')",甚至连《诗经》也贬低一番。

二十二 爱满天下

赵士林:哈,最有名的是孔子和朱熹都骂"郑声淫",最极端的是一些宋明理学家,特别是那位程颐,居然反对吟诗作赋,说那是玩物丧志。甚至指责杜甫的名句"穿花蛱蝶深深见,点水蜻蜓款款飞","如此闲言语道出作甚?"

其实儒家也讲"行有余力,则以学文""言之无文,行而不远",程颐这样的理学家未免太迂执了。

我们再回过头来讨论儒家讲的爱。有人批评儒家讲的爱,说你儒家讲"爱有差等",也就是爱有亲疏厚薄,这就不如基督教讲的爱,甚至不如墨家讲的爱。基督教讲博爱,无差别、无条件地爱天下人,这多伟大!墨家讲的兼爱也主张无差别的爱。儒家的爱有差等岂不狭隘呢?

这其实是对儒家的误解。儒家讲爱,固然是爱有差等,从爱亲人开始,但这符合人之常情。重要的是,儒家讲的爱不止于爱亲人,它一步步往外推,从爱亲人到爱大众,从爱大众到爱万物,直到爱满天下。爱满天下怎么能说狭隘呢?

儒家追求的爱满天下启示我们:人间世界的可靠、温暖、希望和幸福,都需要我们树立爱的伟大信念。

爱满天下的追求,直接通往儒家向往的大同境界。《礼记·礼运》篇孔子谈"大同"的一段话可以视为中国古人的文化宣言、政治宣言:

> 大道之行也,天下为公,选贤与能,讲信修睦。故人不独亲其亲,不独子其子,使老有所终,壮有所用,幼有所长,矜寡孤独废疾者皆有所养,男有分,女有归。货恶其弃于地也,不必藏于己;力恶其不出于身也,不必为己。是故谋闭而不兴,盗窃乱贼而不作,故外户而不闭。是谓大同。

这段话,每次诵读,都不免有些激动。两千多年前的古人,这么深厚的人道情怀、这么宽广的天下情怀。这就是中国最早的"乌托邦",最早的社会主义,最早的福利主义。这些诉求应该成为人类的共同追求、普遍价值。

为了实现这个大同境界,首先需要爱满天下的情怀。爱满天下的情怀,既涉及政治理想,又涉及人生境界。

您谈孔子的著作命名为《天下归仁》十分精当。孔子通过"仁"揭示了爱的丰富内涵、伟大力量和崇高价值。"仁"的发现应说是中国先哲对世界人文的最伟大的贡献。人类一切智慧,只要那是珍爱人类自身、珍爱人类所赖以生存的这个世界的,都不能不包含"仁",

走向"仁"。因此"仁"这一最富于"中国特色"的范畴却是最富有世界意义的。而"仁"的意义有多重大,孔子的贡献也就有多重大。因为"仁"这一范畴虽然不是由孔子首先提出(在孔子之前的文献中,就已经出现了"仁"这个概念),但最圆满地阐释"仁"的精神、最辉煌地呈现仁者襟怀的,却不能不首推孔子。孔子因此成为中华民族传统文化的最卓越的代表。

二十三　逆取之,顺守之

王蒙:讲到儒学与仁,我们也会碰到麻烦,遭遇悖论。一个是人人讲仁义,讲王道,讲仁政,讲孝悌,讲性善;另一个是历史上出现过许多改朝换代的铁血斗争,抢夺权力的宫廷斗争,阶级与民族的势力斗争。所以我们的说法互相悖谬。一方面说普天之下,莫非王土,率土之滨,莫非王臣;另一方面又说王侯将相,宁有种乎?一方面说战战兢兢,如临深渊,如履薄冰;另一方面又说先下手为强,后下手遭殃。一方面说天下大同,四海之内皆兄弟也;另一方面又说量小非君子,无毒不丈夫。

这说明什么呢?我们的理想、我们的情感、我们的梦,与我们的实际发生了分裂;我们的经与我们的史发生了分裂。

你说分裂吧,又仍然被人们纪念着与期待着。"大爱无疆""爱民亲民""忍辱负重""为民请命"……种种说法,种种关于大儒的民间舆论,从未中断过。"哀矜勿喜""戒慎恐惧",则被公认到了周恩来的事迹与遭遇上。有趣的是,曾任中国国民党主席的马英九先生,也经常说这两句话。

这正说明,"礼失求诸野"。也许在改朝换代的权力更迭上,很难看出"克己复礼"命题的实现与效应,但在做人、做事、做官上,在日常生活、社会生活、政治生活以及家庭生活、公共关系处理上,儒家的君子之道、克己之道、谦虚之道、勿喜与戒慎之道,仍然影响深远。

李世民为了夺得最高权力杀兄、杀弟，制服父亲，一口气杀了十个侄子，但掌权之后他也得讲什么以隋亡为鉴，以民为本，与民休养生息；重贤任能，虚怀纳谏；君臣共治；宽刑简法，缓和社会矛盾；还有开放的民族政策等。一派天下归仁的气息。

中国的封建王朝，大体上是，为夺取政权基本上百无禁忌，夺取政权后标榜王道、仁政、礼治、孔孟之道，这也符合老子所讲的"以正治国，以奇用兵"的吧。

有什么办法呢？连数学都有悖论，连形式逻辑都有悖论，哪个大元首、大圣贤、大学者、大将军、大英雄或哪个小商贩、小市民、小农小民、小男小女没有自己的悖论呢？比较起来，能够像孟子说的那样"不嗜杀"，在当时，已经不无难能可贵的一面了。

赵士林：您所指出的矛盾正是历史主义和伦理主义的矛盾。唐太宗的做法就是所谓"逆取顺守"，这本来是西汉初年陆贾对刘邦讲的道理。陆贾对刘邦讲"马上打天下"不能"马上治天下"的道理，举了商汤王和周武王的例子，"且汤武逆而以取顺守之，文武并用，长久之术也"。

改朝换代都是暴力颠覆旧王朝，所谓"马上打天下"，这就叫"逆取"。新王朝建立后就不能再使用暴力，不能"马上治天下"，否则政权难以巩固，秦朝短命就是最典型的教训。"逆取"后，要施行儒家的仁政王道，或施行道家的无为而治，这就叫"顺守"。刘邦和西汉初年的几位皇帝汲取秦朝短命的教训，接受"逆取顺守"的治国理念，奠定了刘汉政权的基础。

孔子要求将仁义道德落实于政治实践，当然失败了。但是，仁义道德作为人类伦理建设的范畴却具有永恒的价值。

二十四　性善论是一种信仰

赵士林：孔子之后，孟子继续深入阐释了仁的智慧。孟子对儒家乃至中国思想文化的一个突出贡献就是以仁为基础来讨论人性问题,创立了儒家主流的人性论,也就是性善论。

孔子对人性本质问题只说过这样两句话:"性相近也,习相远也",至于人性究竟具有什么本质和特征,孔子没有深入讨论,因此他的学生子贡说:"夫子之言性与天道,不可得而闻也",意思是没听到过老师关于人性和天道的看法。儒家系统的人性论,系由孟子开其端,他旗帜鲜明地创立了儒家的性善论。

孟子主张性善不是说人生来都是圣人,而是说按照人的本性,人生来就都有向善的潜力和可能。他举例说:"今人乍见孺子将入于井,皆有怵惕恻隐之心。非所以内交于孺子之父母也,非所以要誉于乡党朋友也,非恶其声而然也。"任何人突然看到一个孩子要掉到井里去了,立刻都会产生一种惊惧同情欲加以施救的心情。产生这种心情,显然不是因为要和孩子的父母攀交情,也不是因为要在相邻朋友间博得声誉,也不是因为讨厌孩子的哭声,他就是出于一种自然而然的善良天性。

孟子由此提出了著名的"四端说":"恻隐之心,仁之端也;羞恶之心,义之端也;辞让之心,礼之端也;是非之心,智之端也。""端"即开端,指人性之始。孟子认为,人性一开始就是向善的。《三字经》头一句"人之初,性本善"其实就是发挥孟子的人性论。

之所以说孟子的人性论是儒家主流,是因为儒家还有一种非主流的人性论,那就是先秦另外一位大儒荀子主张的性恶论。荀子认为人生来就有各种欲望,欲望得不到满足就产生种种争端和冲突,因此人性恶。但荀子尽管主张性恶论,他的宗旨还是要通过道德教化使人向善。他说:"人之性恶,其善者伪也。"人的本性是恶的,人之所以向善,是后天道德教化的成果。

说荀子的人性论非儒家主流,是因为儒家人性论以后的发展,基本上继承孟子的性善论。

王蒙:孟子的性善论,与其说是一种科学不如说是一种信仰,其实每次阅读《孟子》看到告子的人性如水的理论，我是觉得在那个时代，告子的说法是比较合情合理的，而孟子的以水向下来比喻性之向善，当然是由于孟子时代还没有牛顿力学与万有引力的学说。孟子强调性善，孔子强调"我欲仁，斯仁至矣"，都是为了加强仁义为本说的合理性、说服力与破除反对者的力量。性善，等于为仁义说加上一个天意、天性、天命的因素；性善，就证明了善的力量、德的力量、仁义的力量与善德仁义的不容违反；谁违反谁就是逆天、逆性、逆道、逆教化的大逆不道。

老百姓当然容易接受性善论，而远远胜过性恶论。如果强调人性的丑恶，那么等于承认人间的黑暗、凶残、压抑，等于承认人类在罪恶面前是无能为力的。没有哪个平头百姓愿意世界被描写成这样。还有学者指出，马克思主义带有性善主张的特色，马克思主义强调阶级社会其实是人类文明的史前时代。也就是说，人类的自私自利是私有财产制度造成的，如果没有私有财产，人性就会截然不同，美好得多。中国在二十世纪选择了马克思主义，不是偶然的。

性善论也碰到一些麻烦，一个是既然善，何需那么执着于教化引领？道家就是这种观点，他们批评儒家的说教是劳而少功，终无可用，甚至效果适得其反。这方面孟子讲了许多话，作了许多比喻，包括你提到了的"四端说"、"性相近，习相远"说，都证明着性再善也不能放弃教化、听其自然。

还有一个麻烦是孔子的君子与小人说和孟子的先知先觉与后知后觉的比较说。与君子比较，小人似应更本能、更天然、更本性，或者用《道德经》上的话说就是更婴孩。但是，社会学人类学告诉我们，道德人心的优化不能仅仅靠本能，不能与发展、文明、文化割裂开来。孔孟所说的君子与先知先觉，显然是受过更好的教化，浸润于更多的文化成果与文化氛围之中的结果。

性善论还有第三个挑战，仅仅靠天生的善良、本能的仁义，难以发展成强有力的族群。而世界上强者欺负弱者的事情屡有发生，所谓文明人成就了帝国主义、殖民主义、列强诸国,弱国则变成了殖民地、附属国。遇到小说家、诗人、画家,他们常常愿意欣赏与传播弱者的善良与可爱,揭露强者的不义与失德。这样的历史教训值得总结,同时,弱者的出路不在于永远保持弱势,而在于其文明、文化观念与科学技术的迎头赶上。

二十五　性善论的积极意义

赵士林:性善论在先秦就受到了挑战,例如告子、例如荀子。性善论肯定有这样那样的理论困难。人性究竟是善还是恶,或无所谓善恶,这是一个争论不休的问题。您说性善论是一种信仰而不是科学,也有一定道理。孟子当时,就有告子和孟子辩论,主张"生之谓性",认为人性无所谓善恶,生来的自然本性就是人性。儒家内部也一直有不同看法,例如汉代大儒董仲舒就把人性分为上中下三等,认为有"圣人之性",不待教化而善;有"斗筲之性"("斗筲"指气量狭小见识短浅之人),教化也难使其向善;有"中民之性",经过教化可以向善。后来唐代大儒韩愈依此正式提出"性三品"说:"性之品有上中下三。上焉者,善焉而已矣;中焉者,可导而上下也;下焉者,恶焉而已矣。"

汉代大儒扬雄则提出"性善恶混":"修其善则为善人,修其恶则为恶人。"这个看法认为后天的道德修养、社会行为决定了人性的善或恶。

儒家思想到了宋代和明代,形成了宋明理学,这是先秦之后,儒家思想发展的又一个高峰。之所以说它是又一个高峰,是因为它受到佛教和道教的理论刺激,融会贯通各家理论成果,为儒家的人性论提供了宇宙论的基础。其中,南宋大儒朱熹成就最突出,所谓致广大、尽精微,使他成为后期古代社会儒家最伟大的代表。朱熹通过对理、气、心、性的阐释,为儒家人性论提供了完备的系统的理论形态。

明代大儒王守仁则提出了著名的"良知"说,将儒家性善论发展到极致。

所谓"良知"就是孟子讲的"四端",就是儒家强调的人的道德天性。良知人人都有,再恶的人,都有良知。有个关于良知的故事:一次王守仁审讯一个强盗,强盗死硬,不肯招供。王守仁就开导强盗说:"你尽管是强盗,但你也有良知。"强盗听了哈哈大笑,答道:"你倒是说说看,我的良知在哪里?"王守仁说:"你只要按我说的做,就会知道你的良知在哪里。"强盗说:"好。"王守仁就让这强盗脱衣服,强盗脱了一件,王守仁说:"再脱。"强盗又脱一件,王守仁说:"再脱。"强盗脱得只剩个裤头了,王守仁还说:"再脱。"强盗不好意思地说:"这个不能再脱了!"王守仁立刻指点他说:"这就是你的良知。"

人人都有良知,人人都有善良的天性,人之所以干出种种错事、坏事,是由于良知被蒙蔽了。只要光复良知,坏人就能变成好人。只要大家都能用心体会良知,勤于实践良知,就"满街都是圣人"。

人性善恶问题,聚讼纷纭,到了王守仁,提出了"四句教",对这个重大问题做了很深刻、很独到的总结:

> 无善无恶心之体,有善有恶意之动。
> 知善知恶是良知,为善去恶是格物。

结合王守仁的"良知"说,将这个"四句教"翻译成现代语言就是:

> 心灵的本体寂然不动、纯净无瑕,超越善恶;
> 人的意念发动、思想活跃、情感激荡就产生了善和恶。
> 人有良知,也只有良知才能够判断何者为善,何者为恶;
> 通晓万事万物之理的道德实践方能发扬善,清除恶。

尽管关于人性善恶有很多看法,但性善论的积极意义在于,它让我们坚信人人都有一颗善良的心,从而为道德世界的建设提供了内在的信心和动力。

二十六　知行合一也是信仰

王蒙：可以加一句,也为不善扣上了逆天违性、灭绝人性、非人性、反人类、人面兽心、人形妖孽的罪名。

宋明理学对于我来说,除了弘扬孔孟以外,印象最深的是他们对于中华"道统"与"学统"乃至于"文统"的强调。也许可以说这是一种"士（大夫）统"。历史上的中国,其知识分子的选择空间比较有限,行业性的工、农、医、商、堪舆、占卜、优娼地位很低,而所谓士大夫只有做官参政与退隐乡村当个乡绅两种选择。但如孟子所说,他们将自己的儒家主张、儒学修养视为自己的天爵——上天给予的爵位级别,还要为天下有道,为成为帝王之师、君臣之师,成为候补士大夫——学童之师而一搏。他们当然维护封建,但他们也不仅仅是帝王的鹰犬。他们有自己的一套,为坚持自己的"道统",他们甚至与帝王,与权臣、宠臣,与帝王的家奴如得势的太监等人,发生尖锐的冲突。

这尤其表现为谏官与死谏的精神。像海瑞这样的带着棺材上朝的人,历史上不止一个。《红楼梦》里只有被后人认为有些"反封建"的贾宝玉,要出来批判"文死谏,武死战"的忠烈主义。就是宝玉,也是打着更忠更烈的旗号来批判死谏死战的忠烈的。他的论点是:凭着一口浊气去拼皇上,你死谏的结果是流芳百世,其实你将皇上置于何地？死战也是一样,一打仗先死掉,谁来保卫皇上？

宋明理学的代表人物们很少直接说给老百姓什么。所以,朱熹讲的最为令人厌恶的话"存天理,灭人欲",恰恰是针对帝王与朝廷的劝告与约束。所以,朱熹与王守仁都与朝廷发生过严重的矛盾,同时他们自认为也被认为是真正忠于朝廷的士大夫。人们称赞着、纪念着的恰恰是贾宝玉认为的靠拼浊气而流芳百世,而将皇上逼到死角的人。在"权统""治统""法统"一侧,至少是一侧,还有这么一个常常不受欢迎，却又在历史上有相当地位的"道统""学统""士统"，成为客观上对君权的一种文化监督与制衡。这正是秦始皇如此厌恨，要搞"焚书坑儒"的理由。当然，也有时候，这后几统的代表人物，成为徒然的牺牲品，如邓拓诗中所说"头颅掷处血斑斑"，这是不能不认真对待的。

其次是王阳明的"知行合一"说。这也是一种信仰型、传道型的强调。外国基督教有传教士，中国的儒墨诸家有传道士。传道士、传教士指出放下屠刀，立地成佛于一时顿悟，一通百通，还有迷途羊羔，归队大吉等，都是为了让人易于接受他们的所传。经世致用，不能艰难复杂。推销观念也与推销商品一样，必须说明自己的商品简单易用，即使是文盲、白痴、残障，按下一两个键子，就能百战百胜，皆大欢喜。所以，孔子强调只要你想要仁，仁就自动跑来了，而认为棠棣之华太远的人，是未曾思也。责任在于你不爱花、不想花，花也是一想就到。孟子则认为王道就像为"长者折枝"，容易得很。顺便说一下，我附和"折枝"说，是指给长者鞠躬，不是要求年轻人给老汉撅树枝。

孙中山的知难行易论，也有传教的激情在内。所谓一念之差，转过来有何不可？这些说法确有助于中国事情的灵活性与可塑性。

二十七　两个儒家

赵士林：首先辨析一下"折枝"的含义。王老师倾向于"折肢"，意思是向老者鞠躬，还有赵岐解释为按摩，为老者按摩。个人浅见，"折枝"还是解释为撅树枝更合理。理由：第一，折枝之类，相对的是"挟泰山以超北海"，是以轻重作对比，鞠躬则无所谓轻重。第二，"为"在这里作为介词，是"替"的意思。"为长者折枝"如果解释为"替长者折树枝"通顺，解释为"替长者鞠躬"则不顺。

宋明理学的历史作用很复杂，对宋明理学的评价历来也众说纷纭甚至尖锐对立。我的看法是,宋明理学的问题其实和整个儒家的问题是同构的。一方面,儒家的伦理政治诉求落实到政治层面,成为帝国意识形态,不能不被政治扭曲,产生很大的负面性。宋明理学的极端道德说教也确乎造成了"以理杀人"的严重后果。但另一方面,宋明理学的政治立场,如程颐、朱熹、陆九渊的"得君行道",王安石、司马光的"以道进退",他们的理论主张也体现了一种伦理主义的尊严。我特别喜欢南宋大理学家谢枋得的几句话:"大丈夫行事,论是非,不论利害;论顺逆,不论成败;论万世,不论一生"。这话尽管我做不到,但总敬仰它那种宗教般的伟大。谢枋得也以悲壮殉国证明了自己的话。

余英时先生谈到儒家时指出:中国历史上向来有两个"儒家",一个是被迫害的"儒家",一个是迫害人的"儒家"。我的理解,前者指先秦富于批判精神从而不招统治者待见的儒家,后者是汉以后被统治者利用的儒家,或谓制度化的儒家。余先生还进一步指出,真正具有儒家思想的人不会拒绝自由、民主的价值,清末引进西方自由、民主、法治思想的,恰好是中国的儒家。他这里所说的儒家,自然也指前一种儒家,也就是具有批判精神的儒家。恰好是孟子,为余先生的看法提供了最有力的证据。

首先是原始民主意识。翻开《孟子》,扑面而来的是强烈鲜明的民主意识,人民至上的政治理念像一条红线贯穿于《孟子》全书。孟子思想最可贵的价值首先就体现在他的永不停歇的民主呐喊,这呐喊如同利箭和灯塔,射穿了专制制度的黑夜,暴露了社会丑恶的现实,抨击了统治者的残暴,表达了老百姓的呼声。

孟子关于民主有一个大家都熟悉的著名论断,那就是:"民为贵,社稷次之,君为轻。"侯外庐等先生评价孟子这个理念是"辉煌的命题"。这个理念告诉我们,老百姓是最宝贵的,老百姓的利益是至高无上的,和老百姓比起来,决定国家命运的社稷神灵都是次要的,国君在国家的天平上则是分量最轻的。"民贵君轻"的思想在先秦诸子中绝无仅有,它是两千年封建社会中最响亮的民主呼声。

从"民贵君轻"的政治理念出发,孟子强烈抨击了残暴的统治者鱼肉百姓所造成的贫富悬殊:"庖有肥肉,厩有肥马,民有饥色,野有饿莩,此率兽而食人也。兽相食,且人恶之,为民父母,行政不免于率兽而食人,恶在其为民父母也。"

在中国历史上,孟子是最勇敢地抨击统治者的残暴、最尖锐地抗议贫富悬殊现象的思想家,因此也是最出色地履行了知识分子天职的思想家。上面一段话和后来杜甫的"朱门酒肉臭,路有冻死骨",同样令人触目惊心,孟子的言论更迸发出一种愤怒的犀利。

王蒙:孟子强调亲民爱民,强调得民心者得天下,强调仁政,强调不能嗜杀,强调关注民生——利农利商与灾年不能饿到死人,还有五十以上着衣帛,七十以上吃到肉的生活水平,还主张王室园林可以开放与民同乐,当政者要讲大义、讲原则,不能讲私利。这些都很好。同时,这些与真正的民主观念的距离也还大了去了。

我的感觉是,孟子基本上还是精英主义、民之父母主义、爱民如子主义、你孝我慈主义。他讲到士,讲到大丈夫,讲到君子,讲到先知先觉者与后知后觉者的区别,都是精英主义而绝无民主主义。他没有对人民当家做主的任何考虑与思念,他只是主张王权系统对百姓要仁慈一些。这一点,他甚至不如老子的"太上,不知有之"或另一种版本作"下知有之",不如老子讲的"功成事遂,百姓皆曰:'我自然'"。

二十八 孟子讲民主吗

赵士林:孟子固然也有他的时代局限,精英主义、民本主义都毋庸讳言。我讲他的民主意识也是原始民主意识,和现代民主理念还有很大区别。在孟子的原始民主意识中,民众还是被动的,没有作为主体主动地参与乃至决定政治治理的权力。公元前4世纪的孟子也不可能设想现代的民主原则和制度(西方也不过是晚到18世纪才形成近代的民主理念)。所谓"劳心者治人,劳力者治于人""无君子莫治野人,无野人莫养君子",和现代民主制度的政治平等相距不可以道里计,甚至毋宁说是对立的。我也有保留地同意老子的"太上,不知有之"更高明。但孟子作为先秦的儒家左派,有些思想甚至超出了儒家的规范。

例如他的君臣关系相对论,就比孔子更生猛。从"民贵君轻"的政治理念出发,孟子坚决反对帝王拥有绝对权力,而将君臣关系视为互相制约、互相对等的相对义务关系,所谓:"君之视臣如手足,则臣视君如腹心;君之视臣如犬马,则臣视君如国人;君之视臣如土芥,则臣视君如寇雠。"

从"民贵君轻"的政治理念出发,孟子更认为统治者不能体现人民的意志,不能代表人民的利益,犯了严重错误还不改。这样的统治者就必须让他滚蛋。例如:齐宣王问卿。孟子曰:"王何卿之问也?"王曰:"卿不同乎?"曰:"不同:有贵戚之卿,有异姓之卿。"王曰:"请问贵戚之卿。"曰:"君有大过则谏;反覆之而不听,则易位。"……然后请问异姓之卿。曰:"君有过则谏;反覆之而不听,则去。"齐宣王向孟子请教卿的职能是什么,孟子回答说,国君犯了严重错误,卿负责规劝他。如果反复规劝国君还不听,卿就可以换掉他。尽管颠覆不合格国君的只能是"贵戚之卿",也就是国君的同姓贵族,异姓之卿则没有这个权力,国君不听他的建议他只能一走了之。这和民主政治完全挨不上边。但国君不合格就换掉,这在孔子那里是决不允许的。有趣的是,秦汉以后,孟子一派儒家有时竟和您欣赏的"不知有之"的道家相呼应。例如萧公权先生就曾指出:"每当君国暗危之际,孟子一夫可诛,保民而王等说,辄起与无为无君之思想相呼应。"当然,也有严厉批评孟子的,例如司马光就严厉批评孟子的"换君"之说:"为卿者无贵戚异姓,皆人臣也。人臣之义,谏于君而不听,去之可也,死之可也。若之何其以贵戚之故,敢易位而处也。"这是从中央集权的专制立场来解析封建天下的分权政治。就政治态度来看，也可以说是从孟子退回到孔子了。

王蒙：孟子讲君臣关系的双向性，互相尊重、互相成全的必要性，所谓"君之视臣如手足，则臣视君如腹心……君之视臣如土芥，则臣视君如寇仇"。这里讲的是统治集团内部的关系要处理好。

至于君王不听规劝可由卿在王室内部换人之说，孟子其实讲得有趣，说是齐宣王听了换人说变颜变色，孟子于是解释说，他只不过是照实说来，并非出言不逊。于是宣王缓了缓问孟子，如果是外姓大臣，对他们不满意的君王，应该怎么样处理呢？孟子的回答是卷铺盖走人。孟子高高举起轻轻放下，孟子说话，话锋犀利，语不让人，摆出了帝王师的派头，但同时也是有理、有利、有节的。包括孟子要求王天下的人，叫做王者，说是五百年才生一个的圣者，不过是"不嗜杀"而已。理论上、言语上，他藐视君王，实际上，他适可而止。我可不认为他是什么斗士。

最有趣的是孟子解释孔子从鲁国去职。说是人们与孟子谈到，据说当年孔子在鲁国做官，一次由于主持祭礼而祭肉不合格，孔子怒而去职，甚至没有来得及脱下为祭祀专用的礼帽，就宣布不干了。有人问孟子，孔子是不是性格太急躁了。孟子回答，你们哪里懂得孔子的用心。孔子发现在鲁国做官，没有得到足够的信任，未能实现自己的理念、自己的"道"，他应该离开鲁国的岗位。但鲁君对他还是不错的，他不愿意暴露自己与鲁国的重大分歧，他更不愿意的是，用今天的话来说，叫做以政治异见的性质辞鲁而去，他宁可找一个具体事务的理由，宁可以本人脾气暴躁的面目告辞，宁可让世人议论他的脾气而不是他与鲁君的政治歧见。

这一段是孟子讲孔子，其实是孟子讲自己。孟子在官运上还不如孔子，但在说法上、言词上，他牛气、锐气、正气俱全，所以他要找补另一面，说明他也讲分寸、讲关系，尤其是他一贯保持着对于诸侯君王的尊重，并非犯上作乱之辈。

孟子还推崇伊尹,伊尹是汤的大臣,汤死后由于太子不肖,伊尹甚至充了此王储的军,并引起不良反应。三年后,太子改邪归正,伊尹立即还权于太子。这也是孟子的底线,非皇家王室,绝无觊觎大位的野心妄念。

二十九　孟子的造反有理

赵士林:孟子那个时代,战国时代,是一个士的阶层格外活跃的时代。各诸侯国竞争激烈,竞争说到底是人才的竞争,士就是那时候各诸侯国都迫切需要的人才。孟子就是这样的士。用顾炎武的话说,"得士则强,失士则亡",士的地位待遇都很高。孟子在齐国得意的时候,享受上卿待遇,就是您这个正部级待遇,一出门"后车数十乘,从者数百人",比孔子阔多了。但孟子扮演的角色是一个智库性质,所谓"我无官守,我无言责",我没有具体的行政责任,我也不为我提出的建议承担政治责任。意见相合我就留下来,意见不合我就走人,所谓"合则留,不合则去"。政治空间是开放的。不像秦统一以后,中央集权大帝国,政治一元化,空间封闭,士的境遇和战国不可同日而语。用东方朔的话讲,"用之则为虎,不用则为鼠"。因此,孟子可以很牛,讲"虽千万人吾往矣""说大人,则藐之"。

更厉害的是,从"民贵君轻"的政治理念出发,孟子甚至明确地肯定人民有报复残暴的统治者,乃至发动革命战争推翻残暴的统治者的权利。邹国和鲁国发生冲突。邹国官吏死了33人,老百姓一个都没死,眼望着头儿去死却不救助。邹国的国君很恼火,向孟子诉苦,说杀掉这些见死不救的百姓吧,太多了杀不过来,况且都杀了谁来缴税呢?不杀吧,又真是心理不平衡。孟子却说这个国君活该。为什么呢?孟子的意思是邹国的大小官吏平时残害百姓,等到他们面临危险的时候,老百姓当然没有义务帮助他们。不仅如此,孟子还进而认为百姓完全可以把这场冲突看成报复本国官吏的机会,所谓

"夫民今而后得反之也""为匹夫匹妇复仇"。

就民主意识来说,孟子比孔子要先进。孔子讲出身,强调尊卑等级秩序不可侵犯,抨击僭篡为"大逆不道",如齐国陈氏贵族杀了他的国君,孔子就请鲁君出兵讨伐。孟子则只讲仁政,等级出身等都必须服从于仁政的最高政治目标,凡是行仁政的都可为王,贵族行仁政就可取国君而代之,国君不行仁政就不再有资格做国君,如果倒行逆施,残害百姓,就是独夫民贼,人人皆可得而诛之。例如,周武王推翻商纣王,孟子不认为是大逆不道的弑君,而认为是合乎正义地诛杀一个残暴的独夫。"闻诛一夫纣矣,未闻弑君也。"

"诛"与"弑"一褒一贬,含有特定的鲜明的政治道德含义。臣下非法地杀害君主,儿女杀死父母等都用"弑"字;合乎正义地讨伐、杀死罪犯则用"诛"字。按身份,周还是商的诸侯国,周武王还是商纣王的臣属。但周武王杀掉商纣王,孟子却否认是"弑君",而明确地指出这不过是除掉了一个独夫民贼而已。这种立场和解释对于孔子来说不可想象,不可接受,对于孟子却是天经地义。尽管可能有"询及刍荛"的"上古遗制",尽管孟子之前已经有某种类似"民贵君轻"的思想,但在中国政治思想史上,孟子却是第一个明确地、坚决地从根本上否决了、颠覆了忠君不贰的政治要求。特别是考虑到孟子那个时代,封建秩序已经彻底瓦解,君王专制愈演愈烈的政治局面,孟子的立场尤为可贵。"君要臣死,臣不得不死""君王圣明,臣罪当诛"的奴才政治逻辑在孟子这里是根本行不通的。这和法家理论代表韩非的政治主张形成了鲜明对照。在韩非看来,"人主虽不肖,臣不敢侵",甚至认为臣下绝不可以议论君主,间接议论也不行,连赞誉其他君主都是对现任君主的诽谤。所谓"为人臣常誉先王之德厚而愿之,是诽谤其君者也"。因此,后来专制帝国到明清发展到极端的时候,朱元璋和乾隆这样的皇帝都痛恨孟子。

三十　评论古人不能"站着说话不腰疼"

王蒙：封建社会的道德一直碰到这样的悖论，一个是要维护王权皇权；一个是要维护"道统""学统"。一个是民能载舟；一个是民能覆舟。一个是天下有道，人民安居乐业；一个是无道昏君，民不聊生，国无宁日，最后是帝星陨落、帝星被犯，诸星沉浮，改朝换代。

孔孟因此一直有某些尴尬，一个是文王、武王的悖论。周文王爱民如子，政声辉煌，但他只是地方诸侯，而且其为政多有挫折。真正西周王天下，是靠周武王的武装斗争，而且斗得很激烈，血腥气很浓。孟子提出"尽信书，不如无书"，就是因为《书经》上讲到了周武王的革命军事斗争之惨烈。孟子的理论是，周已经如此获得人心，怎么可能还需要那么惨烈地杀敌夺取政权呢？孟子此话倒是书呆子气百分之二百五了。

另一个人物孔孟说起来也是较劲，管子的业绩，二位都承认，管子的事迹，怎么说也说不圆满光泽。孔子一方面高度赞扬管子业绩，一方面发誓赌咒地不承认管子是仁者，包括管子的住宅超标也提出来作为依据了。

难讲啊。自古的儒家理论都是讲靠仁义道德平天下，靠礼法治国家，都讲王道、仁政、明君之论。但历史上又多是靠武装斗争、靠刀剑弓箭大扎枪、靠杀人夺政权。明君的理论可以大肆宣扬，可没有哪个暴君宣扬自己的理论。就是说，明君的理论要多讲，并尽可能实践实现，有一点事迹，各位圣贤大儒要为之大书特书。暴君有权无论，他的理论不能宣扬，那只是留着实用的。

当年鲁迅也特别指出，中国改朝换代的频率很高，一部中国史要写成二十四史，而不是日本的万世一系的历史。这说明中国人民的反抗性、叛逆性极高，农民起义也是有一套说辞的，改换门庭也是有一套说辞的。读读《三国演义》，那里头讲的是合久必分，分久必合，讲的是良禽择木而栖,良臣择主而事,原因是三国时候不一样。如果碰到强势朝廷,碰到明君,臣子们个个忠得一塌糊涂,有利于安居乐业,有利于发展生产,当然也有利于明君的风光无限。

鲁迅总结中国的封建社会,只有两个时代,一个是欲做奴隶而不可得的时代,一个是暂时做稳了奴隶的时代。鲁迅用的是文学大家的激情语言,虚无了一些,但是发人深省。

其实,所谓欲做奴隶而不可得,正是群雄并起,一大批人要做皇帝、做君王,至少做主公的时代,是一批人绝无奴才相而要帝星高照的时代。而恰恰是鲁迅认为是暂时做稳了奴隶的时代,想接管皇帝、君王、主公的志向、气概大为减少。同时百姓活得好一点,生产力与文化也都多发展一点。

怎么分析问题好呢?比如屈原的《楚辞》写得好,我们可以说他不过是奴才,因为他没有想过他可以做楚王,而且香草、美人地思念着楚王。李白诗写得好,我们也需要提醒他,他不过是奴才,他追随永王,差点为此丢了命,但是在永王那里他也不是主公,不是公民,没有足够的各项民权、人权。那么蔡伦也好,张衡也好,李时珍也好,是不是都需要揭开他们的奴才、奴隶本质呢?对不起,这有点站着说话不腰疼的意思呀!哈哈哈!

三十一　孟子是绝响吗

赵士林: 回顾历史,评价历史人物,当然有不同角度。从政治角度看是奴才,从文化角度看可能是伟人,极端的例子是蔡伦。管仲是伟大的政治家,但从某种特定的道德标准、政治标准来看,也有严重的问题。他发展齐国的经济不遗余力,使齐国成为春秋直到战国最富庶、最发达的诸侯国。但是,他也不择手段,为了吸引商人来齐国做买卖,竟然以政府的名义组织七八百位美女招待外商,以致后来被当成妓院的祖师爷。过去妓院供的牌位,上写管仲的大名。孔子对礼坏乐崩痛心疾首,抨击管仲不守礼,"管氏而知礼,孰不知礼",但也推崇管仲的政治贡献,"管仲相桓公,霸诸侯,一匡天下,民到于今受其赐","如其仁,如其仁",又给了他最高的评价。这表明孔子绝不迂腐,评价政治家就从能否造福百姓出发。

孔孟特别是孟子的政治操守,统治者肯定不喜欢。孟子之后两千年,奴才政治逻辑一直横行无忌。孟子的呼声差点成了绝响。直到明末清初的黄宗羲,才又大胆地对奴才政治逻辑提出挑战,淋漓尽致地鞭挞了封建专制统治的黑暗和残暴。黄宗羲认为君和臣就像共同抬一根大木头的人,是勠力同心、互相合作的关系。("夫治天下犹曳大木然,前者唱邪,后者唱许,君与臣共曳木之人也。")君和臣只是名称不同,社会职责是一样的。("又岂知臣之与君,名异而实同耶!")他从君臣的平等关系出发,指出"天下之治乱,不在一姓之兴亡,而在万民之忧乐",进而尖锐地抨击了帝王家天下的罪恶:"以我之大私,为天下之大公……屠毒天下之肝脑,离散天下之子女,以博我一人之产业……敲剥天下之骨髓,离散天下之子女,以奉我一人之淫乐……然则为天下之大害者,君而已矣!"天下的资源从财货资源到美女资源,都被君主垄断独占,君主实在是天下最大的祸害。黄宗羲发表这些言论的《明夷待访录》,是数千年专制社会中最响亮的反专制的檄文,它开启了中国近代反专制思想的序幕。它的最早的知音同调却是两千年前的孟子,它和孟子的民主精神显然一脉相通。从孟子到黄宗羲的民主呐喊,是对专制时代暴虐统治的振聋发聩的永恒抗议和正义宣判。因此,冯友兰先生在评价孟子这一思想时指出:"君若没有圣君必备的道德条件,人民在道德上就有革命的权利。在这种情况下,即使杀了君,也不算弑君之罪。这是因为,照孟子说,君若不照理想的君道应当做的做,他在道德上就不是君了……孟子的这个思想,在中国的历史中,以至在晚近的辛亥革命和中华民国的创建中,曾经发生巨大的影响。"

王蒙:孟子的话不是绝响,而是越来越火爆。问题是我们从全国百姓来看，还是只从众臣子与候补臣子、候补官员来看。孟子以后有陈胜、吴广，有项羽、刘邦，有曹操、孙权、刘备，有绿林、赤眉、黄巾、瓦岗、黄巢、宋江、方腊、钟相、杨幺、红巾、李自成、张献忠，还有太平天国，等等。如果以敢于向皇帝挑战做标准，那么李逵是最直白的，他的说法是："招甚鸟安，哥哥（宋江）做皇帝，卢员外做丞相，我们都做大官，杀去东京（指北宋首都开封），夺了鸟位。"按某些简单化的说法，反正旧时代，要么你做皇帝的奴隶、奴才，要么杀他个血流成河，血可漂杵，"夺了鸟位"，让他人做你的奴隶、奴才。

三十二　民本、民主与"皆"

赵士林：治乱兴替，王朝循环，不能跳出传统的政治结构，原因是多方面的。经济形态、政治观念、社会基础，都制约着历史，跳不出旧的循环。兴，百姓苦；亡，百姓苦。改朝换代不过是皇帝轮流做，改不了臣民的卑微，换不了百姓的低贱。面对这种历史，孟子思想中闪现的原始民主意识就更显得可贵。从政治思想史的角度回顾一下古代社会民本和民主的区别，很有意义。

在中国上古社会中，广泛地流传着"以民为本"的政治思想。例如《尚书·五子之歌》说："民惟邦本，本固邦宁"。民谚也说："国以民为本，民以食为天"。孟子却初步提出了比"民本"的政治思想更加先进的民主政治思想。

"民本"与"民主"的区别是"为民做主"和"由民做主"。民本思想认为人民是国家的根本；民主思想则认为人民不仅是国家的根本，还是国家的主人。民本思想认为统治者应善待人民；民主思想认为统治者不仅应该善待人民，还必须遵循人民的意志来制定国家的大政方针。

作为思想家的孟子，他对民主最大的贡献不仅是提出了"民贵君轻"的命题，他同时还制定了民主的政治原则来保证老百姓的权利和利益。

关于民主的政治原则,孟子提出:"国君进贤……左右皆曰贤,未可也。诸大夫皆曰贤,未可也。国人皆曰贤,然后察之;见贤焉,然后用之。左右皆曰不可,勿听。诸大夫皆曰不可,勿听。国人皆曰不可,然后察之;见不可焉,然后去之。左右皆曰可杀,勿听。诸大夫皆曰可杀,勿听。国人皆曰可杀,然后察之;见可杀焉,然后杀之。故曰,国人杀之也。"国家要选拔干部了,左右亲近的人说这个人好不行,朝廷上的大臣们都说这个人好也不行,只有国内的百姓都说这个人好,才能进入考察阶段。考察后确实好,才能用他。任用干部应该走这种民主程序,罢免干部乃至惩罚干部也都应该走这种民主程序。

梁漱溟先生曾说,中国传统有民主精神无民主制度。在两千四百年前的历史条件下,孟子自然无法设想具体的民主制度,但孟子关于政治原则的看法,实际上就是国家大事归根结底应该由全体国民说了算,这是典型的民主精神。北宋对孟子持否定态度的思想家李觏曾说:"孔子之道,君君臣臣也;孟子之道,人皆可以为君也"。李觏这一批评却道出了孟子思想的民主性。

王蒙:你对孟子这一段话的重视使我惊叹,原因是我起初没有像你这样,从此论述中得出这么大的结论。传统上,用人、进贤、不可、杀人,都要慎重,都要考虑各方面的反映、反应,不可偏听偏信,不可任性,不可信谗中计。其含义大到如诸葛亮的《前出师表》:"亲贤臣,远小人,此先汉所以兴隆也;亲小人,远贤臣,此后汉所以倾颓也……先帝在时,每与臣论此事,未尝不叹息痛恨于桓、灵也。"就是说我本以为孟子是从君王的个人修养上说事。而你得到的启发是更多得多的期待。这倒是符合我所一贯主张的解读优化,哪怕是望文生义,哪怕是六经注我。

皆曰贤才能用,皆曰不可才能不用,皆曰可杀才能杀,这个说法是文学,但不够行政管理专业。古今中外即使搞了全民公投也难以做到皆怎么样,尤其在中国这样一个大国,你上哪儿"皆"去?国事政事的特点是顾此失彼,有得有失,歧义极多,如果什么都"皆"了,那恰恰是尚同、尚一的奇迹,而现代意义上的民主,尤其注重于尊重与保护少数,而不是啥事都"皆"了再办。诸葛亮强调的则是有事"付有司",多了操作层面的内行话语。

三十三　民主的复杂性

赵士林:您的看法触及民主制的弊端。现代民主制度的设计就非常注意保护少数的权益,尊重少数的诉求。记得李泽厚师也怀疑在中国一人一票的选举是否可行。当年袁崇焕、戊戌六君子被押往刑场的路上,很多百姓往他们身上扔垃圾。如果让这些没觉悟的百姓一人一票,也真成问题。因此一直有个争论,是等民众素质提高了再实行民主,还是实行了民主民众素质自然就会提高。但是,民主显然不是一人一票就万事大吉,民主社会的建构也是个系统工程,竞选之外,诸如舆论监督、司法独立、思想自由、权力制衡等,都是民主政治的题中应有之义。关于民众的素质、觉悟、见识,我倒觉得张载有个看法值得注意。他说:"民虽至愚无知,惟于私己然后昏而不明,至于事不干碍处则自是公明。大抵众所向者必是理也。"程颐也说过:"夫民,合而听之则圣,散而听之则愚"。

您瞧,这些理学家的看法倒很"民主"。其实,这种"民主"思想早在管仲那里就出现了。他说:"夫民别而听之则愚,合而听之则圣。虽有汤武之德,复合于市人之言。"他们不是简单地贬斥民众素质低,而是重视民众超越私利时的意见,重视民众的集体意见。"大抵众所向者必是理也",这倒为多数决定提供了根据,当然有些简单化。

其实,民主政治的精义就是大家的事大家说了算,民主政治的好处就是能够及时纠错,特别能避免贤人政治的贤人不贤、精英政治的精英不精。

说起民主太复杂了。据萨托利在《民主新论》中的概括,就有现代民主和古代民主,西方民主和非西方民主,自由主义民主和其他各种主义的民主。

孟子思想中的民主因素当然是古代民主。与孟子同时代的古希腊,存在着城邦民主的政治制度。但古希腊的这种民主制度明确地剥夺女性和奴隶的民主权利,民主只能是城邦中少数自由人范围内的民主。孟子的民主原则显然更彻底,更普遍。当然,从另一个角度看,古希腊的民主已经形成一种具体的制度,而孟子这里还只是提供了民主的原则、民主的精神,因此古希腊的民主当然是更成熟的。

孟子民主政治思想最可贵的地方在于,它将政治的出发点从统治者彻底地转向人民,将统治者的利益置于人民利益之下,视人民的利益为评价政治的唯一标准、最高标准。他在两千多年前能够提出一切从人民出发、由民做主的民主观念,实在是世界思想史上惊天动地的大事。

王蒙:孟子的主张是由民做主,还是注意民意呢?孟子是主张"五百年必有王者兴"的,是主张"天之生此民也,使先知觉后知,使先觉觉后觉也"的。

三十四　最务实的思想家

赵士林:二者都有。这恰好是古代民主的特点。民本思想和民主意识互相渗透,精英政治和民主政治夹缠不清。换一个角度看,民主政治一定意义上也是精英政治,不过是精英的理解、精英的标准、精英的选择不同罢了。另外,还值得指出,在先秦诸子百家中,孟子最关注民众的经济问题。从这个角度看,孟子又是最务实的思想家,司马迁说他迂阔就有点冤。孟子认为,对于民众来说,首要的问题是解决他们的生存权问题,而解决生存权最重要的是保障民众拥有基本的不容剥夺的财产权,用孟子的话说,就是使民有"恒产"。孟子揭露统治者的贪婪残暴已经剥夺了民众的基本生存权,他说:"今也制民之产,仰不足以事父母,俯不足以畜妻子;乐岁终身苦,凶年不免于死亡""民之憔悴于虐政,未有甚于此时者也"。

针对民众这种悲惨状况,孟子反复地提出自己的经济主张,下面的经济蓝图在《孟子》一书中出现三次之多,《梁惠王上》两次,《尽心上》一次:

> 五亩之宅,树之以桑,五十者可以衣帛矣。鸡豚狗彘之畜,无失其时,七十者可以食肉矣。百亩之田,勿夺其时,数口之家可以无饥矣。谨庠序之教,申之以孝悌之义,颁白者不负戴于道路矣。七十者衣帛食肉,黎民不饥不寒,然而不王者,未之有也。

为了实现这个经济蓝图,孟子假托古代历史,提出了关于经济制度的带有鲜明社会主义色彩的土地改革方案,这就是著名的"井田制":"夫仁政,必自经界始。经界不正,井地不均,谷禄不平,是故暴君污吏必慢其经界。经界既正,分田制禄可坐而定也……方里而井,井九百亩,其中为公田。八家皆私百亩,同养公田;公事毕,然后敢治私事……"

"井田"这个名称并没有见于周代文献,因此井田制的具体情况如何,已经无法考证。孟子提出这种平均地权的经济制度显然融入了自己的理解、想象和创造。侯外庐等学者指出孔子仅向往尧舜的人格,而孟子则虚拟尧舜的制度,井田制的设想就是一例。这是中国最早的土地改革设想,它影响巨大,甚至启发了两千多年后孙中山"平均地权"的主张。

三十五 孟商悖论与改革的命运

赵士林:特别有启发意义的是,孟子提出井田制,是和法家如商鞅的经济发展战略唱对台戏。商鞅在秦国变法搞改革,提出"为田开阡陌""民得买卖","阡陌"就是孟子说的"经界",也就是井田制中各家田地的边界。商鞅主张废除这个边界,允许土地自由买卖。这被认为是一种进步的改革思想。孟子之所以坚决反对商鞅的这个改革,就是因为担忧这样一来"暴君污吏必慢其经界",也就是统治者必然以改革为名,滥用手中的权力侵吞民众的田产。这样势必产生富者愈富、贫者愈贫的马太效应,导致严重的贫富悬殊与社会不公。从经济发展的内在规律来看,商鞅的改革主张鼓动人们普遍的求富欲望,以利相诱,不能说没有道理,实践也充分证明商鞅的改革确实十分成功,它直接促进了秦国的经济发展乃至国势强盛,为秦国以后统一天下奠定了雄厚的基础。但商鞅的改革也带来了严重的社会问题。如班固说:"庶人之富者累巨万,而贫者食糟糠。"董仲舒说得更尖锐:"用商鞅之法,改帝王之制,除井田,民得卖买,富者田连阡陌,贫者无立锥之地。"

就是说,商鞅变法抛弃传统,实行土地私有的自由买卖,造成严重的贫富悬殊。富人财产千万亿万,贫苦的人却只能吃糠咽菜;富人拥有的田地是那样广阔,连田间的道路都吞没了,贫苦的人却连插一根锥子的地方都没有了。

孟子和商鞅针锋相对,明确地反对"上下交征利",也就是上上下下"利"字当头,而是更重视社会公平。从经济发展的角度看,商鞅的改革有其必要性;从社会稳定的角度看,孟子的主张也有其合理性。特别是面对强者利用权势肆无忌惮地欺凌侵夺弱者时,孟子的主张就更体现出社会的正义性、道德的崇高性。

王蒙:商鞅一类改良、改革人物的历史角色与命运也需要分析。他们并不简单的是帝王的鹰犬或奴才,而是在自己所处的历史条件之内取得某种发言权与行事权,对民作出贡献。

改良派也是献身者,例如谭嗣同。更麻烦的是我的河北南皮县老乡张之洞,他是洋务派,是我国现代冶金工业之父,他推动了修建京汉铁路,同时还受到慈禧太后的信任,他自己也以"老佛爷"的奴才自居。遇到屈原、李白、张之洞这样的人物,与其给他扣上千篇一律的奴才帽子,不如分析他们的历史地位、历史贡献,当然也有各种局限。如此方便地大面积划奴才,是不是把几千年的历史过于执着地阶级化了?

归类、命名、扣帽子,这早在公孙龙的头脑里就被大大地质疑了。"物莫非指,而指非指",如果认定封建中国除帝王与造反者外几乎人莫非奴,那么这样的命名又意义何在呢?万物都被命名、定性、定位,乃至定格、定调、定价,那么,命名者与定位者呢?他们应该命个什么名、定个什么位呢?这样的指与恉、旨,把人物分类命名,把人物归入某个特指的范畴,又是什么性、什么位、什么价,又是被何人、何物、何指所命名的呢?

赵士林:对商鞅确实有过度贬斥的倾向。例如拿《商君书》臭商鞅,其实《商君书》里很多话不是商鞅说的。再如,批评商鞅的"轻罪重罚""禁奸止过,莫若重刑",却故意无视商鞅说的"以刑去刑,国治;以刑致刑,国乱"。这令人想起子贡的感慨:"纣之不善,不如是之甚也。是以君子恶居下流,天下之恶皆归焉。"

孟子和商鞅的对立,我称之为"孟商悖论",这个"孟商悖论"一直到今天仍突出地表现于转型期国家的改革历程中。

孟子坚决反对"暴君污吏"利用政治特权侵害民众利益,应该说是抓住了社会公平问题的症结。

三十六　孟子的自由贸易论

赵士林:孟子关于工商业的主张也可圈可点。他的主张最令人称道的有两点:

一是反垄断。例如他说:"古之为市也,以其所有易其所无者,有司者治之耳。有贱丈夫焉,必求龙断而登之,以左右望,而罔市利。人皆以为贱,故从而征之。征商自此贱丈夫始矣。"

古代的买卖,以有易无,这种事,相关的部门管理管理罢了。但却有一个卑鄙的汉子,一定要找一个高地登上去,左边望望,右边望望,恨不得把天下所有买卖的好处都由他一网打尽。人们都觉得这人太卑鄙,因此抽他的税。向商人抽税就是这样开始的。

孟子好像是在讲笑话,税收制度好像不会这样随随便便就开始了。但从这个故事可以看出,孟子是如何蔑视垄断行为的。

孟子关于发展工商业的第二个主张是反对滥收税,主张鼓励工商。

孟子主张"关市讥而不征""市廛而不征,法而不廛",就是要求关卡和市场应该检查货物但不能滥收税。市场上,应提供空地储藏货物,但不能征收货物税;如果货物滞销了,应该依法征购,避免长久积压。

孟子为商人想得真的很周到,这也是先秦儒家对工商的共同态度,这在今天看来也是一种十分前卫的经济学思想,其强调贸易自由的理念丝毫不亚于今日自由主义的经济主张。后来荀子受法家影响而有所改变。

谈到孟子的经济思想时,我们还不应忘记,他还是最早提出了可持续发展理念的思想家。

他说:"不违农时,谷不可胜食也;数罟不入洿池,鱼鳖不可胜食也;斧斤以时入山林,材木不可胜用也……是使民养生丧死无憾也。养生丧死无憾,王道之始也。"

这段话明确地阐释了今日看来尤其值得宝贵的生态主义思想、环境保护思想、可持续发展思想。

孟子两千四百年前的规划,直指今天,可以列入我们的政府工作报告。

王蒙:孔孟对民生的关注里都强调一条:不违农时。这充分说明了农业文明的时间特色。他们无法停止、取消东周时期的天下大乱、你争我夺、征战频繁、民不聊生的境况,只好降到最低,至少关键的春种、夏耘、秋收时日,不要发兵打仗,不要徭役过多。第二个特色就是别饿死人,别让死尸堆满了沟壑。孟子提出的理想也是五十岁以上穿上丝帛,很好,七十岁以上吃上肉,说明吃肉比穿丝困难多了。那是人生七十古来稀的时代,那个时候提出七十岁以上吃上肉,与凭票供肉年代,提出九十岁以上多发肉票,大概差不多。

还有一条,有吃有穿就行了,至于发展,根本没有这个观念。

三十七　仁政王道

赵士林:"仁政王道"是孟子基本的政治诉求、政治理想。这一思想典型地体现了先秦儒家的圣王思想,它强调道德与政治的密切联系,认为只有先解决好道德问题,然后才能解决好政治问题。

仁政王道的思想充满了人道主义精神,体现了对民众生存的关注。孟子提出统治者应"与民偕乐"的思想,实际上就是要求统治者必须关怀大众,改善民生,这是仁政王道的具体体现。

王蒙:孟子认为君王搞什么自我服务的园林亭台是可以的,但同时也要适当开放与民共享,此观念极佳,但落实起来有困难,所以没听说历史上有哪位中外君王打开大门,欢迎百姓一起来玩过。

赵士林:孟子的原意倒未必是君王的亭台园林让大家共享,而是希望君王享受生活的时候,让百姓也能享受享受生活。

孟子由此进而提出了中国政治史上最进步的政治理念:乐以天下,忧以天下。

> 乐民之乐者,民亦乐其乐;忧民之忧者,民亦忧其忧。乐以天下,忧以天下,然而不王者,未之有也。

孟子主张的仁政王道,始终贯彻着关注、同情平民大众的基本立场,始终以平民大众的生存状态作为衡量政治好坏的最高标准,体现了一种人民性的政治理念,形成了"以人为本"的优良的政治传统。中国历史上能够名垂青史的政治家,都体现了这种政治理念和政治传统。范仲淹著名的"先天下之忧而忧,后天下之乐而乐",思想源泉就出自孟子。

王蒙:但是孟子仍然讲的是王天下,是王者治理管制天下,是先知先觉者、圣贤们,把天下管得好好的。

赵士林:王天下的意思是像尧、舜、禹、汤、文、武那样以仁义道德治理天下,这里的王,重心在仁政,而不在王者。当然,孟子精英治国、贤人政治的主张毋庸讳言,这是他那个时代的思想家无法完全跳出的政治框子。

三十八　澄清义利之辨

赵士林:谈到孟子,有一个特别需要澄清的思想,就是他提出的义利之辨。

《孟子》开篇就讲义利之辨。

"王何必曰利,亦有仁义而已矣。"

"何必曰利"的思想一直遭到误解与批判。有人一提到孟子的义利之辨,就斥之为迂腐,认为这是孟子用抽象的道德信条束缚经济发展,甚至是剥夺民众的生存权利,不管人民的死活,显然不利于市场经济的发展。今天看来,这种批判太简单化了。

讨论孟子的"何必曰利",不能丢掉那个"王"字,孟子说的是"王何必曰利",就是指责统治者,你不要开口闭口都是你的利,你的利已经太多了,天下的利都是你的了,你应该要点脸,讲点义了。对那些贪官污吏难道不要好好讲讲义?什么钱都敢贪,扶贫款、救灾款、希望工程、慈善捐款,都敢拿来中饱私囊。在公有制名义下的巧取豪夺,以一己之大私冒充天下之大公,难道不是最大的不义吗?

我们看到,孟子的义利之辨其实有两个视角:对统治者讲"义",对老百姓讲"利"。从对统治者的要求说,要求统治者一定要讲

"义",也就是推行仁政王道;而谈到百姓时,孟子则念念不忘保障他们的权益,也就是他们的"利",这特别突出地表现在孟子要求保障民众的"恒产",也就是保障其生存权的不容剥夺的私有财产上。

因此,孟子的义利之辨,恰好是在为民争利。

孔子和孟子,从道德到政治,一方面树立了伟大的人格理想,另一方面又设计了系统的政经制度。他们的思想逻辑就是要求先做人,然后才能做事。做好人,才能做好事。用儒学的术语,叫做"内圣外王"。"内圣外王"本来是庄子说的,但却成了儒家的标配。《大学》所谓八条目:"格物、致知、诚意、正心、修身、齐家、治国、平天下",正是遵循着这个逻辑。当然,严格地讲,儒家的意思不是做人和做事打成两橛。做人中有做事,做事中有做人。王阳明所谓"知行合一""事上磨练",都是这个意思。但是,儒家强调做人才能做事的逻辑,还是宛然可辨。因此儒学实际上是从伦理到政治,是一种伦理政治学。一切都围绕着做人,做有道德的人。儒家眼中的政治,其实也是一种道德实践。他们的基本诉求就是一种政治道德的理想,或者叫理想的道德政治。

三十九　关于内圣外王

王蒙:内圣外王是理想主义,内圣是讲心术为圣为贤,外王是讲权力,权力有效管用。内圣是忠恕,是仁义礼智信,外王则不无法家主张的加强君权、富国强兵的一套。

古代的士本身的目标不是内圣外王,一般人想王也王不起来,更能做到的应该是"玄圣""素王",有玄理玄德,有朴素本色,这是自励自勉的好话。

赵士林:儒家宣传的内圣外王肯定有自己的一套标准。王阳明、曾国藩之所以被称为内圣外王的楷模,就是因为符合这个标准。有一个很重要的问题,学习儒家思想,是不是要求大家都去做圣人呢?

是不是要求大家都成为大丈夫呢？不是的。这样要求就麻烦了。

最高境界的实现并不是那么容易。不错，孟子讲过："人皆可以为尧舜"，荀子也说过："涂之人可以为禹"，到了宋明，大儒就说："满街都是圣人。"

但是他们讲这些话，不过都是激励人们不断追求更高的人生境界。说起来，一个社会能够不是"满街都是小人"就不错了，哪里能够"满街都是圣人"？

古往今来，圣人出了几位？几乎没有。就连孔子都坚决否认自己是圣人，他说："若圣与仁，则吾岂敢"，谈到圣和仁的境界，我孔丘可不敢当。

我读孔孟，每当读到"士可杀不可辱""三军可以夺帅，匹夫不可以夺志""富贵不能淫，贫贱不能移，威武不能屈""说大人，则藐之，勿视其巍巍然"，总是不由得心潮澎湃，热血沸腾。但是静下来想想，"富贵不能淫，贫贱不能移，威武不能屈"，我能做得到吗？结论是，做不到。我的情况倒经常是"富贵能淫，贫贱能移，威武能屈"。为什么呢？因为我是个凡人。凡人嘛，都有欲望。古话说得好："无欲则刚"，但是我偏巧有欲。我有很多世俗的欲望，名缰利锁，我根本就跳不出去。我要升职，就得讨好领导；我要挣钱，就得讨好客户。我要住更大的房子，开更好的车，就得奔走于大人先生门下，卑躬屈膝，拍马屁，因为他们手里掌握着满足我欲望的资源。这不正是富贵能淫，贫贱能移吗？这怎么能做大丈夫？

说到威武不能屈，我总想起一些表现志士仁人题材的电视剧。你看那些志士仁人，在敌人的监狱里遭到严刑拷打，但是坚贞不屈；被敌人押上刑场杀害了，视死如归，英勇就义。每看到这些场景，我的心底都油然升起敬仰之情。但是回过头来想一想，如果当年我是个地下工作者，被敌人抓到监狱里去了，遭受严刑拷打，我会怎么样？我会有什么表现？惭愧得很，我如果被抓进去，恐怕一鞭子下来，让我说什么我就说什么了。这不正是威武能屈吗？一方面非常敬仰那些志士仁人,另一方面想到面临那样的考验,我可能是个软骨头,心里就很郁闷。

大丈夫我肯定做不成了,但是不能做大丈夫,就自暴自弃吗?也不能。不能做大丈夫,可以做君子。大丈夫富贵不能淫,贫贱不能移,威武不能屈。一般人做不到。君子呢?不能有所为,可以有所不为。没有能力、没有条件、没有境界做崇高的事,至少保证不要主动地出卖灵魂,不要去践踏道德底线,不要去干伤天害理的事。这一点,一般人都能、都应做得到。可以自慰的是,这一点,我做到了。

说起来,圣人非常少,十恶不赦的人也非常少,更多的人都是像我这样的人,凡人,说得好听点,就是有缺点的好人。绝大多数人都难免有跌份儿的时候,都难免有露怯的时候。随地吐痰,闯红灯,坐地铁不排队,打小报告,抬高自己,贬低别人,这些很不光彩的事,我们可能都干过。但是干过之后,你晚上夜深人静时想一想,心里感到不安,睡不着觉,觉得不应该这样做,并且暗下决心以后决不干这样的事。那么你这个人就有希望。

王蒙: 对于大众来说,更可以研究讨论的是哪些绝对不能做。简单地说,好人是有所不为者,坏人是无所不为者。我同意你这方面的说法。

四十　虽不能至,然心向往之

赵士林: 那么,既然大家都做不了圣人,大家都是凡人,儒家为什么还提倡圣人境界呢?既然大家都做不到,干吗还提倡它呢?有没有意义?有没有价值?我认为,仍然有意义,仍然有价值。那么意义何在?价值何在?我由此想起司马迁歌颂孔子的一段话。

司马迁在《史记》里引用了《诗经》中的一句诗来歌颂孔子。是这样写的:"高山仰止,景行行止。"然后他由衷地说:"虽不能至,然心向往之。"高高的山峰,我可能登不到峰顶,但我还是要努力地攀登;宽阔的大路我可能走不到终点,但我还是要努力地前进。孔子的境界尽管我无法企及,但是我的心灵向往着它。

孔子的境界,像高高的山峰,像一面旗帜一样引导我;孔子的境界,像宽阔的大路,像一种理想一样激励我。在它的引导和激励下,我的人生不断向前,这个不断向前的过程本身就有意义,就有价值。

总之,以儒做人不是要求我们都做圣人,都做大丈夫,都做顶天立地的英雄。一般人都达不到的境界,你偏要那样要求,结果只能出现成群的假道学、伪君子。明代最有批判精神的思想家李卓吾揭露这些伪君子说:"口谈道德,心存高官,志在巨富。被服儒雅,行若狗彘",民间的批判听着更爽:"满口仁义道德,满肚子男盗女娼"。"文化大革命"中要求"大公无私""狠斗私字一闪念",结果非但没有出现这样的"红色圣人",反而制造了普遍的社会虚伪。今天国学又热了,也很有一些江湖骗子打着弘扬传统道德的旗号,电视上电视下,好像道德卫士,实际上满脑子就是一个"利"字,见利忘义,唯利是图,利欲熏心,可谓新时代的伪君子。孔子早就对这种人有个说法,叫做"小人儒"。他告诫自己的学生,要做君子儒,不能做小人儒。

孔子告诉我们"下学而上达"。我们平日的学习都是"下学",看似很平常,但是只要坚持这个"下学",你的知识水平、文化品位、道德境界就会潜移默化地不断提高,也就是不断地实现"上达",不断接近那个理想。有句话说得好:把一切平凡的事情做好就是不平凡,把一切简单的事做对就是不简单。平凡中有不平凡,简单中有不简单。用《中庸》的话说,就是"极高明而道中庸",这就是君子儒。

我们都熟悉商汤王的话:"苟日新,日日新,又日新"。商汤王是儒家理想中的圣王。他将这句话铸在自己洗澡的铜盆子上,激励自己为民众服务。他的意思是诚然每天都能更新自己,那就每天都坚持不懈地做下去,每天都要更新自己,提高自己,每天都要让生活有新气象。这是一种多么积极乐观的、昂扬向上的人生态度。几千年来,这种人生态度焕发出巨大的精神力量,激励着中华民族做人做事。就是佛家到了中国,也深受这种人生态度的影响。例如佛家禅宗的云门禅师就说:"日日是好日",用今天的话说就是,天天都是好日子。这比宋祖英唱的歌还积极,宋祖英唱的拜年歌是"今天是个好日子""明天又是好日子",但在佛家禅宗看来,在儒家的人生哲学看来,天天都是好日子。天天都是好日子,当然不是天天花天酒地,天天肉山酒海,天天卡拉 OK,而是每天你都应创造自己的事业,提高自己的境界,刷新自己的生活。

四十一 《易经》到底是本什么书

赵士林:您对《易经》有兴趣吗?讲到《易经》,有一种值得警惕的倾向,就是借《易经》乃至其他一些中华传统文化资源宣扬狭隘民族主义和中华文化优越论。一个十分荒唐的逻辑是:外国没有的,中国独有;外国有的,中国早有,甚至声称没有中国文化的启发,就没有外国的优秀文化。

例如互联网颠覆了传统的时空,深刻地改变了人类的生活世界。我们这儿就有"大师"胡说:"互联网有什么了不起?中国早就有互联网。老子说:天网恢恢,疏而不漏,这不就是互联网吗?"

互联网是现代高科技成果,老子所云"天网恢恢,疏而不漏"是个哲学命题,将二者硬扯到一起,岂不是非驴非马?

再如不止一位"大师"信口开河:莱布尼茨的二进位是从《易经》那儿学来的,没有《易经》,就没有莱布尼茨的二进位。

这种虚骄自大,表面上是爱国,实际上最误国。这种狂妄自大的说法,其荒唐可笑自不待言,有点见识的人早已对这样的虚骄自大羞于出口,但是还有所谓的"国学应用大师"拾人余唾,搞那种拙劣的煽情,这已经不仅是愚昧无知了。我们中国人不能刚吃了几天饱饭就忘乎所以,我们应该深刻检讨我们政治、经济、文化各个方面的缺陷和不足,以史为鉴,提高自己,发展自己,而不能再沉醉于狭隘民族主义和中华文化优越论的幻梦中贻误自己。莱布尼茨提出二进位，自有西方伟大科学传统的培育，怎么可能看看《易经》就发明了？莱布尼茨发明了微积分，《易经》诞生两千多年了，为什么我们中国人自己却始终没发明微积分？我们不但没从《易经》里发明微积分，到了今天还在拿它来装神弄鬼、占卜算卦、骗钱。这不是很可悲吗？那些所谓的"国学应用大师"，对《易经》就知道个阳爻阴爻，也好意思坐在那里装腔作势地大谈《易经》。

还有台湾来的大忽悠，跑到电视上忽悠《易经》，什么不懂易学就没法搞好管理。西方人几千年都不知道什么易学，人家的企业管理不如你吗？

讲到《易经》，有一个熟悉的说法，伏羲作八卦。伏羲本是个传说人物，不是历史人物。看汉代坟墓里挖出的伏羲、女娲造像，伏羲、女娲人首蛇身，兄妹为婚。人首蛇身，一听就是神话，是上古图腾时代的艺术想象。把他当历史人物讲，煞有介事地宣称伏羲作八卦，就是把传说人物当成真实人物，把神话故事当成历史事实。那不是忽悠人吗？

一个浮躁的唯利是图的时代，出现这种荒唐事，一点都不奇怪。不仅有忽悠伏羲的，还有忽悠女娲的。某地政府还曾经郑重宣布，他们那儿发现了女娲的遗骨，当地"专家"还一本正经地论证如何如何可能。岂不滑稽又荒唐！

那条新闻传出后，我也在微博上"郑重宣布"："我这儿发现了白骨精的遗骨，还有猪八戒的遗骨。"

这不更耸人听闻，更有旅游价值吗？

拜金主义的狂潮，真的令众生颠倒啊！

《易经》到底是本什么书？《易经》原来确实是占卜的书，也就是算卦的书，那是上古蒙昧初开，中华文明初露曙光的时代，先民的文化创造。在那个时代，先民认为天地万物背后都有一种神秘的力量支配着人类的命运，《易经》的占卜或者说算卦就是和这种神秘力量打交道,希望通过对它的考察认识来预测人间的吉凶祸福,再进一步通过和它的沟通互动来改善自己的命运。这种神秘力量说到底就是我们常说的鬼神。原始巫术、原始宗教等均产生于上古先民这样一种世界意识、自然意识和宇宙意识。但必须指出的是,中国的原始巫术、原始宗教、原始神秘主义从殷周发展到春秋时代,超越性的宗教命令已逐步转化为人间性的道德法则,宗教也走向人文化。天帝鬼神都成了人间道德甚至百姓权益的守护者。例如《左传》记载:"夫民,神之主也。是以圣王先成民而后致力于神。"民的地位跑到了神的前面。再如:"国将兴,听于民;将亡,听于神。神,聪明正直而壹者也,依人而行。"任何宗教都是人服从神,这里却是神服从人。此外如"鬼神非人实亲,惟德是依""祭祀,以为人也。民,神之主也"等等,在在表明,天的地位下降,人的地位上升;鬼神为人服务,人乃鬼神主宰。这是中国上古史中意义重大的文化转向,决定了中国文化的基本性格。对《易经》的态度,也不能不受到这个转向的影响。

王蒙:您接着讲。

四十二　善为《易》者不占

赵士林:孔子是这个转向中的标志性人物。从孔子开始,就已经不把《易经》看成算卦的书,而是专门阐释里面的哲学道理,就是说,伴随着文明的进步,孔子能够与时俱进,不是把《易经》看成和鬼打交道的书,而是把《易经》看成和人打交道的书,这就空前地提高了《易经》的文化品位。

荀子也早就讲过:"善为《易》者不占",就是说,真正懂得《易经》、善于运用《易经》的人是不拿它来算卦的。

其实,早在孔子、荀子之前,就有一位大人物清楚占卜算卦那些东西是忽悠人的,不可被它左右。这位大人物就是家喻户晓的姜子牙。

姜子牙辅佐周武王伐纣,立了决定性的功劳。

　　武王伐纣之前,曾经命令主管算卦的官算了一卦,结果是"大凶"。按照这卦,这仗不能打,打了要输得很惨,"大凶"啊,还不是一般的凶啊!但是姜太公什么反应,他是坚决地不信邪,扔掉蓍草,踏碎龟甲,说道:"枯骨死草,何知吉凶!"坚决主张出兵,结果大获全胜。

　　如果听算卦的,中国的上古史恐怕都要改写了,有没有周朝都难说了。

　　还有个很有趣的例子。春秋时齐国大夫崔杼要娶寡妇棠姜为妻,也占了一卦。结果也是凶卦。但是崔杼也像姜太公一样不信邪,他说:"一个寡妇有什么危害!即使真的有危害,她的前夫已经遭受了,与我何干?"最后还是娶了棠姜。

　　我觉得北宋大思想家李觏对《易经》的看法很可取,他坚决反对对《易经》作神秘主义解释,认为"八卦之道在人""吉凶由人",反对拿神秘的天意说事儿。

　　王蒙:我对《易经》知之甚少,我相信那是一部占卜算卦的书,算卦当然是靠不住的,它的卦象结论不是天意,而是迷信。但是它的种种言辞,表达了古人的命运观、吉凶观、处世观,它既有辩证法也有对策论,它更有多义性,它包含了揣摩预计,又留下了弹性、多义性。其次它的阴阳匹配,《乾》《坤》两种卦象的匹配。确有数学排列组合的游戏意味,也有二进位的萌芽,这不是中国人自作多情,而是欧洲学者早已发现的。

四十三　什么是"命"

　　赵士林:我反对用《易经》来抽签算命,装神弄鬼,反对故弄玄虚,神秘兮兮,恰好是继承和弘扬古圣先哲的理性主义精神。这里有一个问题,反对抽签算命,装神弄鬼,是不是反对讨论命运问题、反对讨论神秘现象？不是的。儒家主张理性主义，绝不是反对讨论命运问题，绝不是否认命运的存在。例如，较之孔子更少谈祭祀，也就是更少关注宗教问题的孟子，却不否认"命"，他甚至说"莫非命也"。那么，孟子说的"命"是什么意思？他给"命"下了个定义：

> 莫之致而至者，命也。

没有人叫它来，它竟来了。孟子眼里的命，其实就是无形、无影、无主宰，不可预测又不可把握的力量以及人生的偶然。

你经营一家外向型企业，一切都在顺利运行，订单不断，蒸蒸日上，但突然二〇〇八年一场金融危机从天而降，来势凶猛，你的订单就没了，你就受到严重影响，这个你完全无法预料，这个不由你决定，这就是你的"命"。你这个人朽木不可雕，无所事事，三十多了，还在家"啃老"。一天睡到十点起来了，上超市买包烟，看到卖彩票的觉得挺好玩，花十元钱买了一张，结果一宣布，中奖一千万元，命运彻底改变。

但儒家反对依靠这个命。儒家对待命的态度也体现了积极的健康的道德的理性精神。看孟子这样说："莫非命也，顺受其正；是故知命者不立乎岩墙之下。尽其道而死者，正命也；桎梏死者，非正命也。"一切都是命，但顺理而行，所接受的便是正命；因此懂得命运的人不站在有倾倒危险的墙壁之下。尽力行道而死的人所受的是正命，犯罪而死的人所受的就不是正命。

尽管命运无处不在，人生不可预测、不可把握的偶然性太多，但孟子除了告诫远离不必要的危险之外，强调的是"正命"，依据道德原则来做事，不管结果如何，都是正命。

《中庸》有句话说得最好："君子居易以俟命，小人行险以徼幸"。君子居处平易、行为端正等待命运的安排，小人专门冒险以图侥幸获得利益。前者就是孟子所谓"正命"，是儒家对待命的正确态度，后者则是对待命的错误态度。

总之,面对未知世界、神秘事物、偶然性、不可预测性、不可把握性,有六个字最健康最合理,那就是:尽人事,听天命。

好好地做你的事,命运怎么安排是它的事。好好地做你的事,你的人生就充实,就有意义,就有价值,不管命运如何安排,你总是不枉此生。

四十四　六点小结

王蒙:我倒希望能对传统文化,特别是儒家文化的历史与当前有效性,尝试作一个小结:

一、克己复礼,天下归仁。仁政王道,为政以德。四维八纲,五德三达。用道德理想统领各方面,有利于修齐治平,有一定的感召力与凝聚力。

二、人性本善,天地大美。天道为公,天人合一。道统为一,一以贯之。混一大同,三生万物。天人合一的核心是天地大美与人性本善的合一,人性本善与为政以德的合一,王道仁政、爱民亲民、民胞物与的合一。数千年来,这是有说服力与吸引力的。

三、自强不息,厚德载物。和而不同,周而不比。坦坦荡荡,乐山乐水。见贤思齐,不贤自省。三省吾身,闻过则喜。己所不欲,勿施于人。反求诸己,立人达人。文以载道,言而及义。中庸君子,过犹不及。这里关键是君子之道,儒家精英理性主义。西方政治理论的核心是多元制衡,中国传统政治的核心是准确平衡,留有余地,即君子中庸。

四、好学不厌,诲人不倦。切磋琢磨,从善如流。经世致用,有教无类。不言之教,造化为师。贫而乐生,富而好礼。君子谦谦,文质彬彬。知人论世,左右逢源。"左右逢源"的原意是鼓励人的学习的触类旁通,联系实际,不是贬义。儒家劝学,正是中华文化生生不息、汲取众长、保持长久生命力的根基所在。

五、未知生也，安知死乎。慎终追远，薪尽火传。苟日又日，日日求新。穷则思变，与时俱化。通达调整，坚韧灵活。圣之时者，百战不殆。中华传统文化的此岸性、积极性、机变性与适应性，使传统屡遭磨难而逢凶化吉，遇难呈祥，置之死地而后生，周虽旧邦，其命维新。

六、有中国特色的社会主义现代化，这样一个从字面上看或有吊诡的提法，正是体现了上述中华文化传统与现代化对接的全面性、特异性与有效性。

说　　道

一　天机的泄露

赵士林：记得您的《老子的帮助》出版后，任继愈先生曾调侃说：都说天机不可泄露，你这本书却把老子的天机泄露无遗。欣赏您阐释老子的智慧的智慧。您对老子的阐释，全方位、多角度，如您自己所说："用自己的人生，用我的历史体验、社会体验、政治经验、文学经验、思考历程去为老子的学说'出庭作证'。"

这段话印在《老子的帮助》的封底上。非常荣幸，这本书的封底也印上了我对这本书的评价："王蒙对老子的解读，可谓形上形下，挥洒淋漓；上天入地，洞烛幽微；深入浅出，能近取譬；鸢飞鱼跃，触处生春。"

关于老子的评价众说纷纭，您对老子的解读提供了一个饶有兴味的评价样本。对您的评价也容有多种评价。古往今来，人们眼中的老子，可谓光怪陆离，有时我简直觉得评价的就不是一个人。道家的眼中，老子自然是天下第一思想家，是中华智慧的代表。儒家的眼中，老子就是个心肠狠毒的阴谋家，朱熹就说"老子心最毒"；鲁迅的老师章太炎更说老子"为后世阴谋者法"，也就是后代阴谋家的老祖宗。法家的眼中，老子又成了法制的最重要的思想库，韩非子专门写了《解老》《喻老》，引老子为知音，司马迁说韩非子为"喜刑名法术之学，而其归本于黄老"，《黄帝四经》讲"道生法"。道法家也确乎是道家和法家的合流，后来汉文帝遵循的治国理念就是道法家那一套。法家的三位理论代表慎到、申不害、韩非子，法家推崇的"三宝""法""术""势"，都可以在道家中找到影子，因此《史记》把申韩和老庄放到一起说。在自由主义者的眼中，老子则成了一位彻底的自由主义斗士。在他们看来，老子讲无为，讲"治大国若烹小鲜"，讲以愚治国、小政府，等等，都体现了自由主义的精神。

众说纷纭，恰好表明老子的丰富、老子的深厚、老子的复杂、老子的魅力。我对老子的理解，则纯粹是一种描述性的理解，我把老子的思想描述为四大智慧，那就是军事智慧、政治智慧、人生智慧和宇宙智慧。

王蒙：好极了，这正说明了庄子的观点，盗亦有道，道亦通盗。箱子可以为好人服务，防止盗贼开箱明夺暗抢，也可以干脆被盗贼提走，为盗贼的强盗心肠、抢夺行径服务。真理也是一样，聪明智慧、计谋手段、深刻饱满、科学预案、花样翻新、言语魅力、表达能力、表演能力、论辩才华、管理控制、盈缩自如、适可而止、知止有定、知白守黑、知荣守辱、道法自然、物极必反、天道恢恢、举重若轻、迎刃有余、无私成私、无争胜争……这一切都是天道，都是真理，都是国之利器、人之利器、君之利器、圣贤利器，也是盗之利器、贼之利器。

二 《老子》是兵书吗

赵士林：老子作为哲学家为世界尊重，但他在中国，最早却被当成兵家。唐代有位叫王真的说，老子《道德经》五千言，句句谈兵。宋代苏东坡的弟弟苏辙说老子和孙子没什么区别。这些看法尽管有严重的夸张和歪曲，但也不能说丝毫没有根据。据说毛泽东也认为《老子》是一部兵书。翻开《老子》，直接讲兵的地方很多很多。

王蒙：这丝毫不足为奇，尤其对于中国人。中国的语言文字是综合信息型的，它们启示的是"通"，是多而一、一而多，一以当十、一通百通。庄子追求的叫做"道枢",道已经是玄而又玄,众妙之门了,偏偏庄子还要研究道之枢纽,道之圆心,道之电门,道之抓手、把柄、遥控器与道之核心穴位。孔、孟、老、庄都努力寻找一个"一",一以贯之的"一",定于一的"一",天道的"一",人性的"一",天性的"一"。这个"一",对于孔子来说,从孝悌开始,发展为忠恕、仁义、克己复礼、天下归仁。对于孟子来说,是性善,是天良,是恻隐、羞恶、恭敬或者辞让,还有是非之心,发展到天爵,老天爷给的级别高度,发展到王天下,得民心,五百年一出的圣贤、王者。到了老子那儿,就是道,就是天,就是曰大、曰逝、曰远、曰反。大就是无所不包,至大无外;逝就是逝者如斯,不舍昼夜;远就是恒久无垠;反就是否定之否定,变过去还要变回来。道就是朴,是没有加工的木材,是原生态。就是无,就是婴儿,就是愚,就是无为而无不为,就是以柔弱胜刚强,就是上善若水,就是无死地,就是不惧兕虎,不被甲兵,刀枪不入,就是"治大国若烹小鲜",就是不为大而能成其大。

所有这些,都是万能真理,是道,是玄德,是一切美德、智慧、方略的灵魂洗涤与心志沐浴,也是一切的一切的整体总和。

岂止是兵书,也是政书,也是个人修养、修齐治平之书,又是养生、养心、养性、心理治疗之书,是苦练内功,是精神按摩。还是外交、商贸、交友、婚配、生活的百科全书,尤其是终极关怀、终极信仰、终极神学、中式宗教之书。

再说《庄子》,不但是真理追求,也是文学追求,是佚闻追求,是清谈的极致,是故事乃至诡辩的极致。

把《老子》说成兵书,未免简单化、单线条化,而且未免煞风景。

问题在于,太多太多的古人,缺少抽象思维、综合思维、终极思维、哲学思维的能力。他们知道的只有修齐治平、君臣父子、文武治乱、兵书医书,能加上琴棋书画就不错了,他们连哲学都想象不了,想象不到。他们能从《道德经》里看出兵法来,已经是拔了又拔,超了又超了。他们够得着更高远的思想与观念吗?

说成兵书也有抬举,因为斯时五霸七雄,兵事不断,而战争最残酷,最见品德、智慧、谋略、招数,失之毫厘,差之千里,来不得空谈,来不得牛皮,来不得诡辩,来不得巧言令色。兵书所述,是要受敌军敌将、真刀真枪的检验的,是弄不好就要丢脑袋的,不把脑袋丢在敌方,也会因空谈误国而头昏脑涨,将头颅丢在己方的大将手中。能几千年留下兵书来,谈何容易!

赵士林:谈到老子论兵,立刻碰到《道德经》军事思想和《孙子兵法》的关系。学界有一个争论,到底是老子抄孙子,还是孙子抄老子?如果老子在前,就是孙子抄老子;如果孙子在前,就是老子抄孙子。之所以发生这个争论,是由于老子和孙子有很多相似的军事智慧,但是这两者,到底谁在前,谁在后,学界一直没有定论。

例如,《孙子兵法》说:"主不可以怒而兴师,将不可以愠而致战。"君王不能一怒之下就用兵,将军不能愤恨不已就开战。

看老子怎么说:"善战者不怒。"善于作战者绝不为愤怒激昂情绪所左右。

这个看法十分英明。战争需要十分冷静地判断敌情,十分周密地谋划打法,一怒之下作出的决策往往耽误大事,耽误大事的结果往往就是国破家亡。

但老子谈到战争最宝贵的思想不在于如何打打杀杀,而是他在谈论战争时体现的人道情怀、和平精神和反战意识。出于关注民生疾苦的人道情怀,老子令人惊心动魄地指出了战争的破坏性后果:"师之所处,荆棘生焉。大军之后,必有凶年。"因此老子强烈地提出了反战主张:"夫兵者,不祥之器,物或恶之,故有道者不处"。老子又警告说:"以道佐人主者,不以兵强天下,其事好还。"意思是说,用大道辅佐君主的人,不靠兵力逞强于天下。如果迷信武力,很容易遭到报复,这就叫"其事好还"。如孟子所谓"杀人之父,人亦杀其父;杀人之兄,人亦杀其兄",我害人,人也害我。冤冤相报,恶性循环,无休无止,大家都输。因此人对人,国对国,都是冤家宜解不宜结,仗是能不打尽量不打。

老子在战争问题上和孔子有共同语言。孔子之所以称赞管仲够得上仁,就是因为管仲作为齐国政治的 CEO,多次召集诸侯,却没有一次是靠武力威胁。

老子的军事智慧,就是反战的智慧,体现了一种好生之德。

王蒙:我也常常就这个问题说话。我说老鹰可以飞得与鸡仔一样低,但是鸡仔飞不了老鹰那样高。以柔克刚,以退为进,先予后取,欲灭先兴之术阴谋家也可以用一用,大圣贤也不是不用。但是,他们根本的为政观、道德观、战争观、权力观并不一样。打起仗来要胜利,这是老鹰与鸡仔的共同点,反战还是好战,却又大不一样。

三 兵者不祥之器

赵士林:那么老子是不是一味地、绝对地反战,从而抹杀了正义战争和非正义战争的区别呢?不是的。他明确地指出,尽管战争不能不造成很大的破坏,但也有"不得已而用之"的时候,"不得已而用之",应该就是指不能不打、不得不打的战争了。与此有关,老子关于战争还提出一个深刻的命题:"故抗兵相若,哀者胜矣。"两军对垒,实力相当,哀痛的一方才能获得胜利。所谓哀兵必胜,典故就出在这里。哀兵必胜的知识产权是属于老子的。

为什么哀兵必胜?因为"哀兵"通常是被欺负的一方,被侵略的一方,悲愤的一方,正义的一方,人道的一方,被侮辱与被损害的一方,他们为了保家卫国才不得不拿起武器,具有一种悲壮感,具有一种道德力量。像第二次世界大战时期抗击日本法西斯和德国法西斯的盟国军队,就都是哀兵。哀兵必胜的思想同样体现了老子的和平精神。

王蒙:老子注意到、谈论到战争不是偶然的,孟子也是鲜明地反战的。孟子简单地认为战争就是杀人,而天下只能由不嗜杀人者称王。战争就是杀人,这个定义简单明白,反战情绪溢于言表。但是问题在于,你面临着在战争中被杀的危险,你怎么办?双方都指责对方要杀自己,都指责对方打了第一枪,你怎么办?还有,你反战,但是你被拖入了战争,怎么办?孟子还强调战争中正义的一方能赢得人心,而一旦赢得人心就会势如破竹,一定是胜了再胜。孟子还说敌方百姓会只盼望着正义方打过去,关键在于你打得太迟太慢,百姓盼着你打过去如大旱之望云霓,说起来非常便利,天真可爱,但是不符合古今中外的战争史。孔子没有特别多地说过战争的问题,他就仁的问题作了深入的思考,他的反战倾向也是鲜明的。

恰恰是老子的哀兵必胜的主张比较靠谱。如你所言,第二次世界大战当中,一上来极端强势、势不可当的不是同盟国而是轴心国,不是苏联而是法西斯德国,不是中国而是日本。历史上有名的战争,例如楚汉之争,也是项羽占尽先机,刘邦处于劣势,退了又退,直到垓下之围,断了楚霸王的活路。二十世纪的中国内战亦是如此,所以毛泽东讲的是,人民的逻辑是斗争、失败、再斗争、再失败,直到胜利。而他说的反动派的逻辑是捣乱、失败、再捣乱、再失败,直至灭亡。捣乱,是革命一方给对立面贴上的标签,老是失败,则是双方特色。为什么人民一方也老是失败呢?开始是势单力孤,要人没人,要枪没枪,要地盘没地盘,也是哀兵。中国革命的经验是把"哀"字文章做足,个个是《白毛女》《赤叶河》《血泪仇》。看一出革命歌剧能哭成一团,一场诉苦会能随即报名参军,下定为革命、为阶级抛头颅、洒热血的决心。金日成的歌剧作品是《卖花姑娘》《血海》《一个士兵的日记》,也是培养必胜哀兵的路子。

赵士林:老子对于战争还提出了一个彻底的人道要求:"兵者,不祥之器,非君子之器,不得已而用之,恬淡为上,胜而不美。而美之者,是乐杀人。夫乐杀人者,则不可以得志于天下矣……杀人之众,以哀悲泣之;战胜,以丧礼处之。"对老子这个说法,自然要具体分析。当正义之师战胜了邪恶势力时,意味着灾难的结束,那么庆祝胜利就是十分正当的、合情合理的行为。例如,唐朝安史之乱时,政府军战胜割据势力,平息了叛乱,杜甫的反应是"漫卷诗书喜欲狂",谁也不能说杜甫就是喜欢杀人。十四年抗战胜利,日本宣布投降,中国抗日军民欢天喜地,上街庆祝,是十分正当的、合情合理的行为,不能理解为胜利者的骄横得意。但是,不能由此否定老子的人道情怀。战争毕竟是人类的互相残杀,毕竟是大规模的毁灭和破坏。"杀人之众,以哀悲泣之;战胜,以丧礼处之",是一种更高层次的难能可贵的悲悯的人道精神。

王蒙:关键在于老子、孙子等的中国古典辩证法,而且老子对于用兵的看法相当深刻,他明确地说:"以正治国,以奇用兵,以无事取天下。"治理需要正,正确、正当、正常,国家稳定发展有序。打起仗来就要敢于不按常理出牌,敢于出其不意,攻其不备,用兵如神,使敌军完全摸不着底,彻底陷于被动。《老子》具有兵书的价值,这不一定是对老子的贬低,相反,客观上也不妨说是对老子的一种佩服和赞誉。老子的智商高于常人,常人则只能按自己的平常智商谈论老子。

赵士林:谈老子的军事智慧,并不意味着承认《老子》是兵书,更不是承认老子是兵家,世界上哪里有老子这样反战的兵家?唐代那个王真说《老子》五千言,句句谈兵。显然太夸张了,老子尽管有军事艺术的精辟论述,但我们最应该注意的是老子谈论战争时的人道精神、和平主义。老子论战,着眼点恰好不在打打杀杀,而是一种令人感动的好生之德。关于这个问题,我同意李泽厚老师的看法:"似乎只能说,《老子》辩证法保存、吸取和发展了兵家的许多观念;而不能说,《老子》这本书的全部内容或主要论点就是讲军事斗争的。作为道家代表的《老子》与记录、思索、总结历史上的'成败、存亡、祸福、古今之道'相关。这个'道'不仅是军事,而更是政治。"

王蒙:当然,全部内容不限于兵,全部内容仍然是哲学,是人、地、天、道的本体论,是道的概念神祇,是无与有、柔与刚、愚与知的相生相克相转化的方法论。

四　治大国若烹小鲜

赵士林：老子关于治国有一句千载传诵的名言："治大国若烹小鲜"，这句话最生动地体现了老子无为而治的政治理想。"小鲜"就是小鱼的意思。治理一个大国，就像煎一条小鱼一样。会煎鱼的都知道，煎一条小鱼不能总去翻腾它，翻来翻去就翻碎了。治国的道理也是这样，不能总去折腾老百姓。这就是无为而治。很有点像今天我们说的政府职能转换，多服务少命令，行政权力的干预越少越好，需要行政审批的项目越少越好。

"治大国若烹小鲜"，老子谈政治，竟然想出这样生动而独特的比喻，发明这种出人意表的命题，真的是令人惊叹！令人叫绝！据说，老子这句话受到商汤的丞相伊尹的启发。伊尹原来是位厨师，他将治国比作炒菜，火大了不行，火小了也不行，咸了不行，淡了也不行，五味调和，恰到好处，才是高明的厨师，搞政治的道理也一样。美国前总统里根对老子的这个治国智慧非常欣赏，还将它引到自己的国情咨文中。

除了不折腾的意思之外，老子这句话更是道出了搞政治的一种境界：举重若轻，以小观大，四两拨千斤。政治在老子这里，已经不是复杂的权力角逐、利害相争，而是一种带有审美意味的行为艺术。中国历史上有境界、有气象的政治家，都或多或少地体现了老子的智慧。

天地万物，有什么能大于日月？能大于乾坤？但是你看杜甫的诗：

　　日月笼中鸟，乾坤水上萍。

人间万事，有什么能大于改朝换代？但是你看邵雍的诗：

　　唐虞揖让三杯酒，汤武征诛一局棋。

中华文化是一种艺术气质非常浓厚的文化,悠悠无尽的历史烟云,惊心动魄的政治事件,都可以被中国人用时光之水洗尽它的污浊和血腥,再将它们化成审美意象,欣赏之,玩味之。化沉重为轻松,化悲凉为戏谑。正所谓:"白发渔樵江渚上,惯看秋月春风。一壶浊酒喜相逢,古今多少事,都付笑谈中。"德国哲学家尼采说过:对于人生,你如果从现实的角度去看,那真是悲惨得无可救药;但是你从艺术的眼光去看,那又是赏心悦目的大戏。中国人就非常喜欢用艺术的眼光看人生。老子一句"治大国若烹小鲜",将天下国家的头等大事顿时化成了烹调般的艺术。

王蒙:讲得好。我可以说说我个人的体会。初一看"治大国若烹小鲜"七个字,我立马五体投地。当时根本不知道韩非、王弼、唐玄宗、宋徽宗他们对于老子此名言的解释,它的突兀,它的与众不同,它的气魄,它的高度与气势已经让小小的王蒙拍案叫绝!

传统文化是讲立德、立功、立言的。老子有"治大国若烹小鲜"七个字,其立言已经难与伦比了,思想精彩,比喻精彩,简单明快,却又出人意料,日常生活,却又意味无穷,论题要多大有多大,讲得要多潇洒有多潇洒,想在世界上,古今中外,找一句与此言旗鼓相当的话语,绝非易事。

五　无为无不为

赵士林:老子讲无为,人们常说这是消极的、无所事事的态度。朱熹就批评老子光占便宜不做事。但这是误解。实际上无为并不是躺在床上睡大觉什么也不干,并不是懒汉哲学。"治大国若烹小鲜",这小鱼不能乱翻,但也不能总是不翻,那样也把鱼煎煳了。如果这样,用今天的话说就是失职渎职,行政不作为。

在老子这里,无为的意思就是不妄为,更不能胡作非为,也就是顺乎自然。无为应该和自然连读,叫做自然无为。老子的原话是

"无为而无不为",无为是为了无不为,只有无为,才能无不为。这话听着好像绕口令,是不是?其实老子的意思就是一句话,只有遵循自然的规律,才能解决一切问题。违背自然的有为,就是自作聪明地瞎折腾,只能适得其反,搞得民怨沸腾。因此无为而治表面上看很消极,实际上却是积极的政治智慧。由此看来,朱熹批评老子对国家天下没有丝毫责任感,就实在是冤枉了老子。

王蒙: 我们不妨看一看古今中外的许多帝王、大臣、政治家,他们当中疏懒怠惰的当然有,比如说唐玄宗是由于沉迷于杨贵妃的美色,疏于治国,而造成了安史之乱,最后搞得只能丢国丢人,天塌地陷,剑阁闻铃,衰微没落。

但是也有一批人,常常是更多的人,急于求成,好大喜功,深文周纳,刻薄寡恩,事必躬亲,自以为是,包打天下,然后是事与愿违,走向反面,速而不达,至察无徒,至清无鱼,孤家寡人,好事办坏,徒令后人叹息。例如明朝皇帝朱由检,例如曹操,例如诸葛亮,无不如此。更有些野心勃勃、大胆妄为的昏乱之人,尚好的有恺撒大帝、拿破仑,恶劣的有希特勒、墨索里尼,他们的逆天所为,扰民害民所为,为的愈多,害处愈大,失败愈惨。

老子相当极端地讲无为而无不为,以无事取天下,减而又减,以至于无为,更有他的时代针对性。春秋无义战,只有无义之徒,只有不仁、不义、不忠、不恕、不管人民死活的君王、公卿、死士、刺客、将帅、士卒在那里打打杀杀、弑父弑君、阴谋诡计、操戈用兵、明争暗斗,以致尸横遍野,血流成河,国无宁日,民不聊生。老子也是想力挽狂澜,竭力叫停。

老子看够了那个时代的贪欲、机心、急躁、夸张、恶斗、计谋、空谈、兜售、挑拨、骗局、焦虑……多而又多,挖空心思,千变万化,结果却多是适得其反:追逐权力的人丢权,称王称霸的人垮台,追求地位的人丢位,追求财富的人失财,越是使出了吃奶的力气的人越是丢丑,越是牛皮烘烘的人越是出洋相,算计旁人的人被人算计,暗害旁人的人被人暗害,商鞅车裂,吴起分尸,三士灭于二桃,晋王落入粪坑……这些事件或发生于老子时期,或前或后,或被老子所见所知,或未见未知,但此类事件老子必然看见所知甚多,心中有数,更引起了老子的感叹思索,乃认定愚蠢、急迫、混乱、用心恶劣的"为",即蛮为、急为、乱为、昏为、逆为是一切灾难的根源,而一切的从容淡定、纯朴天真、谦虚克己、道法自然,是美德,是天下太平、百姓幸福的保障。

赵士林:商鞅、吴起的遭遇都有悲剧成分,有个人性格的原因,也有时代原因。我们看老子的无为而治,说到底,就是要求统治者不要滥用手中的权力欺压百姓,折腾百姓,以满足自己的贪欲。有良心的政治家应该体谅民生的艰难,轻徭薄赋,尽量减轻民众的负担,尊重和保障民众的福祉,与民休息,让民众自由发展。这显然是一种关注民生的进步的政治思想。这种政治思想和儒家主张的仁政可以说是异曲同工,在历史上也产生了良好的影响,发挥了积极的作用。汉初的黄老之治、文景之治,都以老子的无为而治作为国家发展战略。丞相萧何提出的"与民休息""轻徭薄赋""清静俭约"三大治国原则,都是直接发挥老子的政治思想,它对医治秦末战争创伤,巩固西汉政权,民众安居乐业,发挥了决定性的作用。不仅汉初,历朝历代在改朝换代初期,只有贯彻了老子无为而治的国家发展战略,让民众休养生息,政权才能巩固。

六　为政的高下

赵士林:特别值得注意的是,老子依据自己的无为理论给政治家评了一个等级:"太上,不知有之;其次,亲而誉之;其次,畏之;其次,侮之。"翻译成现代汉语就是:最好的政治家,是人民根本没有感觉到他的存在;其次的政治家,是人民亲近赞美他;再其次的政治家,是人民害怕他;最差的政治家,是人民蔑视嘲笑他。

老子在两千多年前就给天下的政治家评了一个等级。这个等级评得好厉害,到了今天仍然值得我们琢磨,特别值得官员们思量。

"太上,不知有之"(帛书《老子》为"太上,下知有之"),老百姓感觉不到他存在的政治家是最棒的政治家,这是在说,不折腾老百姓的政治家是最好的政治家。老子是在告诫统治者,不要炫耀权力,好大喜功,苛捐杂税,贪污腐败,瞎指挥,胡折腾,大搞"形象工程",专门制造假政绩。你到北欧去看,你正在街上遛狗呢,突然发现有位老太太也在你旁边遛狗,你定睛一看,这不是咱们的女王吗?你到超市买鸡蛋,正挑着呢,突然发现旁边有位老头也在挑鸡蛋,你定睛一看,这不是咱们的首相吗?这样的女王和首相,就是老子说的"太上,不知有之"。

"其次,亲而誉之",第二等的政治家,是老百姓赞美他、亲近他。

中国历史上的皇帝,汉文帝算是体现了这种标准的政治家。汉文帝在位二十三年,全面遵循老子无为而治的政治思想。老子曾说自己有"三宝":"一曰慈,二曰俭,三曰不敢为天下先。"汉文帝至少做到了老子治国"三宝"的头两条。

先来看他的"慈"。

汉文帝做了皇帝,在法律上立刻明令减轻刑罚,在历史上首次废除割鼻子、剁脚等残酷的肉刑,他当了二十多年皇帝,监狱中犯人非常少。

再来看他的"俭"。

经济上撤掉关卡,自由通商,大幅降低税赋,甚至长达十二年免收田赋,徭役三年一次,这在历史上绝无仅有。思想文化上废除舆论管制,广开言路。个人生活上节俭自律,本来想修个露台,但是一听说花费黄金一百斤,相当于中等以上人家十户收入,立刻作罢。自己的一件袍子修修补补穿了二十多年,皇后的衣服不许裙摆拖地,帷帐不让绣花。特别是为自己修筑的坟墓,要求利用现有的山头,不允许专门起坟,陪葬品只用瓦器,不允许用金银铜铁锡等贵金属,以节省劳动力和费用。汉文帝的政治表现和生活作风充分体现了老子主张的"慈"和"俭",因此他顺利克服了即位初期的政治危机,使国家进入正常发展的轨道,很快呈现了经济繁荣、社会稳定、民众安居乐业的太平景象,开启了历史上有名的文景之治。汉文帝因此获得民众的广泛赞誉。直到西汉末年,农民起义军打进长安,捣毁所有能捣毁的帝王陵墓,唯独对汉文帝的坟墓灞陵,专门加以保护。

王蒙: 这里我需要插嘴谈谈"不敢为天下先"。"不敢为天下先",常常被今人视为保守派的特点,但我们分析一下,老子这里讲的不是科学技术、操作规程、运营模式上的先与不先,他讲的是君王的施政举措,尽量符合百姓的需要、百姓的追求、百姓的利益,避免出现君王的施政举措让百姓摸不着头脑的现象,避免出现君王、卿相、朝廷施政举措高深莫测、高大上远,民众追着赶着仍然不知就里,随着跑着硬是跟不上闹不明白的现象。君王、权力系统,最重要的是接上地气、民心,说的话百姓能懂、解得开,做的事百姓能明白、理解,这也就是人们喜欢讲的政通人和。

赵士林: "不敢为天下先"是一种了不起的政治智慧。用今天的话说,就是不当头,不扛旗,谦卑低调,发展自己。咱们来看老子讲的第三种政治家。

"其次,畏之",第三等的政治家,是老百姓害怕他,这自然是指专制国家的统治者。

老百姓害怕的政治家还不是最差的政治家,最差的政治家是老百姓拼命编他的笑话,嘲弄他,蔑视他。这就是老子说的"其次,侮之"。

无论多么不可一世的独裁者,在百姓的轻蔑和嘲弄中,立刻就变成小丑。一个政治家台上台下被百姓拼命编笑话,在老子看来,就是最失败的政治家。

老子的这个政治家等级表,值得政治家们贴在自己办公室的墙壁上,每天对照对照,看看自己属于哪个等级。

王蒙：老子的有关说法值得注意。一是"不知有之"，也就是达到了理想的无为而治。以开车的司机与交通警察的关系为例，开车者个个遵纪守法，精通交规，身体力行，一丝不苟，交通警察宣传教育，普及法规，信号明晰，标志完美，司机不会考虑哪里有无交警、有无探头的问题，交警基本上不用担心哪里会出现醉驾、超速、闯灯、蛇行等问题。这是一等理想。

不仅为政如此，管理与被管理如此，不仅道家如此，民间的佛教也有此类说法。例如重庆大足石刻，有一著名的连环浮雕，一只牛被强扭硬按地走上一条道路，经过几个中间阶段，仍然是有所不愿，有所不便，最后此牛在清风明月间徜徉田野之中，从必然王国进入了自由王国。当然此石刻主题是宣扬中国化本土化的佛法，是说佛法开始是清规戒律，是外来的桎梏，是拴在牛鼻子上的牛具，真正搞通接受以后却是大解脱、大自在、大自由。类似说法，儒学亦不罕见。

把"亲而誉之"列为二等，也算语重心长。陈毅早在二十世纪五十年代初即吟诗说："岂不爱推戴，颂歌盈耳神仙乐。"就是说，陈毅早早告诫旁人也告诫自己，不要过度沉醉于"亲而誉之"当中。当然，毛主席更早地在一九四九年七届二中全会当中就提出了"糖衣炮弹"的问题。亲而誉之的话听得太多了，可能确实反映了工作与人格的伟大，但也可能使自身丧失足够的清醒与冷静。还有一点，亲而誉之太多了，就会产生过高的期望值，好话变成了海市蜃楼，亲与誉的结果极易变成失望，变成抱怨。这也是必须面对的。

第三等畏之，也有意思。管理、权力，有令人畏之的一面，不足为奇。开车的司机与维护交通秩序的警察，是矛盾的两方面，一般情况下，司机热爱交警的事例并不多见，互相体谅已经很好了。光体谅又成了一团和气，成了交警的不作为，成了交通秩序恶化的根由。此种情况下司机怕一点儿交警，很正常，甚至不无必要。为什么"畏"？很简单，你违背了交规，违抗了管理，他有能力、有手段处罚你，有可能让你付出成本，付出代价，使你肉痛心痛，不敢再违反。

最低一等侮之,当然是最不理想的。这里的"侮"也可以理解为双方的互侮。权力一方不尊重被管理者,强横霸道,被被管理的一方视为压迫者;被管理者则被管理者一方视为所谓的刁民,刁钻无赖,唯恐天下不乱,或者相互对立,彼此隔阂,当然是乱象,是危局,是坏事。

在《道德经》中,老子讲了这四个等级的政治家与百姓的关系之后,还有一个最重要的说法:"功成事遂,百姓皆曰:我自然。"这是点睛之笔,就是说,权力系统把一件事办成了,做好了,有了事功了,顺利了,老百姓的反应是,这些都是我们自己做的,这些都是我们的本来面貌。这就是说,理想的政治是权力系统与民心民意的高度一致,叫做"依靠群众自己解放自己",人民的事情人民想,人民的事情人民办,人民完成,人民成功,人民顺遂,人民满意,人民喜欢。

在其他地方,老子又斩钉截铁地说:"圣人常无心,以百姓心为心。"什么叫圣人?不是他们有多少心思,高高在上,汪洋浩渺,而是忘我为民,一切跟着民心民意走。

但是《道德经》上也有从不同角度发挥的惊人之论,如"天地不仁,以万物为刍狗;圣人不仁,以百姓为刍狗"。就是说,天道有常,不以人的意志为转移,不对着人类一定搞什么仁义恩爱,万物有生有死,有兴有废,并非感情兮兮;圣人也不可能当百姓的尾巴,一味亲爱温柔。

七 愚的推崇与对文化的质疑

赵士林:老子当然不是滥施情感,他不煽情。说起来,老子其实是一位最清醒、最冷静、最理性的思想家,所谓"天地不仁,以万物为刍狗",充分地体现了老子的特别具有超越感的清醒、冷静和理性,很有点儿宇宙高度。老子还有一个似乎让我们不能容忍的思想,那就是愚民。他说:"古之善为道者,非以明民,将以愚之。民之难治,以其智多。故以智治国,国之贼,不以智治国,国之福。"这就是后来被我们严厉批判的"愚民政策"。"愚民政策"的知识产权,原来也是属于老子的。

"愚民政策"确实影响恶劣,秦代暴政,秦始皇和他的丞相李斯"焚书坑儒",大搞思想统治和文化专制,就被汉代的大思想家、大政治家贾谊称为"愚黔首",也就是愚弄老百姓。"黔首"从战国到秦代,特别是秦代,都是老百姓的代称。有人认为"愚黔首"显然就是发挥了老子的思想。但是,我们仔细揣摩一下老子的话,他的意思好像和秦始皇、李斯的做法还不是一回事。他说"以智治国,国之贼",那么是谁以智治国呢?显然不能是老百姓,而只能是统治者。他要求统治者不要以智治国,也就是说,统治者也应该愚蠢些。他不仅愚民,还要愚官,他的政策不仅是"愚民政策",还是"愚官政策"。谈到愚的要求,老子是要求国家上上下下、大大小小,从帝王到百姓都变得很愚蠢,认为这样国家就太平了,理想社会就实现了。

这个说起来很好笑,其实正好符合老子的一贯思想。

何以见得?

因为老子不仅要愚民、愚官,他是连自己也要一起愚进去。例如他不无欣赏地自我评价:"我愚人之心也哉!沌沌兮!俗人昭昭,我独昏昏。俗人察察,我独闷闷。澹兮其若海,飂兮若无止。众人皆有以,而我独顽似鄙。"老子甚至认为自己"沌沌兮,如婴儿之未孩",就是说混混沌沌,像一个初生的婴儿。

冯友兰在谈到所谓大智若愚时指出:"圣人的'愚'是大智,不是孩子和普通人的'愚'。后一类的'愚'是自然的产物,而圣人的'愚'则是精神的创造。"

话到这里,我们应该明白,老子说的愚蠢其实就是淳朴自然,没有算计之心,是一种精神境界。王弼说老子的愚就是"守真顺自然",这个解释是对的。老子认为社会之所以黑暗,政治之所以败坏,统治者之所以贪婪残暴,老百姓之所以悲惨无助,都是文明惹的祸,都是反自然惹的祸,都是由于随着文明的进步,人太聪明了,于是要心眼儿,玩阴谋,天天互相算计,互相争夺,互相坑害,互相残杀。用他的话说,叫做"智慧出,有大伪",人越聪明越虚伪。这样的结果只能是大家都输,大家都过不下去。只有回到淳朴自然的状态,才能结束这种人间悲剧。因此,老子把回到自然淳朴状态的所谓愚蠢叫做大智若愚。认为这种愚蠢才是大智慧,而现在人们互相盘算的所谓智慧不过是小聪明,到头来一定是聪明反被聪明误,就像《红楼梦》里说王熙凤,"机关算尽太聪明,反误了卿卿性命"。

关于老子的所谓"愚民政策",徐复观先生的分析很有道理:"老子自己以'愚人'为理想的生活境界……当然也以此为人民的理想生活境界。他的愚民,正是把修之于自身的德,推之于人民;这正是他视人民如自己,决没含有半丝半毫轻视人民的意思。"

大智若愚,是老子主张的意识形态,遵循这个意识形态,才能实现无为而治。

王蒙:老子对于"愚"的提倡,包含着一种超前的对于人类文化的质疑、反思与批判。尤其其中对于以儒家为代表的为政以德、道(导)之以德、齐之以礼、注重教化、繁文缛节、美德善言的质疑与批判。老子看到了社会生活、文化生活的另一面,"皆知美之为美,斯恶已"。他的话是说,都知道什么是美了,也就知道了美与丑的分裂了,也就形成了人类的求美厌丑的分裂了,大同的幻想也就完蛋了。竞争美、嫉妒美、伪造美、求美得丑(如现代人美容失败的悲剧笑话),种种负面现象层出不穷了。

仁义道德好得很,好东西有可能成为摆设,成为幌子,成为捷径,成为狗皮膏药。老子此眼光可以说是毒辣,也可以说是通透犀利,无与伦比。所以老子才说"失道而后德",失去了自然淳朴的大道,才费劲搞人为的德。"失德而后仁",丧失了内心的道德感情、本能天性了,才挑出一个仁爱,使浑一的大德、玄德,向温柔克己的仁爱多情方面倾斜。"失仁而后义",美好感情仍然解决不了问题,便走向义理,走向教条,走向大义凛然,走向较劲与喊口号了。

还有什么"六亲不和有孝慈,国家昏乱有忠臣",大致逻辑都是如此,万事万物,有一正就有一反,正面的东西以高频率高分贝提出来,反面的东西也就叽叽咕咕跟上来了,道高一尺,魔高一丈,有真就有伪,有美就有丑,有满口仁义道德,就有满肚子男盗女娼。老子的逆向思维相当惊人,不无片面却又深刻刺激,触目惊心。

这里甚至有对于历史悲观主义的宣扬。这一点与孔子一样。孔子、孟子推崇尧、舜、禹,推崇周文王、周公,推崇西周,鼓吹周公梦,呼唤"郁郁乎文哉,吾从周"。痛感四分五裂的春秋时代天下大乱,国无宁日,民不聊生。他们质疑乃至否定发展的概念、进步的概念,认为正是所谓的发展进步、历史进程搞得人心涣散、礼崩乐坏。

而老子所说的"愚",与其解为愚蠢,不如解为愚诚、愚纯、愚真、愚忠、愚朴。尤其是愚朴。婴儿在西方文化中其形象也大致与天使安琪儿相近。与其说老子要搞愚民,不如说老子是第一步将愚朴状态原始化、原生化、自然化、大道化、神格化;第二步,将愚的品质升格,使之成为天性、天良、天命、天心,乃至成为大道,成为中华传统文化的"概念之神"。

你说得对,老子不仅要愚民,也希望愚君、愚臣,尤其是愚政、愚教、愚学、愚社会风气。要求弃繁从简,弃智从愚,弃精从粗,弃文从朴。古代,文的第一含义似乎是文过饰非,所谓"小人之过必文"。但孔子又赞文。故而老子更要愚化、朴化我们的生活与世界。当然,这是思想家的高论,是文学家的想象,是不具有操作性的说法而已。

今天,到了二十一世纪,到了现代和后现代,您还醉心于愚朴,还醉心于西周,那是白日梦。

西方左翼,也有反对发展进步之说的。例如,美国学者阿图罗·埃斯科瓦尔的《遭遇发展——第三世界的形成与瓦解》一书,指出发展是对第三世界的一种控制,极富挑战性地颠覆了"发展"的概念。

印度著名电影《小萝莉的猴神大叔》中的男主人公,就是极力塑造一个愚诚愚朴的英雄形象。为送回一个巴基斯坦小姑娘,他不惜一切代价,不采取任何机灵措施,冒险从事,终达目的,传达了两个不友好的国家人民的美好心意,感人至深。

八 母性文化

赵士林: 老子提出了无为而治的意识形态,还设计了无为而治的政治模式,那就是小国寡民,也就是主张小政府、小社会乃至小国家,下面就是他的著名的政治设计:"小国寡民……使民复结绳而用之;甘其食,美其服,安其居,乐其俗,邻国相望,鸡犬之声相闻,民至老死不相往来。"

王蒙: 最近我刚刚到希腊旅游过。例如希腊的米克诺斯岛,小巧玲珑,六千人口,无工无农,全靠旅游,所有房屋纯洁白色,水清山秀,风光如画,自称是离天堂最近的地方。他们确实没有什么压力,不必为发展、为梦想、为振兴、为强大操什么心,它又发展、又强大、又振兴、又引领了,就没有什么人去玩了。作为旅游景点,作为被看的对象,其美好怎么说也不会过分。但是只消想一下,如果干脆留下你在此小小天堂里住三年,底下的话就不必多说了。

赵士林: 先秦时代的儒家、道家、墨家,都特别喜欢怀古,特别喜欢发思古之幽情,特别喜欢向往远古的黄金时代。并且一个赛一个地看谁向往的时代更古老。儒家向往周代,墨家向往夏代,道家的怀古更彻底,一下子就要回到"小国寡民""结绳记事"的时代,那已经是原始社会了。侯外庐等指出:"老子所理想的经济社会是社会发展史上的氏族公社。"实际上,老子向往的还是氏族公社的早期阶段,即母系氏族社会阶段。

我由此想到,老子经常强调贵柔守雌,还搞女性生殖器崇拜,他说:"谷神不死,是谓玄牝。玄牝之门,是谓天地根。"

有一种解释认为,"牝"就是女性生殖器,"玄牝"就是女性生殖器崇拜,这个解释不无道理。再参考老子经常强调的"柔弱胜刚强"等,可以肯定老子的思想带有浓厚的母性文化色彩,如"牝常以静胜牡,以静为下"都是同样的意思。从这一点来看,老子要回归的原始社会还是最早的母系氏族社会。为什么要回到那么早的时代呢?因为那是一个还没有被文明污染的时代,国家从领袖到百姓都是自然淳朴的。

法国大革命的精神领袖卢梭,在18世纪提出了一个著名看法:文明是人类罪恶的根源,人类为了拯救自己,应该回到自然状态。这个著名看法使卢梭名噪天下。但这个著名看法的基本精神早在中国的两千多年前,就已经由老子首先提出来了。

王蒙: 很有意思,老子思想与母性文化的关系。玄牝就是大子宫。子宫与生命,子宫与万物的关系当然最直观、最生动、最重要、最根本。"无,名天地之始;有,名万物之母。"失败是成功之母。没有人说失败是成功之父,或者有名是万物之父。天地之始的始字,也是女字旁的,许慎《说文》上的解释是,始,女之初也。

道是什么,道就是山谷,就是空虚而孕育万有,就是永恒的生化,就是巨大无垠的子宫,就是天与地的根,天与地的原,天与地的背景与来历。每个婴儿都来自子宫,每粒种子都来自子房,天与地,万物都来自大道。

这样一个思路是不是可以说是来自《易经》?《易经》里对于阴与阳的分析,特别是对于"一阴一阳之谓道"的分析,刚与柔的分析,都来自对于男女交媾、生命孕育,直到男女器官的分析。很自然也很伟大,古人如果有观察与思辨的习惯与能力,怎么能不首先关注玄牝,关注从无到有,关注始与天地,玄牝与万物!

赵士林:《周易》有经和传,《易经》未讲阴阳,《易传》才出现阴阳思想,流传的孔子作《易传》已被学界证伪。《易传》大概成书于战国晚期孟、荀之后,明显受到道家和阴阳家的影响。就阴阳观念来说,是老子影响了《易传》,不是《易传》影响了老子。老子的母性文化的思路应该是另有所本。老子道家属楚文化一系,楚文化重水,老子也特别推崇水。水的柔性和母性正相契合,这可能是老子青睐母性文化、搞女性生殖崇拜的一个重要原因吧。

老子的第一个大粉丝庄子最明白老子讲的道理,他明白地点出了道家向往的原始社会:"当是时也,山无蹊隧,泽无舟梁……卧则居居,起则于于,民知其母,不知其父,与麋鹿共处,耕而食,织而衣,无有相害之心,此至德之隆也。"他还用自己最擅长的讲故事来宣传老子的道理,普及老子的思想。这就是那个有名的混沌和机械的寓言。

九　去文明化

王蒙:庄子的复古达到了惊人的地步,他不仅否定了东周,而且否定了黄帝,因为黄帝是通过战争取得天下的,他也否定了商纣时代的大忠良比干,因为比干未能保命。庄子对历史的肯定大体只到有正式的文字记述以前,大约到神农氏。庄子猛批伯乐,认为伯乐是一切马匹的灾祸的根源,是迫害自由自在的野生动物的始作俑者。庄子还描绘理想的世界中人与鸟兽无异而亲,可以携手游玩,可以共同生活,早在两千多年前已经提出了庄周品牌的"阿凡达"式天堂世界。

至今美欧仍有这样的人,追求原始,追求去文明化,到绝对蛮荒的地域去,过只要自然不要文明的生活。文明太强大了,文明太万能化了,如老子所说,"物壮则老,是谓不道"。文明会不会因为它的日新月异、无所不能而受到人们的厌恶乃至仇恨呢?

赵士林:东方的先哲这样考虑问题,西方的先哲何尝不是如此?例如,亚当和夏娃为什么被逐出伊甸园?这两位一男一女,人类的始祖,本来生活在伊甸园里无忧无虑,自自在在。上帝告诫他们,千万不要吃那树上的果子,只要不吃那个果子,他们会永远这样欢乐地生活在伊甸园里。但是,有魔鬼来诱惑了,说那树上的果子非常好吃,上帝不让他们吃,是上帝留着自己吃。赶紧尝尝吧!人啊,哪里经得起魔鬼的诱惑!于是两位偷吃了禁果。没吃之前,一男一女,坦诚相见,互不设防。一吃了果子,哎呀!怎么这么不害羞呀!一男一女,什么都不穿,天天在这儿裸奔哪!连忙找些树叶遮住了下体。上帝看见说:坏了,一定偷吃禁果了。于是,将他们罚出伊甸园,来到人间,遭受熬煎。

这个禁果也具有深刻的象征意义。它也象征着文明。亚当和夏娃在没吃禁果之前,就像天真的儿童,完全是纯朴的状态,没有互相算计和防备,因此也没有羞耻,没有罪恶,一切都自自然然。但是,一吃了禁果就不同了。文明诞生,罪恶开始。就像小孩子成人了,算计心哪,防备心哪,羞耻心哪,全都来了,因此才赶快遮住下体。

王蒙:人类其实是半推半就地接受了日新月异、不断发展的文明与文化的。任何进展都意味着方便、长本事、增享受、减劳累,同时任何进步都意味着失落和另一方面的退化。失落了纯真和童趣,失落了率直和明朗,失落了朴素和本色。交通工具发达的地域,少有马拉松比赛的冠军出现。空调的发展,降低了人们适应寒暑气温环境的能力。医疗事业的发达,在治愈疾病的同时,也增加了全新疾病,例如抗药症与嗜药症。文学的发达,产生了花言巧语、抄袭模仿、以爱情名义行骗等犯罪现象。而商业的发达,更是带来了资本主义制度的一切弊端。

赵士林:但是,不管你怎样宣传自然纯朴,老子提倡的理想社会,他的小国寡民的政治设计当然是痴人说梦。母系氏族社会的生产力低下得可怜,人们在大自然面前非常脆弱,不可能像老子和庄子宣传的那样,生活得那样滋润。今天有些人鹦鹉学舌,瞎感伤、胡浪漫,痛骂现代文明,主张回到原始社会。这其实都是站着说话不嫌腰疼。你让他到西北的大山里待上半年试试,早就屁滚尿流了。

历史总是不断前进,文明总是不断发展,欲望总是不断膨胀,人心总是越来越复杂。用今天的话说,人民群众有不断增长的物质文化需求。老子要求小国寡民、自然淳朴当然是空想。不仅是空想,真的按照老子说的做,后果很可怕。

想当年,美洲的印第安人很纯朴、澳大利亚的土著人很原始、非洲的黑人很自然,结果差点被白人殖民者灭了种。特别在今天这个时代,全球化汹涌澎湃,高科技突飞猛进,市场竞争空前激烈。这是一个只看实力,不看情面,看情面,情面也得围着实力转的时代。在这样一个时代,置身于互相使劲玩心眼的世界、博弈的世界,你一味地讲愚,讲自然淳朴,讲返璞归真,讲憨厚,讲大大咧咧,不讲点智慧,肯定要吃大亏。

但是,老子对自然淳朴和谐境界的憧憬是否毫无意义呢?

不是的。我们可以说老子的憧憬在政治上是空想,甚至很幼稚,但他对于人生境界的探求却总能够发人深省。冯友兰先生说,老子的小国寡民表面上是在描绘一种社会状态,实际上是在谈一种精神境界。我同意这个看法。我甚至可以说,老子是借谈政治来谈人生,他的政治智慧通向人生智慧。

王蒙: 我们现在想着的是现代化,是发展,是进步,是复兴。但是我们现在毕竟还有一个词叫做小康。不是极大的发展富裕,不是极大的先进强大,而是介于温饱与富裕的中间状态,大中仍然有小。泱泱大国仍然有各种小山沟、小村落、小区域、小乡镇、小微企业,如此等等。我们向往大,我们也珍惜小,珍惜行远自迩,登高自卑,懂得勿以恶小而为之,勿以善小而不为。越是在一日千里的大浪潮当中,越要有对小与寡的重视珍惜。

十 老子心最毒

赵士林: 谈到老子的人生智慧,我想起了朱熹 PK 老子时说过一句最狠的话:"老子心最毒。"

为什么这么说？咱们先引他的完整论述：

> 《老子》一书……只要退步不与你争。如一个人叫哮跳踯，我这里只是不做声，只管退步。少间叫哮跳踯者自然而屈，而我之柔伏应自有余。老子心最毒，其所以不与人争者，乃所以深争之也，其设心措意都是如此。闲时他只是如此柔伏，遇着那刚强底人，他便是如此待你。

朱熹举这个例子是想揭露老子表面上总说不争，实际上他内心深处正在和你争。他的不争是一种不争之争。不争只是手段，争才是目的。他的"柔弱胜刚强"正是这个意思。朱熹还说老子是个只占便宜、不肯做事的人。外面天翻地覆他都不动心，只是琢磨怎样保护自己，十分自私。这自然是在批评老子讲无为等等。

王蒙：这里有一个思维悖论与语言悖论的问题，老子提倡不争，绝对的不争，这是不能讲出来的。讲出来就是与好争、喜争、力争、死争，视争为己任的人大争特争。他那儿激动地提倡斗争，你这儿提倡不争，不是正好与他唱对台戏吗？对台戏唱成这样，你还说你这是不争，能让人信服吗？但他提倡不争，却又是真的，是有他的极其高明之处的，尤其当人们处于逆境、处于劣势之时，你不知白守黑，知雄守雌，知荣守辱，你还能怎么样呢？你提倡无为，好了，真正提倡无为的话，你根本就不应将无为挂在嘴上。提倡无为，高明的玄奥的深邃的无为，这难道不是一种行为、一种做法吗？劝人无为，难道不同样是一种高妙的作为吗？儒家觉得自己担当伟大，品德与力行伟大，道家觉得自己智慧高超、语言高超，当然说不到一起了。

十一 不争之争

赵士林：哈！你的解析很妙。提倡不争也是一种争，强调无为也是一种为，真的是悖论。咱们且来看看，朱熹的批评有没有道理呢？

朱熹是儒家,并且是中国古代社会后期最伟大的儒家。儒家讲担当精神,讲杀身成仁,讲以天下为己任,讲知其不可为而为之,都正好和道家唱对台戏。从这个角度看,朱熹的批评当然有道理。但老子也有老子的道理。道不同,不相为谋,老子和同时代的孔子还能谈几句,和朱熹这样的理学家就无法交流了。

王蒙:朱熹的批评有道理,但是涉嫌戴帽子,人格攻击,道德审判,涉嫌他辩不过老子,乃辱骂起来。其学风不值得提倡。只能说,老子的与对立面博弈的手段大大超过了朱熹,朱熹带几分恼羞成怒,骂上了,丢了份儿的是朱不是老。

还有,心毒不毒,不能只看说法不看行为,老子有什么害人事例、毒人证据吗?没有。说实话,居心恶毒的人是很难具备老子的智商的,请他们来谈老子,使出吃奶力气,他们学不会的。

赵士林:哈!理学家们大都一本正经,爱扣帽子。朱熹还不是最厉害的。像程颐给皇帝当老师,小皇帝宋哲宗才十一岁,折根柳条玩儿他都上纲上线,阻拦说:"方春发生,不可无故摧折",搞得小皇帝兴味索然,把柳枝一扔,罢课了。程颐的做法当然符合古礼,《周礼》有所谓"春不采樵",但小皇帝不过是个儿童呢,他折根柳枝你也扫他的兴,未免小题大做。司马光、苏东坡知道这件事,都说他太迂腐了。

咱们还是来看看老子究竟怎样谈不争。

前些年日本出了本书,叫《日本可以说"不"》,过了几年,中国也有人出了本书,叫《中国可以说"不"》,"不"先生正经活跃了一阵子。后来又有人写了本书,叫《中国不当"不"先生》,这是对"不"先生说"不"了,抨击了"不"先生的狭隘民族主义。其实中国第一位"不"先生是老子,老子特别喜欢说"不",也特别善于说"不"。一部《道德经》,满纸都是"不"字。但老子说"不",发自深刻的人生体会和哲学思考,和今天那些"不"先生们根本不是一回事。老子说"不",最主要的意思确实就是"不争"。《老子》全书八十一章,有七章八处谈到"不争"。其他的"不",不要这样,不要那样,都围绕着不争,或者说都从不争开始。

老子关于不争的核心看法是:"夫惟不争,故天下莫能与之争。"正因为不和人争,所以天下没有人和他争。或者说:"夫惟不争,故无尤。"只因为有不争的美德,所以不招人怨恨。

老子的不争,有丰富的含义。如陈鼓应分析的那样:"求全之道,莫过于'不争'。'不争'之道,在于'不自见(现)''不自是''不自伐''不自矜'。"也就是说,人生也好,事业也好,若想达到完全圆满的境界,必须做到不争,也就是不自我夸耀,不自以为是,不自我矜持。

但是,总是不争,资源都被别人抢去了,你还怎么活呢?

从上海到北京的高速铁路就那么一条,核心技术德国人不争法国人拿去了,法国人不争日本人拿去了。奥运会每一届只能在一个国家的一个城市举办,你不去争就永远得不到举办机会。面对这些问题,怎么办?老子立刻安慰说:"天之道,不争而善胜。"自然的规律,总是不争而善于得胜。老子的不争,真有点不争之争的意思啊!

王蒙:老子的不争也是一种争,绝对如此。这种争如何恶毒毒辣,暂时看不出来,这种以不争求胜的方术有点偷奸耍滑、犯懒装傻倒是真的。中国人自古就希望以不争胜争,以无为胜为,以无言胜言,以毫不费力胜气急败坏。太极拳要的也是这个,借力打力,以柔克刚,圆融无迹,稳操胜券。

十二　柔弱胜刚强

赵士林:"柔弱胜刚强",这句话的知识产权也属于老子,它是老子由不争哲学引申出来的人生智慧。不争看来是柔弱,但最后获得胜利的还是柔弱的一方、不争的一方。

老子创立了两个理论来论证他的"柔弱胜刚强"。一个是水的哲学,一个是婴儿的哲学。

万物中,水最柔弱;人类中,婴儿最柔弱。但就是水和婴儿的柔弱却体现了自然的纯真,因此也体现了自然的力量——自然的潜力、自然的魅力、自然的生命力、自然的内在法则。对自然的崇尚,是老子思想的灵魂。侯外庐等曾认为老子的这类论述实际上是在谈"自然法",并就此指出:"自然法或自然秩序是不争、不有、无为、平等、自均、不主、不私、不长的合法则运动。这是宇宙永久的法则,超乎一切时代、超乎一切场合的不变的绝对的运动律。"

老子的"柔弱胜刚强",显然很有道理。我们知道,生活中一切缓冲的举措,都是运用了这个原理。软着陆的说法不是很流行吗?那是典型的"柔弱胜刚强"。

当然,老子的分析也有严重的问题。他说明自己的观点用的是例证法,也就是举例说明,而不是逻辑证明,这也是我们中国传统思维模式的特征。这种举例说明有一个致命的弱点,就是你可以举例子来说明你的观点,我也可以举例子来反驳你的观点,结果是不能形成具有普遍意义的思想。例如你老子可以用水和婴儿做例子来证明"柔弱胜刚强",但是我也可以举出很多相反的例子来否定你这个"柔弱胜刚强"。例如,全世界的鸡蛋团结起来,也砸不碎一块大石头,假如你拿一把锤子砸向一个西红柿试试!

王蒙:柔弱与刚强都有自己的底线,都有自己的度,都有自己的材质与功能。再柔弱它也有自己的生命力、自己的前途,婴儿的柔弱意味着未来的茁壮成长,垂死者的柔弱多半是直通死亡,水的柔弱却有着无尽无休,坚持不懈,逝者如斯,不舍昼夜的特点,如果是死水,是即将干涸的水,柔弱的结果是消失蒸发,还能有什么胜利?柔能克刚,是因为刚易逝而柔常存,弱能胜强还因为弱者得人心、得人众,个体的柔弱的另一面是全体与整体的得人心、得众望、得人气。楚霸王极强大,但是他不会用人,他不能聚民心,他不会做点点滴滴的民政与军事工作。霸王对汉王个人,肯定是霸王胜,楚军对汉军呢,形势就逆转过来了。

十三　善有善报可靠吗

赵士林:"度"确乎十分重要,记得李泽厚老师也专门讨论"度"的智慧。回到我们的话题,那么,从老子的"不争"到"柔弱胜刚强",是否像朱熹批评的那样,不争是为了争,以不争为争,骨子里是要使劲和你争,彻底和你争呢?好像有这个意思。既然是"柔弱胜刚强",还是要胜嘛!

老子在这个问题上似乎有些老谋深算。例如他说:"天长地久。天地所以能长且久者,以其不自生,故能长生。是以圣人后其身而身先,外其身而身存。非以其无私邪?"

老子又说:"是以圣人终不为大,故能成其大。"但历史的事实是,很多利欲熏心、不学无术、热衷钻营的无耻小人却青云直上,很多光明磊落、胸怀坦荡、无私敬业的正直君子却终身不得志。

善有善报,是否可靠?

陶渊明《饮酒》诗云:

　　积善云有报,夷叔在西山。善恶苟不应,何事空立言!

都说好人有好报,为什么伯夷、叔齐这么好的人却活活饿死在首阳山?如果说善恶报应不可靠,圣人又为何凭空立言,这岂不是忽悠人?

又想起司马迁的《伯夷列传》:"(夷齐)积仁洁行如此而饿死……盗跖日杀不辜,肝人之肉……竟以寿终。是遵何德哉?"伯夷、叔齐这样的大善人不得好死,盗跖这样的大恶人却得享高寿,这体现的是哪家报应?什么道德?

东汉思想家王充对这个问题有更充分的讨论,他的看法是"命当夭折,虽禀异行,终不得长。禄当贫贱,虽有善性,终不得遂",并由此走上了宿命论。

无数耿介之士、大君子突遭不测,很多蝇营狗苟、利欲熏心、以权谋私、仗势欺人的小人、小小人却志得意满,老而不死。上下五千年,从赵高到蔡京到刚毅,有多少奸佞小人不可一世?从屈原到谭嗣同到张志新,有多少耿介君子身死非命?看透了历史的污浊、官场的黑暗,才有陶渊明的"不为五斗米折腰",挂冠而去;才有李太白的"安能摧眉折腰事权贵,使我不得开心颜";或如庄子所云"无耻者富,多信者显"。这还有天理吗?这让人如何能抒胸中不平之气?

老子的高调,能够抚平历史的不公吗?如何面对这种道德和报应的巨大反差?

王蒙:善恶报应的问题不像物理现象那样明白确定。人间诸事,起作用的因素因子太多太多,只能说是一言难尽。刘邦战胜了项羽,但是多数后人喜欢项羽而不喜欢刘邦,这主要是司马迁的《史记》的记载与楚汉故事的演义所造成的。项羽的失败是军事的失败,更是政治的失败。失败是失算的结果,失败是不善用人的结果。刘、项一对一,项强而刘弱。但看看刘邦的阵容,张良、萧何、韩信……就不好说了。改朝换代时,谁比谁好,后人难以判断。如果好人一律好报,那大家学一个道德善恶就解决了一切问题,就没有政治、没有经济、没有军事、没有公关、没有谋略、没有气数、没有哲学,也没有科技了。没了这些,连戏曲、故事、文学、小说与评书也都没了。

柔弱胜刚强是一面的理,刚强胜柔弱是更常见的规律。智者胜愚者,还是比愚者胜智者更多见。

老子《道德经》讲了一方面。人生还有几十、几百个方面。劝君不必为此太伤脑筋。太伤脑筋也没有用。

有一句话,可怜之人必有可恨之处。此话太无情了,态度不甚端正。但此话并非坏人才说,我听到是从夏衍老人那里,他并不是害人者,但是他总结了人生经验,有此现象,当然不是绝对,当然也不是不同情某些人的可怜。此类话说得太多，无益，也少新意。好在还有演义，还有故事，还有小说、评书，有人会为失意、失恋、失败者洒几滴同情之泪的。

我还奉劝那些自认为遭遇了一些失败的朋友，最好也有几分清醒与勇气总结自己的经验教训。

十四　一切从大处看

赵士林：这里触及一个伦理学的千年问题，幸福和道德的关系问题。咱们扯开来多说两句。这个问题伦理学关注，宗教学也关注。从古希腊开始，思想家们就开始讨论这个问题。当时有两个著名方案解决这个问题。一个是斯多葛派的道德即幸福，另一个是伊壁鸠鲁派的幸福即道德。他们是用一个吞并另一个来解决问题。斯多葛派认为道德的就是幸福的，我们不是为幸福而追求道德，不是为了某种报偿而追求道德，我们就是为了道德而道德。所谓幸福，也就在这个道德追求里面。因此，道德即幸福。这种看法容易滑向禁欲主义。

伊壁鸠鲁学派则认为幸福是最高追求，幸福的就是道德的，幸福的才是道德的，幸福之外无道德。人生就是为幸福而幸福，道德不过是幸福的题中应有之义。这种看法容易滑向纵欲主义。

两种看法都很片面，无法解释历史中大量普遍存在的道德和幸福的矛盾。

后来康德用至善来解决这个问题。康德首先指出道德和幸福是不一致的。道德遵循的是先天的理性的伦理法则，幸福服从的则是经验的感性的物质欲求。在至善那里，二者才能统一，实现德福一致，有道德的人得幸福，而这需要上帝的保障。人间世界，不可能实现德福一致，只有在上帝的主持下，才能实现德福一致的正义。我们很熟悉，在基督教，就是最后的审判。

行善的作恶的，死去的活着的，都要面临最后的审判。上帝赏善惩恶,审判过后,行善的永远享福,作恶的永远受罪,或天堂中永生,或地狱中永劫。以此激励行善者,震慑作恶者。

基督教还通过所谓"约伯的告白"告诉我们,一个好人、一个义人,尽管可能遭受种种苦难,呈现出严重的德福相悖,但对上帝的坚信,最终会德福一致。重要的是树立莱布尼茨的"神正论"的信念:上帝所创造的这个世界是所有可能的世界中最好的世界。

当然,基督教的承诺对于怀疑另一个世界可靠性的中国人很难奏效。

佛教则从缘起论出发解决问题,三世因果、业报轮回终究会体现正义,体现德福一致。

佛家扩大了视野,将问题的解决托之于前世和来世。好人今世遭殃,是因为他的前世造了孽,今世遭殃是前世造孽的报应;而他今世的善行,又必有来世福报。反之,恶人今世享福,是因为他的前世行了善,今世享福是前世行善的福报;而他今世的造孽,又必有来世恶报。佛家这个说法对于只认"一个世界"的中国人也很难获得响应。且很容易给人一种好人遭殃活该如此、坏人享福理所当然的印象,这就更难令人接受了。当然有学者强调佛教也讲"自立",并非消极地顺应命运,对待因果。但问题在于你若不能颠覆三世因果之说,你的"自立"还是能在这个因果报应的大框架内,也就还是很难打消人们的疑虑。

王蒙:对不起,如果我们今天谈的是哲学,我倒是想引用斯宾诺莎,对于这个世界,不哭,不笑,而是要理解。世界上好事、坏事、满意、愤怒、诅咒、赞扬、希望、失望,都是或有缘由的,又都是需要有更深刻的研讨的。苏联有部影片叫《莫斯科不相信眼泪》,那么我们这一段对谈也许应该是"老子不相信单纯的愤怒与不平"。

赵士林:中国人的思路大异其趣。老子从自然论出发解决问题,像上面说的,"天长地久。天地所以能长且久者,以其不自生,故能长生。是以圣人后其身而身先,外其身而身存。非以其无私邪?"天地不仁,恰好是讲自然是最公正的,无私的无情的公正,因此也最符合正义。"不自生",是德;"能长生",是福。天地所以能长且久者,"以其不自生,故能长生",德和福就这样一致了。

王蒙:老子讲的是无私"故能成其私",老子也知道人会希望满足个人的需求,希望成其私。老子同样有"牢骚太盛防肠断,风物长宜放眼量"的劝慰之心。道家是关心大数据的,他们反对人过于计较算计。他们认为一切从大处看,从相对上看,从齐物上看,越计较算计的人越倒霉,越愚朴、柔弱、谦卑、甘居低下,越有取胜的可能。庄子有对阿Q心理的提倡。

赵士林:儒家的看法则不同,儒家从道德论出发解决问题。孔子对好人无长命、对德福不能一致当然也痛心疾首,颜渊早逝他悲叹:"天丧予!天丧予!"老天您要我的命啊!伯牛得了不治之症,他也悲叹:"这么好的人居然会得这种病,这么好的人居然会得这种病。"但整个地讲,儒家还是倾向于认同道德即幸福。所谓"饭疏食饮水,曲肱而枕之,乐亦在其中矣",所谓"士志于道,而耻恶衣恶食者,未足与议也",都是这个意思。到后来宋明理学讲"存,吾顺事;殁,吾宁也",讲大丈夫行事,论是非不论利害,论逆顺不论成败,论万世不论一生,讲"富贵不淫贫贱乐",更是高调主张伦理绝对主义,认为道德律令是绝对的、无条件的,也就是不讲报应的。不管有没有报应,不管报应不报应,该做什么就做好什么。

王蒙:比较起来儒家是用死后的荣辱来解开善恶不公的心结的。伯夷、叔齐饿死了,比干被挖了心,但是他们流芳百世了。而夏桀、商纣、宋朝的秦桧,则是遗臭万年。

赵士林:儒家讲"尽人事,听天命"(尽量做你该做的事,命运怎么安排是它的事),总之,你成了一个道德君子、大丈夫,你就实现了人生最大的成功,此即"太上有立德"。至于寿夭祸福已是低一个层次的问题。君子不是不喜欢富贵,但是若违背道德而取之,这富贵就失去了价值,就"富贵于我如浮云";君子也不是不喜欢长寿,甚至期许"仁者寿",但是为实现道德理想,可以"舍生取义",所谓"志士仁人,无求生以害仁,有杀身以成仁"。因此当有人问孔子,伯夷、叔齐坚守道德却饿死了,他们怨恨吗?孔子答曰:"求仁得仁,又何怨?"

真是不是宗教,胜似宗教了。

就认同道德即幸福来说,儒家和斯多葛学派乃至基督教有相似的地方。

以儒家的立场来讨论道德和报应的问题,心理似乎就平衡了。我们当然希望德福一致,希望道德君子活得更好更长,但是当现实出现反差的时候,我们也"不怨天不尤人"。君子已经实现了人生最大的成功,不枉世间走一回了。我们当然希望通过社会进步令赏善罚恶的正义机制更完善,令林林总总的恶棍都能"现世报",如希特勒、萨达姆、卡扎菲,但当历史的安排总是不能那么符合善良意志的时候,我们仍坚守良知,相信历史总有正义。那些恶棍可以遵循路易十五的逻辑,"我死之后,哪管它洪水滔天",但他活得肯定也是心虚理怯,充满恐惧。和恶魔结缘的人不仅从恶魔那儿获得肮脏的血腥的利益,也要承受恶魔的啃噬折磨。他们的子子孙孙,也要为恶棍先人付出代价。对于他们,或生或死,均为地狱。

十五　老子的低调

王蒙:这里也还有另一个思路与角度。历史上有一些忠臣,有一些谋士,有一些才子运气不好,受到冤枉,受到迫害,不得善终,乃至下场悲惨,令人扼腕。老子当时当然还不可能预见这么多不公正的事例,但他也是看到过、知道类似的情节的。他感觉这些好人、英才、能人、勇将太不懂得保持柔弱的重要性。他们毕竟太高调、太刚强、太强势、太显眼、太孤军奋斗,如果可能适当低调一些、策略一些、稳当一些、把握节奏一些,他们本可以对家国、对君王、对百姓起到更长更大的作用。他们本来在坚持自己理念的同时应有更好的自我管控与自我保护。老子正是总结了贤臣不保、明君不胜、大才不用、大功无光的历史现象才提出了"柔弱胜刚强"的命题来。

还有一点,老子讲的"终不自为大,故能成其大",它的主语是"圣人",而历史上那些受屈枉的名人,恐怕还不是老子所承认的圣人,包括孔子、周公、文王等。如果从庄子的观点看,连黄帝都要指责,唐尧、虞舜、夏禹也不是圣人。老子讲的圣人弄不好是传说中的伏羲、燧人、有巢、神农,他们的事迹都是八卦、婚姻、用火、住房、农耕等等,与政治基本无干,与后世的帝王权力、帝王大业、开疆拓土、征战胜负、仕途起伏,都不在一个平台上。

赵士林: 没错。从另外一个角度看,老子又很有道理,甚至很有境界。

有心栽花花不发,无心插柳柳成荫。你挖空心思地争名逐利,上蹿下跳,丑态百出,疯狂炒作,拼命作秀,甚至出卖灵魂,献出肉体,最后也许除了露怯,跌份儿,什么也得不到。相反,你虚怀若谷,宠辱不惊,谦卑低调,心态平衡,或许就能得到你该得到的。

那么,这是不是以退为进,吃小亏占大便宜,或者用老子自己的话说:"将欲夺之,必固与之"呢?有人更由此认为老子是阴谋家,前面说过,鲁迅的老师、清末民初的大思想家章太炎就说老子"为后世阴谋者法",老子成了后世阴谋家的老祖宗。如果再恶搞一下老子,老子的"柔弱胜刚强",或者说不争哲学,说得好听点,是君子大度,谦卑礼让,虚怀若谷;说得难听点,就是装孙子,以求一逞。春秋有《孙子兵法》,还有"孙子哲学"。老子的哲学就是"孙子哲学",不过是装孙子。

这种恶搞,朱熹肯定爱听,因为给他出了气,尽管他是一本正经的理学家。但问题没有这么简单。如果仅仅把老子的不争哲学或者"柔弱胜刚强"理解为装孙子,是以退为进的狡诈伎俩,甚至是某种阴谋,就抹杀了老子智慧的文化深度,就是把老子妖魔化了。那么老子的深度何在?

王蒙：老子可以被各种人效法。就像每个人眼里都有自己的哈姆雷特是一样的。而那些辱骂老子的人，他们的精神状态、思维深度、境界胸怀、评价高度，恐怕与老子的差别难以公里计。朱熹其实比较有头脑、有思考的能力，但是受历代尊儒意识形态的影响太深，门户之见厉害，才说了些没有太多意义的话。

十六 什么是历史

赵士林：王老师，还有一个问题，就是老子为什么形成了这样一套思想？为什么强调"柔弱胜刚强"？我想这和老子的出身有关。

老子当过周朝的守藏之史，官名又叫柱下史。因为这个官儿上朝时站立的位置是大殿的一根柱子旁，因此被称为柱下史（由于老子担任过周朝的柱下史，后来有人也把老子这个人和《老子》这本书称为"柱下"）。这个官儿相当于今天的国家图书馆馆长、档案馆馆长、文物局局长。总之，是最有文化的官儿、最懂历史的官儿。《汉书·艺文志》也指出道家出于史官。

毛泽东在"文化大革命"的时候讲过一句话："历史的经验值得注意。"老子既然是搞历史的，对历史的经验自然十分注意。什么是历史的经验？历史的经验就是"成败、存亡、祸福"。老子最懂历史，出于职业的敏感，他始终关注着历史的成败、存亡、祸福，他最清楚历史的无情、诡诈、血腥、黑暗和防不胜防的阴谋。什么是历史？成者为王，败者为寇，这就是历史的定义；"乱哄哄，你方唱罢我登场"，这就是历史的现场；"旧时王谢堂前燕，飞入寻常百姓家"，这就是历史的安排；"滚滚长江东逝水，浪花淘尽英雄"，这就是历史的命运。就拿历史中最得意的君王阶层来说，他们又往往是最悲惨的历史牺牲，所谓刀光剑影帝王家。你从春秋战国一路看过来，一直看到明清帝国，哪一个王朝不是在杀戮的循环中血腥登场。改朝换代不用说，就是在任何一个王朝内，君臣相害、父子相残、亲骨肉互相算计，不正是王朝新闻永不厌倦的主题吗？不正是宫廷内的日常生活吗？因此，苏东坡说："高处不胜寒。"真实的历史，真的比电影还电影，比电视剧还电视剧。黑格尔曾说："东方专制是一个人的自由。"这个人的自由也不能是真自由，因为他生活在猜忌、虚伪、仇视和恐惧中，他不仅遭到来自政敌的挑战，而且还遭到来自亲人的暗算。我们去看黄仁宇的《万历十五年》，看那个皇帝当得有多遭罪。"是非成败转头空。青山依旧在，几度夕阳红。"当我们发出这样的历史感慨时，再谈到老子主张的"柔弱胜刚强"、不争哲学，似乎就不能再说他以不争为争，心最毒，等等。他主张柔弱胜刚强、功成身退等，其实就是主张从险象环生、杀机四伏的政治舞台回归平民生活，投身自然境界。这种追求和不负责任、没有担当精神扯不到一起去。儒家不是也讲"穷则独善其身，达则兼济天下"吗？邦有道，则仕；邦无道，则隐。国家政治清明，就出来做贡献；国家政治黑暗，不愿同流合污，就退隐江湖。孔子甚至说，"道不行，乘桴浮于海"。政治理想不能实现，干脆出国移民了。

王蒙：说到这里我觉得还可以说一下老与庄的比较。老子《道德经》一书，仍有为帝王师的情结，他讲的慈、俭、不为天下先，他讲的轻智倡愚、知白守黑、和光同尘，都不是针对老百姓，不是针对一般的农工商与下层的不走运的士的。顺便说一下，他强调不为先，很容易引起今天读者的反感，强调创造、创新，当然是敢为天下先、争为天下先的嘛。但是，老子这里说的是帝王、君王、大臣，不要动辄提出老百姓理解不了、弄不明白的口号主张，不要动辄让百姓晕菜，权力系统的口号方针尽量符合百姓的要求与理解能力，不要先锋奇葩地让百姓琢磨不透。

老子还有一些重要的说法，也是值得君王注意的。他讲述天道与人道的区别。他说，天道如拉弓射箭，关键在于均衡，哪个地方抬得过高，要压低；哪个地方摆得过低，要提升。哪里劲用得太大了，要减少；哪里劲用得过小了，要加力。简要地说，天道是"损有余而补不足"，就是要从强势、富余、自身拥有超过自身需求的人那里，取走一些，"咔嚓"掉一些，用来帮助支持那些弱者、那些穷困窘迫的人。而人之道相反，"损不足以奉有余"，是说人间的现象走了相反的路子，常常越是弱者，越受压迫剥削，常常是损害弱势人们的利益，去供奉强势、富余、高高在上的人。

"损不足以奉有余"，这是违反天道的，所以自然是造反有理了，历代农民起义的口号无不是"替天行道"。"替天行道"就是要开仓放粮，要"迎闯王，不纳粮"，要闹翻身，直到"杀富济贫"。

比较明显地，可以说是相当极端与夸张地致力于自我救赎的是庄子。他提倡"全生"，拒绝充任庙堂上享受尊荣、失去活命的神龟，而愿意保持自己在泥水中的生活方式，不妨低三下四，用你的话说，不妨装装孙子，摇尾而戏，再无求他意。他把养生视作核心价值的组成部分，他不赞成伯夷、叔齐、比干的不要命的原则精神。

庄子的这一类主张也受到猛烈抨击，包括在现当代的历史风暴中庄子的这种无立场、无责任、无是非态度，也曾受到过痛斥。问题在于孟夫子的总结："无义战。"无义，你又如何去杀身成仁、舍生取义去呢？

十七　读史与读经

赵士林：老子的"损不足以奉有余"七个字，其实道出了今天经济学家经常谈起的"马太效应"。老子的社会批判是非常深刻的。庄子的批判也很犀利，但他的解决方案是缩回到自己的精神世界，获得一种心理自由。今天讲就有点"心灵鸡汤"了。因此，有人批判庄子是滑头主义、混世哲学。但庄子确乎没有那么简单。

如果说老子是彻底的理性主义者，清醒得甚至有点可怕，那么庄子则是彻底的艺术主义者，主张在审美中实现人生的最高价值。老子关心政治，庄子也不能说绝对地不关心，刚才说了，他的社会批判也十分犀利:"彼窃钩者诛,窃国者为诸侯。"那偷了一个小钩子的贼竟被处死,那偷了整个国家的窃国大盗却成了诸侯。庄子这句话使我想起了西方一句类似的谚语:"你偷一块钱,送你进监狱;你偷一条铁路,选你当参议员。"旧时代的统治者,多半是大强盗、大流氓、大无赖。开国皇帝往往就是江洋大盗,大英雄往往就是大恶棍。

但庄子批判完了就专注于他的人生哲学,不再谈什么治国平天下,不像老子,献计献策,不厌其详地出主意,结果还遭人误解,说他"心最毒"。

庄子比老子看得还透,他认为政治根本就没救了,把宰相这样的高官都当做死老鼠。李商隐所谓:"不知腐鼠成滋味,猜意鹓雏竟未休。"

庄子也不是吃不着葡萄就说葡萄酸,我们知道,他是真有当大官的机会就是不干。在他看来,官场的大人先生,耀武扬威,看着很神气,其实精神早已死掉,他们已不是真正意义上的人,不过是随波逐流、没有灵魂的政治工具,就像那只死老鼠,就像那头将要被宰杀的牛,就像那个被供起来的乌龟壳。这样一种生存状态,还不如那些市井小民,山野村人,穷也好,富也好,活得个自在。因此庄子坚持"终身不仕,以快吾志",一辈子不当官,以保持自己的高洁志向。

庄子对政治绝望,对社会也绝望,要求人们绝对不动情,所谓"安时而处顺,哀乐不能入","呼我牛也而谓之牛,呼我马也而谓之马"。无欲无求,随遇而安,你说我是牛我就是牛,你说我是马我就是马,不争论。无论什么快乐,也无论什么悲哀,都打动不了我的心。就像蒋捷《虞美人》讲的老隐士听雨:"悲欢离合总无情,一任阶前点滴到天明。"

庄子不是中国第一位大隐士,但却是中国最有影响的大隐士。他甚至要求"形如槁木,心如死灰",身体像干枯的树,心灵像烧完的灰烬,用他创造的词儿叫"坐忘",从里到外,从自我到世界,都忘得干干净净,和死人一样。这令人想起了俄国大作家屠格涅夫的作品

《父与子》中有位巴扎罗夫,这个巴扎罗夫就像庄子说的,"形如槁木,心如死灰",毫不动情,是一个绝对的理性主义者、科学主义者,对任何问题都从理性的角度、科学的角度来解释。例如接吻,本来是男女情热的高峰表现,但你看巴扎罗夫怎样说:"接吻是什么?那不就是一堆原子和另一堆原子的碰撞吗?"人这么活着确实就没什么意思了。

儒道两家的智慧合起来看启发更大:人生要当进则进,当退则退,云卷云舒,张弛有致。该清醒的时候清醒,该糊涂的时候糊涂,该紧张的时候紧张,该放松的时候放松。这样才有节奏、有韵味、有韧性、有生命力。

冯友兰先生曾经赠给李泽厚老师一副对联,上联是:西学为体,中学为用;下联是:刚日读史,柔日读经。下联的八个字取自曾国藩家书,但有所改动,曾国藩原来的对联是:刚日读经,柔日读史;怒而写竹,喜而绘兰。我们且不管冯先生,也不管曾国藩,更不用管刚柔原来的意思,那都无关宏旨。就看这刚日读史,柔日读经。真是有深意,耐琢磨。

什么叫刚日读史?为什么要刚日读史?我的理解是,刚日就是一个人剑拔弩张、志得意满的时候,这个时候要读读史,历史的沉重阴暗会使你清醒冷静,不至于得意忘形。什么叫柔日读经?为什么要柔日读经?柔日就是一个人消沉萎靡的时候,这个时候读读经,经典的道德呼唤会使你振作昂扬,不至于得抑郁症。

现在我们应该明白了,老子正是由于深通历史的兴亡教训,才告诫人们要学会韬光养晦,要学会谦卑不争,要学会不为天下先,懂得柔弱胜刚强,要从根本上控制自己的欲望,不要利欲熏心,贪得无厌,这样搞政治的才不至于身死非命,老百姓也才能过上安稳日子。

王蒙:中国读书人常常喜欢的一个说法是儒道互补。什么叫儒道互补呢?邦有道则知(智),则儒,则君君、臣臣、父父、子子,则孝悌忠信、礼义廉耻,则死谏死战,国之干城。邦无道呢,则愚,则卷而怀之,则保住自己,不遭刑戮(以上都是大成至圣先师孔夫子的教导),进入老子的"无死地"境界,进入庄子的"吾丧我"与泥水里做摇尾乌龟的境界。

上面你讲的冯先生的对联,其实也是中西互补、体用互补、史经互补、刚柔互补。这里的史与经的说法颇有余韵。要不是你讲我原来还不知晓。读经,你会佩服各种经典的理想主义,想象力与提升力,高了还能再高,好了还要再好,你也会多少质疑经典大师们言语明快顺遂的可靠性与全面性,更不必提可操作性。孔子讲"我欲仁,斯仁至矣",孟子说实行王道容易得如同"为长者折枝",老子讲"不出户,知天下;不窥牖,见天道",庄子讲"虚室生白,吉祥止止"(空屋子才亮堂,才吉祥),孙子讲"不战而屈人之兵",都太精彩了,都与讲太极拳一样的令人钦佩醉迷。但同时你也许会觉得他们的文学性、浪漫性超过了现实性、科学性、可操作性。

一读史呢,弑父弑君,兄弟阋墙,夫妻反目,纵横捭阖,虚实阴阳,口蜜腹剑,声东击西,围魏救赵,恩将仇报,血染宫闱,朝三暮四,杀人不见血,吃人不吐核,看不到太多的仁义道德,更看不到货真价实的无为而治。

十八　老子的知音是罗素

赵士林:先秦很多思想家的著作同时可以当做文学名篇读,如孟子之气势、庄子之恣肆、荀子之严谨、韩非子之峻刻……这是优点,也是缺点。优点是可以获得阅读散文名篇的审美享受,缺点是思想的阐释往往限于独断、直线、简单化。中国的传统思维模式本来就是重了悟不重思辨,重直观不重论证,重伦理不重科学,重情感不重逻辑。这在古代思想家的著作中都不同程度地有所体现。

回到老子。我觉得最能理解老子智慧的是一个英国人,这个人叫罗素,是二十世纪世界级的大哲学家。他在二十世纪二十年代到

中国讲学时,非常赞赏地提到老子的"生而不有,为而不恃,长而不宰",并谈心得说:

> 人类的本能有两种冲动:一种是占有的冲动,一种是创造的冲动。占有的冲动,是要把某种事物据为己有。这些事物的性质是有限的、排他的,是不能兼容的。例如经济上的利益,这个项目甲拿去了,乙就没机会了;那个工程,丙中标了,丁就出局了。再如政治上的权力,总统的位置只有一个,甲当选了,乙就落选了;皇帝的宝座只有一个,丙赢了,他就做皇帝,丁输了,他就是贼寇。这种冲动强烈起来,人类便天天陷于互相争夺、互相残杀,所以这不是好的冲动,应该加以制约。创造的冲动正好和它相反,是要把某种事物创造出来,与大众共同占有。这些事物的性质,是无限的、共享的、兼容的。例如哲学、科学、文学、美术、音乐,任凭每个人自由创造。创造者将自己的创造传播给他人,自己却没有丧失什么。如果得到大众的认可共鸣,更是感到无比快乐。每位艺术家都希望自己的粉丝越多越好,每位科学家都希望自己的成果造福人类。这种冲动发达起来,人类便天天进化。所以这是好的冲动,应该提倡。

罗素认为老子的"生而不有,为而不恃,长而不宰",就是提倡创造的冲动,是十分有益的哲学。话到这里,我们对老子就能多几分理解,少几分责难了。

王蒙:说到对老子的责难,我还有一个感想:真不知道是哪儿来的习惯,是怎样养成的路数,咱们似乎有一个传统,不注重认知判断,却愤愤于价值判断。老子的一些论断、文字、章句、背景、语境、含义、所指、能指还都乌漆麻黑,先扣上阴谋恶毒的道德帽子;杨朱、墨翟的主张是啥,不说明、不分析,先扣上无父、无君的帽子。历史如此,近现代如此,当代也并未绝迹,重情轻理,重破轻立,重类别区分、帽子归属,轻具体分析、区别对待,重大笔一挥,轻条分缕析、沙里淘金。

十九　天道无情

赵士林：老子确实说了许多好像很无情的话，谈到权术，他也针针见血，令人齿冷。例如，"将欲歙之，必固张之；将欲弱之，必固强之；将欲废之，必固兴之；将欲夺之，必固与之"，揭示了自然的规律，也道尽了人间的心机，不仅是军事智慧，也是政治智慧和人生智慧。对老子这类话，一方面不要搞阴谋论，老子不过是说实话，自然中、生活中的道理往往就是这样的。你看老渔翁打鱼怎么打？他先把网撒出去，鱼进来了，再把网收紧了。这不正是"将欲歙之，必固张之"吗？老子的本意不过是揭示自然、历史、政治和人生的本来面目，但本来面目太可怕了，老子揭示出来，未免令人毛骨悚然，也令小人想入非非，所谓"小人行险以侥幸"。这就产生了副作用。

王蒙：这里有一个问题："天地不仁，以万物为刍狗；圣人不仁，以百姓为刍狗。"原因是：第一，道并不是一个脉脉含情的小资概念。道里有生就有死，有兴就有废，有盛就有衰，道无阴谋，道无常胜，道无常聚，道无常喜。第二，道法自然，并不是道法汝意、汝心，更不是汝情、汝欲。包括大骂老子的朱熹，也要主张存天理，灭人欲，他看到了并重视着天理与人欲、天与人相悖的一面。对于当时的人来说，道是天道，其次才是相对比较多情的儒家，强调的是人性与天道的统一。对于当代国人来说，这更容易理解了，这一切貌似无情乃至有点"黑"的说法，其实讲的是哲学，是自然，是宇宙本相，不能用妇人之仁、小资之爱、宗教之信仰、道德之恻隐心来对比、来衡量、来规范。

比如，你说的那几个将欲如何，必固如何，你说，不仅是心机，也是智慧，然也。同时，不仅是智慧，也是宇宙之情状，天地之情状，乃至是科学。盛极必衰，水满则溢，骄兵必败，月盈则亏，日中则移，乐极生悲，还有如孟子说的"富岁，子弟多赖（懒），凶岁，子弟多暴"……这一切与其说是心机、智慧、谋略、道德或不道德，不如说是事实,是经验总结,是相当一部分真相,是勇于面对、勇于发现。它们并不是智慧的产物,而是智慧的察觉。它们并不是天地的阴谋诡计,更不是老子在耍弄众人,而是客观的不以人的意志为转移的宇宙辩证法。说实在的,一听老子就怒成那样,只能说明弱智与精神幼稚病。

"冬天已经来了,春天还会远吗?",这是雪莱与兰波的多情,不是气候气象多情,更不是天地多情。如果我们说"金秋来了,冰雪还会远吗?"这就不是说话者的冷酷,也不是黛玉悲愁或汉宫秋月的吟衰唱衰,只不过是一年四季、四时行焉的客观必然。

《道德经》中一个是"如烹小鲜"句,一个是"天地不仁"句,堪称光芒四射与力透纸背。尤其是两个"不仁"句,实际是在提倡科学与理性,勇于面对天地,面对圣人,面对人文,面对历史,突破感情性、人伦性的中华文化传统窠臼。

赵士林:您的看法是从更高的层面解读老子,是跳出人道讲天道,可能更符合老子的志趣。但是从人生智慧的角度,老子的有些议论也可以从反面来谈一谈,或者说从汲取教训的角度谈一谈。这就涉及我说的另一面:我不赞同喜欢哪位先哲或研究哪位先哲就容不得一点对这位先哲的批评。对老子、孔子、墨子等先哲的研究都有这个问题。谈到《老子》一书中的权术问题,如"将欲歙之,必固张之"之类,有人喜欢用一些高大上的解释为老子撇清,唯恐玷污老子形象,如"仁义圣智,老子且犹病之,况权诈乎"等辩词,这类辩解往往忽视了老子思想的丰富性和不同层次,其实大可不必。记得王明先生曾从老学关注重心的变化指出从汉初到三国老学的"三变":西汉初重心在治国经世,东汉中至东汉末重心在治身养性,到了三国重心则转入虚无自然之玄论。王明先生的看法从道家学术的演变历程揭示了道家的丰富性和复杂性。李零先生也曾指出这"三变"其实都是老子思想中固有的内涵。谈到治国经世,难免有些权术的东西,没这些东西,法家也不会那么看重道家,韩非子也不会成为老子的拥趸。

记得季羡林先生在世时,一次温家宝总理去看他,季老说了句话:假话全不说,真话不全说。温总理补充得十分到位:由于环境、条件的限制,有些真话也不能说。有深意啊!有深意!老子就是真话说得太多,以致有海盗之嫌,所谓教猱升木。就像现在的警匪片,你既不应该把侦破的方法交代得太清楚,也不应该把犯罪的手段描绘得太具体。君子看了倒无妨,小人看了既增强了反侦查能力,又学会了犯罪伎俩,这岂不贻害无穷?

那么,老子为什么喜欢那样毫无忌讳地说真话呢?把老子和孔子比较一下,很有意思。老子敢于什么都说,和自己的角色定位有关。老子尽管也从过政,但后来就成了彻底的在野党,一心一意做隐士,没有丝毫名利观念,所以敢大胆说话,经常讲些不同政见,经常揭穿政界老底。孔子呢,却总想做官,所谓"三月无君,则皇皇如也",这样他怎么敢像老子那样大胆说话?当然,孔子要做官,也是为了黎民百姓,绝不是为了自己升官发财。但要做官就必须遵守官场的游戏规则,其中怎样讲话,讲什么话,就不能不斟酌了。

二十　老子和孔子的比较

王蒙:孔子的一个核心主张是"为政以德"。政能不能为、能不能行、能不能执,关键在于德行。权力的问题便成为一个道德问题,文化品质与文化能力问题。"道之以政,齐之以刑,民免而无耻。"用政治手段引导,有刑罚政治手段规范,即使老百姓不敢做你不让他们做的事情了,他们并不心甘情愿,不觉得做了你不让做的事有什么丢人。只有以道德为引领,以礼数为规范,百姓才有自觉,有格调,有标准。这里孔子主张的是文化立国、道德立国。如果孔子此说真诚,他的追求做官,也是追求文化与道德。与今天某些人的追求级别、待遇、特权应有相当的区别。

通俗化的说法是孔子要做官,《论语·子罕》载:"子曰:沽之哉!沽之哉!我待贾者也。"他重复说"沽之哉",传达出了做官的急迫心态,也说明了他的明明白白。原因很简单,他追求的不是做学问家,不是思想者,更不是专家,他曾经自嘲,我算什么专家呢?种地不如老农,种菜不如老圃,如果一定讲专业,也许我算懂得赶车的。他要的是圣人,是挽狂澜于既倒,是兴灭国,继绝世,举逸民,接续上兴于西周、沦落于东周的斯文一脉。黑格尔认为他学问与专业不达标,咱们研究说他热衷于做官,都是不完全理解他的志向。孔子那个时期,中国士人的选择空间相当窄小,立德、立功、立言,既有做官的内容,也有做教育家,其实也是从属于做圣贤的目标的。后人还是把孔子定性为圣人,而不是孔司寇。孔子在大叫"沽之哉"的同时,他推崇"暮春者"恰同学少年的春游之志向,就这一条,加上他的教育方面的成就,已经突破了单纯的官场、仕途之论。

当然,与老子相较,孔子的抽象思维能力、抽象与宇宙思维追求方面远不如老子。孔子的用力用心在经世致用、世道人心方面。在这方面,他对世人、中国人、国家民族的影响,也属奇迹。他的简明、良善、认真、适度、中庸与君子之风,无与伦比。君子和而不同,小人同而不和;君子周而不比,小人比而不周(君子团结万众而不搞圈子,小人搞圈子而不公正团结)。这个发现,不如"小鲜"与"不仁"刺激伟大,但是真实管用,正派光明,其意义不在老子之下。

赵士林:老子和孔子最大的不同,是孔子只关心、只讨论伦理政治问题,也就是人间问题,老子还关心、还讨论宇宙问题。孔子的学生子贡说老师,"夫子之言性与天道,不可得而闻也",意思是说,没听到过老师就万物本性和宇宙原理的问题发表意见。但老子就大不一样,他关于宇宙的看法构成了中国智慧最有哲学味道的层面。老子的宇宙智慧,也是特给中国人提气的智慧。有了他的宇宙智慧,中国哲学和世界上任何哲学相比,就都毫不逊色了。

二十一　从数学看"道生一"

赵士林：老子论道,是老子宇宙论的核心。道家之所以被称为道家,就是因为它把道当做核心的范畴。老子宇宙智慧关注的焦点,就是对道的定位。老子讲道,给道定位,有三个意思十分重要:一是道的本质;二是道的功能;三是道的规律。什么是道的本质？"人法地,地法天,天法道,道法自然。"道的本质就是自然。自然主义是老子哲学的无上圭臬。什么是道的功能？道是干什么的？"道生一,一生二,二生三,三生万物。"道是创生宇宙的,宇宙的生成就靠这个道。

"道法自然""道生一"这些命题,老子没有展开论说。因此,我有一个看法,老子的宇宙论尽管为中国哲学占有了一个高度,但太模糊,太直观,太微言大义,这当然给后来的解释者提供了巨大的想象空间、发挥空间,但也缺乏一种哲学理论应该具备的清晰、严谨、明确的规范。没办法,这也是整个中国文化的问题。

王蒙：中国人为学讲感悟、妙悟和顿悟,往文学上走,往神思、神往、会心、随机应变、混沌模糊、一通百通上走。中国学术接近文学、宗教、游戏、幻想与道德激情远远比接近逻辑、科学、技术、数学为多。

"道生一"的说法肯定有 N 种解读方法。我的体会是,"生一",是指产生一个本体与根本的感悟。指道的概括力、终极性使人得到一个全局、一个世界、一个天道、一个整体,这首先是用道来统一,有了一即"道",才有 N。具体事物是 N 了又 N,具体事物是生了灭,灭了生,无而后有,有而后无,有生必灭,有灭必生。然而使之生,使之灭,使之变易,使之无生于有、有生于无的根本是"道","道"是始终如一的。有一就有一的对立面,一的矛盾面,有有就有无,有生就有灭,有一就有多。

中国人眼里的一、二、三并不十分数学,一、二、三也是一种感悟,所以"一带一路",译成英语时只能省略那个一,译成"belt and road"则可,译成"one belt and one road"或"a belt and a road"则绝对不可,因为译成英语后,"one"或"a",相当于中文中的"一"的数词和冠词,都带有唯一或同一的排他性。同样,二〇〇八年北京奥运会的口号,"同一个世界,同一个梦想",英语完全不必译出"同"字来,它译成英语绝对干净利落,它是"one world, one dream",而中文,如果没有"同"字,"一个世界,一个梦想",则可能理解为某个世界,某个梦想。

二十二　有无相生的妙用

赵士林:往文学上走,没错。汉语的特点使中国思想的表达带有很大的模糊性、随意性,优点是富于审美意味,缺点是不精确,与中国古代文化没有开出科学和语言特点规定的思维特征有很大关系。

老子讲的"道生一"和巴门尼德所谓的"不动的一"有根本区别。体现了中西哲学背景的巨大差异。老子的作为道的"一"是创生的,巴门尼德的"一"是不动的。后者保持了一种形上的纯粹性,前者不仅为天地万物的创生提供本源、提供依据,并且就参与到这种创生中。

道是创生宇宙的,那么道如何创生宇宙?这就涉及道的规律。什么是道的规律?反者道之动。这是讲相反相成,对立统一了。我们只挑出有和无简单地讨论一下。您的《老子的帮助》,对老子谈有无问题,做了很深入的讨论,引入数学分析更是别开生面。有和无的问题在老子哲学中是十分重要的问题,它涉及老子的宇宙生成论。宇宙怎么来的?老子说:"无,名天地之始;有,名万物之母。"无是天地的开始,有是万物的根源。

那么"无"和"有"谁先谁后呢?尽管老子也讲有无相生,就是说,"有"离开"无"无法有,"无"离开"有"无法无,但老子还是认为"无"在先,"有"在后,"无"中生"有"。他说:"天下万物生于有,有生于无。"天地万物,大至日月山川,小至草木蝼蚁,都是从无到有。就好像生孩子,是从无到有。就好像盖大楼,也是从无到有。

但我还是认为说"有无相生"更稳妥。有无相生、虚实相生,这就是道的规律。别看它听起来很抽象,落实到人生中,真的是妙用无穷。

一个流行在美国的笑话:

老爸对儿子说,我想给你找个媳妇。儿子说,可我想自己找!老爸说,但这个女孩子可是比尔·盖茨的女儿!儿子说,要是这样,太好了!

接着,老爸找到比尔·盖茨,说,我给你女儿找了一个老公。比尔·盖茨说,不行,我女儿还小!老爸说,这个小伙子可是世界银行的副总裁!比尔·盖茨说,啊,是这样!当然好啊!

最后,老爸找到了世界银行总裁,说,我给您推荐一个副总裁!总裁说,可是我已经有太多的副总裁了,本来就多余了!老爸说,可是这个小伙子是比尔·盖茨的女婿!总裁说,啊,是这样!那欢迎啊!

生意就是这样做成的。

这位老爸,应该说深通老子哲学,他的预设本来是无,比尔·盖茨的女儿也好,世界银行副总裁也好,比尔·盖茨的女婿也好,开始都没有那么回事,都是无,但是这些无都符合对象的预期,于是无就变成了有。这就是妙用了有无相生的道理。

老子重视相反相成、对立统一,也就是矛盾的对立面的相互转化,当然是一种大智慧。黑格尔对老子的评价比孔子高,理由可能就在这里。但过于突出这个智慧,也就陷入了相对主义。正像流行歌曲《老子说》:输和赢其实都差不多。输和赢怎么能差不多?拿这话去到赌场说——输红了眼的赌徒不和你拼命才怪。

王蒙: 这个故事很精彩。它的哲学根据在于,万物生于有,有生于无。所有的所有，原来并非就有，非有即无，无中生有。无中生有，是万事万物的规律，同时又被理解为一种涉嫌诈骗的手法。这个美国故事完全符合"无中生有"这个成语在中国的发展过程。无中生有，来自老子的哲学，是一个深刻的概括，但是传播必然带来理解上的发展演化，有时并不是深化与提升，而是浅化、俗化与降低。从哲学来说，无中生有是规律，是发生学；从俗人的经验来说，无中生有是诈骗。

其实类似的经验也经常发生在我们的周围。有人组织一个活动，他们拟了一个名单，请甲名人的时候说明同时会来的有 B 至 H 大咖、大师、大人物。而邀请 B 时，靠的是亮 A 与 C、D、E、F、G、H。没有啥了不起，是所谓公关的惯用伎俩。

但是，老子想的恐怕没有这样通俗。老子追求的是惊人之论，是看不见、摸不着的无形、无声、无味、无色、无感触的根本与伟大。他追求的是观念的伟大，格局的伟大，范畴的伟大，头脑与心灵的玄、妙、精、微、大、远、反、无穷、永恒、无迹、恍兮惚兮。越是想不明晰越伟大，越是说不清楚越伟大。广成子与黄帝论道，也是说得深不可测，虚不可触，不求其有，只求其无。

中国道家对于有与无的态度当然是倾斜于无的。如果是巧言编造，无论通俗故事多么精彩，实际上不会获得老庄的首肯。那不是无与有的故事，而是冒险家空手套白狼的故事。

二十三　老子的逆向思维

赵士林：由于老子总是说反话，正面文章也反面做，有时还玩点脑筋急转弯，这样很多人都不理解他。老子似乎也预感到自己的思想以后要遭人误解，甚至遭人嘲笑，于是他先堵住别人的嘴，他说："上士闻道，勤而行之；中士闻道，若存若亡；下士闻道，大笑之，不笑不足以为道。"上等智商的人听了我说的道，努力实践；中等智商的人听了我说的道,半信半疑;下等智商的人听了我说的道,哈哈大笑。但是,不被嘲笑,那就不是道了!

老子就是老子!看谁还敢嘲笑老子!嘲笑他就是智商有问题了。

王蒙:老子的逆向思维选择,透露了他的智力优越感。幽默,有时也是智力优越感的某种表现。表现大发了,有时说得过些。这也与百家争鸣的活跃而混乱的局面有关。说话三分钟,警句、奇句、雷人之句没有出现,就等于白说了。

老庄更在意的则是一种精神状态,似是装夙,其实更多是优越感,所以不必争,不必辩,不必做,不必有是非观念,而觉得自己无所不能、无所不通、无所不知、无所不忘,因为世上的一切根本就没有记忆的价值、讨论的价值、表态的价值。

二十四　浮云的解析

赵士林:注意到您近些年一系列阐释中华传统文化的论著,如《天下归仁》《老子的帮助》《庄子的快活》等,听说最近又在写《列子》。这几部著作除了《天下归仁》谈儒,其他都是谈道,一些谈儒的文章涉及类似道家的思想,例如"邦无道,则愚""邦无道,则可卷而怀之"等,您也是欣赏之情溢于言表。尽管您也说过孔子是"中华斯文的总代表",是"中华文化的首要基因",但您显然还是对道家情有独钟。如此欣赏道家,应该和您是一位作家有关吧!儒家、道家作为中国思想文化的两大主脉,对中国的文学艺术都有巨大影响。儒家的影响主要是道德的,道家的影响主要是审美的。儒家尽管也讲"游于艺""成于乐""曾点境界"等,但落脚点还是一种道德完成,尽管这种道德完成也具有一种审美意味,也留下了千古名篇(如杜诗、颜字、韩文,如范仲淹的《岳阳楼记》、文天祥的《正气歌》等)。儒家对中国文学艺术影响最大的还是所谓"诗言志""文以载道""发乎情,止乎礼"等,道德主题先行,纲常要求至上,导致很多作品流于伦理说教。道家特别是庄子则以一种审美心灵直接开悟了中国艺术精神。逍遥游、蝴蝶梦、御风而行、解衣般礴、庖丁解牛、濠上之辩、心斋坐忘……庄子自己就是中国第一位大美学家,《庄子》一书就是中国美学的不可企及的典范,它对中国文学艺术的审美境界的开拓,提供了巨大的支援意识。因此我想,您作为一位著名作家对道家更为敏感,应该是其来有自。

王蒙：开始时,主要觉得道家绝门绝活,耐读耐思,各色别致,高人一等,可咀嚼可讨论,思辨性、抽象性、概括性、精微性、趣味性都强,奇货可居。

后来慢慢及于孔孟。尤其是孔,也深感我心。我有时提出一些怪想法,如孔子说的"不义而富且贵,于我如浮云",其用语之精当、仁厚、准确,恰到好处,无与伦比。浮云没有太多的稳定性与影响力,没有多少深邃性与吸引力、凝聚力,是显然的。同时浮云也还不令人嫉恶如仇,刺心厌恶,"浮云游子意,落日故人情",浮云还有几分美好。总而言之,读读孔子之谈不义,与孟子之谈义利之辨,你不能不感悟于孔子之可爱。

赵士林："不义而富且贵,于我如浮云",这句话,大家经常引用,由衷也好,不由衷也好。我们一般的理解就是转瞬即逝,没有价值。但您对浮云的解析,让我很受用。说孔子的浮云之喻"精当、仁厚、准确",一方面对得起孔子,另一方面也说明,大作家对语言就是有细微深入的理解体会。

二十五　道家和道教

赵士林：还说《道德经》。对《道德经》历来有多种解读,自然主义的解读、自由主义的解读、政治思想的解读、军事智慧的解读、阴谋权术的解读等等,当然也有宗教意识的解读。谈到老子和宗教的关系，对待宗教通常要涉及鬼神等神秘事物，老子秉承彻底的自然主义态度，他对鬼神的排斥比孔子还坚决。孔子说"敬鬼神而远之"，尽管关注人事，疏远鬼神，但还保留着鬼神的存在。老子这里根本就没有鬼神存在的空间，天地间就是一个自然。因此，徐复观在谈到老子的思想贡献时指出："老子思想最大贡献之一，在于对此自然性的天的生成、创造，提供了新的、有系统的解释。在这一解释之下，才把古代原始宗教的残渣，涤荡得一干二净；中国才出现了由合理思维所构成的形上学的宇宙论。"

记得冯友兰先生很早之前也曾说过，老子的院子里把鬼神打扫得干干净净，没有鬼神的地位。

但是，道家毕竟衍生出了道教，老子毕竟是道教的"三清"之一，《道德经》毕竟成了道教的《道德真经》。凡此种种，都表明道家和道教有割不断的联系，秉承自然主义的老子却成了一门宗教的祖师爷，这非常耐人寻味。

二十六　群众掌握理论

王蒙：这也可能是一个传播学的课题。马克思是重视传播与人民群众的实践的，当然，实践或无法实践也都是传播的后果。他的名言是理论掌握了群众，就变成物质的力量。我们当然充分体会到了这一点，二十世纪的马克思主义传播，不限于理论学术范畴，而是二十世纪历史的一个重要节目，有时是核心节目。

这说明，理论掌握群众的另一面，是群众掌握理论，是群众发展与普及理论，是群众调整与活用理论，是群众不停地创造、不停地发展变化理论。有的发展变化是顺理成章的，有的发展变化是飞跃出新的，有的发展变化是出奇制胜、脑洞大开的，有的发展变化是始料未及的。

一切绝对的、唯一化的思路都带有宗教情怀，乃至宗教逻辑。如又主宰自然和人类的人格神。蒂利希面对这种宗教困境说出一句名言:"假如你一上来就问上帝是否存在,那你永远也不可能得到上帝。并且,假如你肯定上帝存在,你甚至比否定上帝存在更加远离上帝。"

蒂利希提出了自己对宗教和上帝的理解,他创造了"终极眷注"这个词来重新界定宗教,你看他说:"宗教,就这个词的最广泛和最根本的意义而言,是指一种终极的眷注。"

终极眷注就是信仰,就是宗教,也就是上帝。那么,终极眷注眷注的是什么?蒂利希认为生死问题、人的存在及其意义的问题,是根本的终极的问题,是人类精神生活关注的普遍问题、深层问题,对这类问题的眷注,就是终极眷注,也就是宗教。

王蒙: 是的,我深受"神学是终极眷注"的说法的影响。因为,人格神会带来一系列问题。米兰·昆德拉一再拽着读者讨论耶稣是否大便,而《达·芬奇密码》讲到了耶稣的妻子抹大拉的教派,而梵蒂冈还特别声明不承认《达·芬奇密码》的讲法。我认为,归根到底,终极是概念语言,是人类的思维能力、想象能力、语言能力的产物,经验上只有暂时,此处,构建反义词的能力使人们创造了终极的概念,经验上只有具体、肉体凡胎、有时趾高气扬、有时可怜巴巴的两条腿的人,构建反义词的能力创造了神、仙、上帝、主、佛、法、理、道、苍穹、圣贤、终极、终极眷注、因果、起源、归宿。

赵士林: 蒂利希用"终极眷注"定义宗教,正是为了解脱宗教在现代社会面临的困境。他进而认为,在人类精神的所有创造性机能中,终极眷注都表现得非常显著。道德领域、认识领域、审美领域,概莫能外。就是说,人类精神生活各个领域亦即人类文化全都具有宗教色彩,人实际上是一种宗教的存在。蒂利希自己就曾明确指出:"宗教是文化的本体,文化是宗教的形式。"

他甚至认为,一位艺术家把艺术例如绘画作为他的终极眷注,绘画就是他的宗教;一位政治家把政治理想例如共产主义作为他的终极眷注,共产主义就是他的宗教。因此,每一个人都有他的宗教,因为每一个人都有他的终极眷注。

不难看出,蒂利希有一种泛宗教化的倾向。他应对现代世界宗教危机而形成的泛宗教化的阐释,通过无限深化和扩大宗教的内涵和外延将人类精神生活全都赋予了宗教的意味,他拯救宗教的努力是将一切都归结为宗教,都阐释为宗教。

二十八 泛宗教化的问题

王蒙: 宗教的说法也有 N 种,道门、教会、帮会、种性宗亲,可能成为某些人的宗教,神泉、神土、神草、神石、神龟,可以预判足球比赛胜负,都有宗教意味。而一些大道理、大范畴、大要领等,如道,也具有信仰性、终极性从而具有宗教性。我认为,与其认为这种说法夸大了宗教的意义,不如说是冲淡了宗教的意义。这里的所谓泛宗教不过是指人类有着 N 类的信仰、向往、热爱、留恋、珍惜、拥抱的激情与思路而已。

尤其是"道",孔子也说:"朝闻道,夕死可矣",道是孔子的终极价值,高于、大于、重于生命。对于林黛玉来说,她是"得所爱,夕死可也"。爱情,就是黛玉的情感、精神生活、追求与期待的终极。而对于侠客来说,侠就是神。

赵士林: 当然,在一些学人看来,儒家也是宗教,所谓儒教。儒家是不是宗教中外学界争得很厉害,这里没办法讨论,我注意到日本学者加地伸行在《儒教是什么》一书中,认为儒家是一种宗教,他给了一个理由。他先给宗教下了个定义。什么是宗教?宗教就是对死和死后的解释。按这个定义,非常重视祭祀祖先的儒家自然是宗教了。但是,泛宗教化不能不产生一个问题:除了宗教之外,人类没有其他精神活动形式吗?

如蒂利希所说,宗教是文化的本体,那么文化还有没有其他本体？在他看来,道德的、认识的、审美的精神追求都包含着终极眷注,因此都是宗教追求。这种泛宗教化的阐释将人类复杂万端的文化诉求、精神境界趋同化,不能不导致新的文化困境。泛宗教化反而模糊了宗教的质的规定性。

二十九　老子的神学

王蒙:用宗教定义文化的做法,会导致用文化定义取代宗教的可能。其实,孔、孟、老、庄他们就是这样做的。

在蒂利希那里,宗教是一种味精或者调味品,文化是食品,人类精神生活则是一大锅汤。他老先生将宗教味精倒入、掺入食材与汤锅中,既是对宗教味道的推广,也是对宗教味道的淡化与溶解。老庄也罢,孔孟也罢,对之不过存而不论,未必跪倒崇拜,也未必想如何洗涤干净它们。

还有,高大上的学者都有一种追求"一"的倾向,一就是道,就是"神",弗洛伊德找到的一是性,伽利略则认定"数学是上帝对于宇宙的书写",对于伽利略数学就是"圣经",就是终极,就是道生一,与道通为一,就是"道枢"与孔子的吾道一以贯之。经济学家的"一"是经济,物理学家是物理,而教会教派,是"一"的简约与普及化。

赵士林:您对蒂利希的泛宗教论做了生动的解读,也应该说不无道理。但在蒂利希那里,问题实在是很严峻的。我们还是从蒂利希回到老子,回到道家。

依据蒂利希终极眷注的理论,老子的思想确实有宗教意味。因为老子对人生问题乃至宇宙问题确乎都有根本的关切,也就是终极眷注。这种终极眷注突出地体现于他对道的阐释和追求上。如您指出:"道与一,就是中国老子神学中的上帝。"

另一位宗教社会学大师、法国社会家杜克海姆也仿佛印证着老子或道家的宗教性。他指出:"有些伟大的宗教并没有神和精灵的观念,或者至少可以说,在这些宗教里,这种观念仅仅能够扮演一种次要的、不起眼的角色。"他还说:"并非所有的宗教力量都是从神性人格中产生的,很多膜拜关系的目的也不是将人与神祇联系起来。宗教远远超出了神或者精灵的观念,我们不能仅凭这些因素就断然定义宗教。"

既有强烈鲜明的终极眷注,同时又不委之于鬼神。《道德经》可以说是蒂利希式文化神学的范本了。

王蒙:神格与人格,这是宗教学、宗教史上的一个悖论。所以一些宗教中,都有一个神圣的人、神格人来充当神与人间的天使、圣徒、教皇、佛祖。你去基督教堂,会看到大量圣母、耶稣、十二个圣徒的雕像画像。但是,上帝耶和华是没有形象的。当然,有圣父、圣子、圣灵"三位一体"的说法,但是这样的说法不是减除了而是扩大了大便问题、婚姻问题、生育问题等带来的尴尬。

三十 老子和太上老君

赵士林:宗教反对偶像崇拜,用意就在这里,任何偶像都会限制神的无限性。这方面,基督新教做得比较彻底,在基督新教的教堂里是没有偶像的。伊斯兰的清真寺里也没有偶像。天主教在中世纪曾经有摧毁圣像运动,但没有坚持下来。

但是,讲到《道德经》的宗教性,还是要注意:道家和道教有没有区别?作为道家代表的哲学家老子和作为道教教主的太上老君有没有区别?

我认为,还是要重视这个区别。一方面,没有道家就没有道教,因为道家两位伟大代表老子和庄子为道教提供了最宝贵的理论资源。没有《道德经》(《道德真经》)和《庄子》(《南华真经》),哪里会有道教?另一方面,道家是一种哲学,道教是一种宗教。老子的哲学思考为道教的宗教建构提供了理论基石,但老子的哲学思考就是哲学思考,而不是宗教意识,甚至都不是宗教哲学。

我的意思是,评价老子思想,可以参考蒂利希提出的终极眷注的标准阐释他的思想的宗教意味,但是更要跳出蒂利希的泛宗教倾向,注意老子思想的纯粹的哲学意味。例如,老子说的"道",从威力上看,和传统神学中基督教的上帝一样,无处不在、无时不在、无所不能,是一切存在的来源,也是一切价值的来源。但老子说的"道"又和基督教的上帝有根本的区别,道不是一个人格化的神,不是那位形体和人一样(因为上帝按自己的模样造人),有灵魂、有意志、有性格的最高存在,不是那位长着大胡子的威严的老先生。老子说的"道",原来就是自然的体现、自然的化身,所谓"道法自然"。李白有诗:"谁挥鞭策驱四运,万物兴歇皆自然。"说的就是这个自然。在这里,我们想到老子反复强调的自然无为。道是自然的,自然是无为的,无为而无不为,这就是道啊!

王蒙:你的分析很好。但是请原谅,道并没有你说的那么自然与唯物,道是玄而又玄的,是"道之为物,惟恍惟惚,惚兮恍兮,其中有象;恍兮惚兮,其中有物。窈兮冥兮,其中有精,其精甚真,其中有信"。道的提出是思维、是感悟的成果,是天才与智慧的成果,是人的某些神思、神性的成果,是人的自我突破,尤其是对经验的突破,倒是儒家的门徒,才把道拉到经验以内,曾子曰:"夫子之道,忠恕而已矣。"

三十一 "无"的新阐释

赵士林:首先,自然不等于唯物啊!王老师。在讨论中国哲学的本体问题时,我一般回避使用唯物、唯心这个解释框架,用这个西方哲学的解释框架解释中国哲学问题往往削足适履、言不及义。自然在这里可以是功能性的动态的概念,即您前面所谓"naturally",它和玄之又玄似乎也并不矛盾。所谓"惟恍惟惚,惚兮恍兮,其中有象;

恍兮惚兮,其中有物。窈兮冥兮,其中有精"一类描绘,其实是上古巫术幻觉的追忆,很难解释成其他什么。老子用它来描绘道的存在状态、运行状态,和自然的创生好像也不矛盾。自然而然的存在、自然而然的运行有时看来不是也很玄妙吗?因此维特根斯坦说,神秘的不是世界是怎样的,而是世界是这样的。老子这种描述倒是透露了中国哲学乃至中国文化的一个特征:重功能轻本体。惚兮恍兮、恍兮惚兮本来是对道的本体论存在的描述,但它同时又通往功能性,甚至更重功能性,也就是创生性。恍兮惚兮,窈兮冥兮,象、物、精、真、信,都既是道的存在本体论,又是道的创生功能论。

王蒙:中国宗教的根本在一个"无"字。无是到底,无是玄德,无是大道,无是作为,无是哲学本体论、方法论的基础。以"无"为神,这才是中华无神论的正解。

赵士林:您对无神论的解释很别致,还没有人这样解释无神论。一般的理解,无神是一个动宾结构,意思是没有神,无神论就是主张宇宙间没有神的存在。在您的理解中,无神成了主补结构。"无"成了主语。您阐释的无,让我想起魏晋时期何晏特别是王弼解读老子提出的贵无论。何晏和王弼还是从本体论的角度论证"以无为本",您这里却是"以无为神","无"成了神,并且不是人格化的神,而是您所说的"概念神"。"概念神"的提法也很独特,很值得琢磨。您这里提出的"概念神"和希腊神话的贪婪之神、不义之神等所谓"概念之神"显然不是一回事。

王蒙:哈哈。读书而望文生义,而且略作惊人之论,也算读书乐之一种。以无为神,也是一种感悟与境界。生来自无,死归于无,真正想通了也是大解放、大超脱。从出生到死是有,有与无比,等于 $N:0$,等于 ∞,生命对于虚无来说是无穷大,但个体对于无穷大来说,等于近于虚无,就是说 $N:\infty$,则只能近于零——虚无了。无之为神在于,没有零就衬托不出无穷大来,没有零就推不出 N 的无穷意义,即 N 的或有的神性来。这里,并没有取代或排除没有神的意义。同样这里也是一样,没有神的话,万物就是神,物质世界就是终极,客观规律就是神意、神义,自然、天道就是神了。除非你特别从生理上烦厌这个神字,我用的神字,其实就是最高、最大、最概括、最终极的意思罢了。

三十二　宇宙怎么来的

赵士林: 讲到无,我想起佛家讲的空。空、无应该有一致性。

李泽厚老师说基督教讲有,佛教讲空,儒家讲空而有。其实,道家也讲空而有,它的表述是无和有。

需要交代的是,在老子这里,无还有空的意思,他非常强调这个空的价值。例如他举例说:"三十辐共一毂,当其无,有车之用。埏埴以为器,当其无,有器之用。凿户牖以为室,当其无,有室之用。故有之以为利,无之以为用。"三十根车条汇集到一个车毂当中,有了车毂中空的地方,才能放车轴,车轮才能转起来。糅合陶土做锅碗瓢盆,有了锅碗瓢盆中空的地方,它们才能用来盛东西。开凿门窗建造房屋,有了四壁围着的空间,房屋才能住进去。这个阐释表明,老子谈论有无也是从形上到形下,宇宙论要落实到人生论。

李泽厚师和徐复观先生都曾指出老子哲学以人生论为落脚点。讲宇宙论也要落实到人生论,讲宇宙论也是为人生论提供一个形上依据。

房地产商最懂老子哲学。他说这房子使用面积是180平方米,那其实就是一百八十平方米的空间,也就是一百八十平方米的无,在这个空间里,这块儿是客厅,那块儿是厨房,所谓"当其无,有室之用"。但老子举的所有例子,都不能说无比有更重要。卖房子,也要卖那个有。售楼小姐循循善诱地向你介绍的,总还是我这墙是用什么材料造的,我这石头是从哪儿运来的,我这地板是从哪儿进口的,我这柱子又是什么风格,等等。没有那堵墙,就没有墙内的空间。因此,还是说"有无相生"更稳妥。有无相生、虚实相生,这就是道的规律。

王蒙:教授,您买过房产吗? 你说的那个空间,叫做使用面积,房地产商才不那么谈面积呢,他们说的叫做建筑面积,那个面积的20%以上,都是墙壁之类的有之以为利的玩意儿,无法用的。

赵士林:哈哈! 您到加拿大和美国去买房,人家就按使用面积算,绝不会按建筑面积算。

三十三 何谓"概念神"

王蒙:中国文化的一个异点是对于文字的崇拜,文字的综合性、形象性、逻辑性、结构性,使汉字成为综合符号,使汉字符号成为一个有理、有情、有说法的精神世界。仓颉造字的结果是"天雨粟、鬼夜哭",是中国人侵犯了天机,把握了天算,占有了天意,汉字的智慧使形而上的天与鬼都受到了压力,都乱了套,使中国认字、写字、解字的人成了精灵。中国字里就有信仰、有天机、有终极。中国精英的文字之神、概念之神,首推"道"字。在老子那里,道是世界的本原与归宿,是世界万物的根本规律,是万物的本质与综合,是万物的主,而这个"主"与其他宗教心目中掌管一切的"主"不同。中国老庄的"道主"的特点是"生而不有,为而不恃,长而不宰"。其高妙值得我们终生体悟。

赵士林:您将老子的"道"理解为"概念神",这个说法很来劲,这是对宗教学的一个开拓。柏拉图的理念也可以称为一种"概念神"。您将老子的形上追索界定为"概念神",实际上就排除了人格神,也就肯认了中国式宗教追求的世俗性、人间性。中国的"概念神",老子的"道",恰好体现在它入乎其内出乎其外的特征、"道在人伦日用"的特征。

道的本质就是自然,所以老子说道法自然。您引用的"生而不有,为而不恃,长而不宰"正是自然。老子用自然解释道、规定道,这个道就不是神秘的存在,就不是高不可攀的主宰,而是孕育着我们,也为我们所拥有,托载着我们,又在我们之中,和我们的生命息息相关,它就居住在我们那亲切、可靠的天地家园。这样一个无限深邃又无限亲切的"道",就和传统神学的人格化的上帝大异其趣,准宗教又超宗教,入乎其里又超乎其外,借用《中庸》的话,"致广大而尽精微",这应该是老子以道为核心的自然哲学的魅力所在。

三十四　儒道都讲无为而治

王蒙: 说到无为而治,首先自然想到老子,其实孔子也主张无为而治。他说:"无为而治者,其舜也欤!夫何为哉?恭己正南面而已。"

这话主要的意思是"为政以德",是从世道人心优化家国天下,世道人心好了,不必在治理管控上狠下功夫。治国的功夫下在哪儿?下在道德垂范、有教无类、得民之心、不违农时、诗书礼乐、琴棋书画上。这样,国君虞舜正正经经往那里一坐,就万事大吉、太平盛世、日月光华、旦复旦兮。

老子讲的无为意思是百姓自然,是自己办自己的事,是无争无欲、慈祥简朴、不事超越,还有精兵简政、不扰民、不生事、生乱、生变,等等。

赵士林: 您区别了儒家讲的无为而治和道家讲的无为而治,这很重要。尽管儒家和道家都讲无为而治,但无为而治不是儒家的主题,只是偶尔提到罢了。像您说的,儒家和道家的无为而治也是大异其趣。儒家的治国之道准确地说应该是礼治,不是无为而治。儒家说的"恭己正南面"的无为而治,在道家看来,并不是合格的无为而治。"恭己"恰好是要给天下人做道德榜样,道家反对这一套,道家认为没有人有资格做这个道德榜样。

前面说过,道家讲的无为,要和自然连读,自然无为。什么意思?遵循自然规律做事就是无为。

　　胡适谈到老子的无为政治时分析道:"欧洲十八世纪的经济学者、政治学者,多主张放任主义,正为当时的政府实在太腐败无能,不配干涉人民的活动。老子的无为主义,依我看来,也是因为当时的政府不配有为,偏要有为;不配干涉,偏要干涉……老子对于那种时势,发生激烈的反响,创为一种革命的政治哲学。"

　　胡适对西方所谓"放任主义"(实即古典自由主义)经济学和政治学的分析,当然失之简单化,但他指出老子无为政治的正义性,却不无道理。今天有一些人抄来胡适的说法,把老子打扮成自由主义战士,殊不可取。老子讲的自然无为、无为而治,和自由主义有相通的地方,但也有根本区别。"小国寡民……鸡犬之声相闻,民至老死不相往来",是什么自由主义?

　　王蒙: 从无上下功夫,理想性强,可操作性差。倒是对个人意义更大。大家都不妨想一想,人们的一生中缘木求鱼、守株待兔、南辕北辙、揠苗助长……做了多少无用之功、无效努力,说了多少无结果的空话,跑了多少冤枉路,结交了多少无益之人,枉费了多少心机?如果早一点懂得无为而治的道理,生存质量会不会更好一些呢?

　　老子的无为理论还令人想起人们对于"自发"一词的理解与评价。曾经有个理论,认为农民、小生产者的自发势力是危险的,是走向资本主义的。老子、庄子对自发的好感则比较多。庄子说,田鼠怕被人挖,所以把自己的洞拼命地挖深,而有些鸟怕被弩弓伤害,就拼命高飞,这证明万物自发地会自我保护。他们是比较欣赏自发性的。市场经济,也流露出让市场的不无自发规律起资源的分配作用的含义。

三十五　儒道互补

赵士林：将老子的无为落实到人生追求，符合老子的逻辑。老子讲了很多大道理，很多都要落实到人生智慧。道家的人生智慧和儒家的人生智慧互补性非常强。

日月交辉，儒道互补，是中国的一大智慧。儒家和道家的互相补充，就像太阳和月亮交替运行，就像乾坤一体、阴阳互摄、刚柔相济、虚实相生。儒家风骨和道家气象，入世和出世，有为和无为，兼济天下和独善其身，悲歌慷慨和愤世嫉俗，身在江湖和心存魏阙，那样奇妙地相得益彰，组成了中国智慧既空灵又丰实的壮观画面。

儒道两家可以互补，是因为它们在立场的差异和观点的对立之外，还有着共同的追求。例如老子讲"反者道之动"，儒家《易传》讲的"复"也是这个道理："寒往则暑来，暑往则寒来""日盈则昃，月盈则食"，正所谓"无往不复，天地际也"。此外，儒道两家都重视中庸，都既反对不足，更反对过分，强调"勿太过"，讲究"度"的智慧，追求恰到好处的境界。甚至道家讲无为，儒家也讲无为，如孔子的赞叹："无为而治者，其舜也欤"，尽管对无为的理解肯定有差异。因此，儒道两家尽管是双峰并峙，二水分流，但正像《易传》所说："天下同归而殊途，一致而百虑"，两家最后还是汇成中华传统文化的同一条大河，共同滋润着中华民族的思想园地。

王蒙：至少还有一个重要方面可以看出儒道的一致性，那就是性善论。孟子强调性善，清清楚楚。孔子讲，一个人在家里又孝又悌，长大了就不会犯上作乱。还讲父父、子子，也就是说父子、夫妻之道已经是作为权力的依据的合道性、合德性的一切社会美德的基础。

老子呢，认为婴儿就是道的模范、道的样板，他呼吁人们要回到婴儿状态。

庄子甚至赞美人的动物状态，与鸟兽无差别状态。

其次是以天地为师,以自然为师。庄子讲"天地有大美而不言",孔子讲"天何言哉?四时行焉,百物生焉,天何言哉",如出一辙。

两方也都喜欢愚朴胜于智巧与夸张。喜欢简化物质生活,不喜欢贪欲。孔子欣赏饭疏食,枕肱而眠,一箪食、一瓢饮。老子则强调五色、五音、五味感官满足的负面意义。

孔子讲"知之为知之,不知为不知,是知也"。老子讲"知不知,尚矣,不知知,病矣"。儒与道遥相配合合作的地方也多了去了。

三十六　道教的长生论

赵士林:孔子的最高追求还是仁,最高规范还是礼。似乎不能说孔子"喜欢简化物质生活",那样孔子就和墨子一样了。他强调的是物质生活也要合乎礼。因此"饭疏食饮水"之外,他也讲"食不厌精,脍不厌细",强调不合乎礼的食物不能吃。他其实还是个大美食家,讲究"鱼馁而肉败不食""色恶不食""臭恶不食""失饪不食""割不正,不食""不得其酱,不食",讲究多了去了。当然逃难过程,陈蔡之厄就顾不得讲究这些了。他说的"饭疏食饮水,曲肱而枕之,乐亦在其中矣""一箪食,一瓢饮,在陋巷,人不堪其忧,回也不改其乐",是声明自己和颜回认为道德追求才是最快乐的事,比物质享受重要。可以为道德追求牺牲物质享受,而不能为物质享受牺牲道德追求。

回过头来谈道家。谈到道家,不能不谈谈道教。按冯友兰先生的看法,"道家与道教的教义不仅不同,甚至相反。道家教人顺乎自然,而道教教人反乎自然"。

冯先生的理由是,道家无论老子还是庄子,都认为有生有死是自然过程,所谓"方生方死,方死方生",人应当平静地顺应这个自然过程,但是道教的主要教义则是如何避免死亡的原理和方术,追求长生不老。这显然反自然。

当然，道教中人肯定不同意冯先生的看法，在他们看来，道教的长生术不是反自然，而恰好是挖掘自然潜力，融入自然，追求所谓"天地与我并生，而万物与我为一"的境界。

不过，冯友兰先生还是言之不谬，说到道教，很多人确乎立刻就想到炼丹服药、吐故纳新、导引辟谷，多少天不吃饭，长生不老……

道教确乎以延年益寿、长生不死为愿景，例如道教重要经典《太平经》的主题就是讨论如何长生不死，认为："三万六千天地之间，寿最为善"。这是明确地将健康长寿立为人生的最高目标。

还有的道教经典说："上德者神仙，中德者倍寿，下德者增年不横夭也。"这是说人生最高境界是成仙，中等境界是长寿，最低境界也是乐享天年避免夭折。

这个养生理论典型地体现了道教作为土生土长的中国宗教所体现的中国文化性格，入世的、人间的价值取向。

道教讲养生，目的在于延年益寿乃至成仙不死，这对于生命有限并且只能活一次的人类，自然具有无比巨大的诱惑力，但是，其中的糟粕也毋庸讳言。中国历朝历代，都有皇帝为了追求长寿甚至成仙热衷于服食道士炼的丹药，结果既没有长寿，更没有成仙，很多皇帝却反而因此丧了命。中国的第一位皇帝秦始皇和清朝的雍正皇帝，这两位最残暴又最精明的皇帝，都是吃丹药吃死的。唐朝的皇帝格外崇信道教，结果一朝之内竟然有六位皇帝中毒送命，其中包括大名鼎鼎的唐太宗。

我所理解的"以道养生"，主要不是道教的长寿理论和实践，更不是追求荒诞不经的长生不老，而是道家阐释的一种人生智慧、文化价值。

王蒙：对于道教我了解得太少，炼丹炼得患结石症而死的贾敬，在《红楼梦》中是个可厌之人。"箕裘颓堕皆从敬，造衅开端实在宁"，是说贾府的没落衰败，贾敬与宁国府，才是主要责任者。当然这与老子的哲学思想关系不大。老、庄珍惜生命提倡养生，老子讲

"无死地",就是不要找死作死,也是好意。庄子指责一切将理念看得高于生命的人物与事迹,包括伯夷、叔齐、比干等有片面处,唯从中引导不出愚蠢地炼丹、求飞升成仙与求长生不老。还有什么采阴补阳之类的床上法术,表现出来的是深刻的道家理论传播普及过程中的肤浅化、愚蠢化、小儿科化,表现出群众掌握了理论但将理论降低了水准的可笑可悲现象。

三十七 儒道两家的生命观

赵士林:道家沉入民间化成道教,大传统开出了小传统,必然流于浅薄化、庸俗化。

比较一下儒道两家的生命观,可以看出这两家的人生诉求有着鲜明的差异。道家讲养生,甚至讲生命至上,这和儒家就大不一样。例如儒家讲杀身成仁,孔子说"朝闻道,夕死可矣""志士仁人,无求生以害仁,有杀身以成仁",孟子更说"舍生取义""虽千万人,吾往矣",真理在手,前面即便有千军万马,我也要勇往直前。真的是境界崇高,令人敬仰。但是道家就从来不讲这些东西。老子讲"长生久视""功成、名遂、身退""柔弱胜刚强",庄子讲"为善无近名,为恶无近刑……可以保身,可以全生"。

什么意思?做好事不要太高调,搞得谁都知道你,也就谁都惦记你。遇到诱惑千万要注意分寸,不要违法乱纪,让警察找上门来。这样你才能够保证安全,得享天年。庄子还讲"终身不仕,以快吾志",一辈子不做官,只求满足自己的精神志向,功名利禄都是摧残生命的垃圾,彻底地抛弃这些垃圾,就能"天地与我并生,而万物与我为一",和天地同寿,和日月齐光,和万物融为一体,这就是后来说的神仙了。

总之,道家从一开始就珍视生命,主张一种自然的养生的人生观,认为这样才有社会和谐,天下大治。例如道家早期思想家杨朱指出:"古之人损一毫利天下,不与也;悉天下奉一身,不取也。人人不损一毫,人人不利天下,天下治矣。"

后来儒家的孟子曾指责杨朱"拔一毛利天下而不为"是"无君",是"禽兽",但杨朱的意思是大家都爱惜自己的身体,不为外物所诱惑,大家才都能活得好;大家都不去"利天下",也就不会产生种种纷争冲突,才真的能实现天下太平。

后来道家两位最伟大的思想家,老子和庄子都发展和深化了早期道家杨朱等人的思想,崇尚自然,珍爱生命,摒绝物欲,反抗异化,成了道家的一条红线。因此我说"以道养生"。

把孔子和老子比较一下,也很有意思。

和孔子比起来,老子更有传奇色彩和神秘意味。孔子只是在汉代很短一段时间内被当做神,说他是黑帝之子。孔庙尽管一直香火旺盛,但坐在里面的孔子一直是个文化人,而不是神,当然是中国最有文化的人,中国文化第一人。老子就不同了。他是道家的创始人,又是道教的教主。最晚从东汉末年开始,老子就被道教徒奉为太上老君。老子姓李,唐朝的皇帝也姓李,为了给自己增加神圣的色彩,唐朝从立国开始就拼命地抬举老子和道教,所谓儒、释、道三教,道教排第一,儒教排第二,佛教排第三。唐高宗李治还追认老子为太上玄元皇帝。又是神仙,又是教主,又是皇帝,老子想不出名都不行了。孔子一直是人,老子则由人变成了神,这里面就隐藏着儒家和道家的不同追求、不同境界。

王蒙:儒道的区别变成了功能的分工,入世需要儒的各种讲究;出世,至少是从仕途上隐退以后,会更容易接受道家。老百姓的话:当不成皇上,就去当神仙。

汉代以降,罢黜百家,独尊儒术,儒家成为官方认可的主流意识形态,不学点孔孟之道,就做不成皇上,当不成大小官员,儒家学术变成了敲门砖。

司马迁的父亲司马谈讲的《论六家要旨》还是很不错的,他说

"儒者博而寡要,劳而少功,是以其事难尽从;然其序君臣父子之礼,列夫妇长幼之别,不可易也",博而寡要,其实是说它见效太慢,光一个美德、一个君子、一个士、一个大丈夫你得讲究多少品德、修养、做派,距离东周的大臣们富国强兵、统一天下、王天下、长治久安,距离远了去了。其主要成就在于建设社会秩序方面。又说"道家使人精神专一,动合无形,赡足万物",他认为道家有一种随和与灵活精神,于人有用。

三十八　工具性的道家

赵士林:说起来,"罢黜百家,独尊儒术"是后人的提炼,是"五四"时期易白沙的概括。董仲舒建议的原话是:"诸不在六艺之科孔子之术者,皆绝其道,勿使并进",《董仲舒传》记载董氏的原话是"推明孔氏,抑黜百家",《汉书·武帝纪赞》说武帝的决策是"罢黜百家,表章六经"。当然,意思都是罢黜百家,独尊儒术。应该指出的是,当时的儒家已经不是先秦孔子那样的儒家,甚至也不是孔子之后"儒分为八"的儒家。汉武帝时代董仲舒提倡的儒家,早已是掺进了道家、法家、阴阳家的儒家。汉武帝时代开始,儒学成了官学,朝廷立五经博士,研究儒学可能获得"金饭碗",儒家自己就为了利禄争得不可开交了,今古文之争其实就是利禄之争,就是争宠。但是说到向统治者靠拢,争取成为体制化学说,或皇家意识形态,某些体制化道家比某些体制化儒家的表现更为不堪。例如汉景帝时辕固生和黄生著名的大辩论。辩论的主题是汤武革命的定性。辕固生是儒家代表,黄生是道家代表。黄生认为汤武革命是杀害了君王,而辕固生则认为汤武革命不是杀害君王,而是除掉了一个独夫。黄生的理由是君臣名分不能变,即便君有过错,臣只有劝谏的义务,而不能杀害君王,取而代之。他还打了个比方:"冠虽敝,必加于首,履虽新,必贯于足。"帽子虽然旧也必须戴在头上,鞋子虽然新也只能穿在脚上。

辕固生的理由则是桀纣失道，民心丧尽，已成独夫，汤武诛杀桀纣自立为王是应天道顺民心。这个辩论的要害是辕固生搬出汉高祖来证实自己的观点。如果按你黄生的逻辑，君王再无道也不能推翻他，那么怎样解释汉高祖推翻秦朝？汉高祖造秦朝的反岂不失去了道义性、合法性？汉景帝一听不妙，自己的合法性都成了要讨论的问题，这还了得！连忙打住，讲出了那句名言："食肉不食马肝，不为不知味。"

辕固生是儒家，还体现了先秦儒的从道不从君的精神，体现了某种追求变革的精神，从逻辑学角度讲，要名实相符。黄生是黄老派道家，整个是献媚取宠了，固守名分，维护现状，反对变革。说来说去，全都是利禄二字惹的祸。黄生本来是汉初道家黄老学派的一员。黄老道家其实也掺进了儒、墨、法、阴阳的思想，用世精神也很强烈。因此西方研究黄老道家的学者常称其为"目的性的道家"（purposive Taoism）或"工具性的道家"（instrumental Taoism）。黄老道家对汉初政治的积极影响不容忽视，文景之治就是黄老道家的成果。但到了黄生一类道家人物这里，太缺乏变革精神，成了保守势力（窦太后等）的意识形态工具，照儒家反而逊色了。窦太后崇信黄老但专横跋扈，迫害意见不合的大臣，仅因辕固生说《老子》一书很平常，就要把辕固生扔到野猪圈里和野猪决斗，已经没有一点清净无为的影子了。

三十九　方生方死，方死方生

赵士林：咱们且放下道家黄老一系，再看看老庄一系。老庄一系更关注人生哲学问题。在老子那里，善和恶其实都差不多，祸和福其实都差不多。这种相对主义到了庄子那里，就发展到了极致，庄子说："方生方死，方死方生"，连生和死都相对到了一起，看来，《老子说》之外还可以编一首《庄子说》，庄子说：生和死其实都差不多。因此,就发生了庄子妻死鼓盆而歌的著名故事。

庄子出自于对生死的达观,才会妻死鼓盆而歌。不仅妻死鼓盆而歌,庄子对自己的死,同样是这种态度。临死前,学生要厚葬他,他不同意,又发表高论:我死了,棺材也不要准备,人也不要埋。你们瞧,那天地就是我的棺材,那日月就是我的玉璧,那星辰就是我的珠宝,那万物都是我的陪葬。还有比我的葬礼更隆重的吗?

学生不同意,说老师您这样,乌鸦、老鹰吃了您怎么办?庄子答道:"那么你们把我埋了,我还不是要被地下的蚂蚁吃掉吗?"

您瞧,庄子对待死亡,就是这么想得开。

因此后来庄子的粉丝、晋朝的大酒鬼刘伶走到哪儿都让人带把铁锹跟着,说我在哪儿死了你就在哪儿把我埋掉。把死根本不当回事。但到了东晋,那位中国最伟大的书法家王羲之就批评庄子说:"固知一死生为虚诞,齐彭殇为妄作。"

王羲之的意思是,把死亡和生存当成一回事是荒唐的,把长寿和短命当成一回事也是虚妄的。这位"书圣"引孔子的话感慨说:"死生亦大矣,岂不痛哉?"王羲之的话,好像更能引起共鸣。

当然,谈到庄子,他把生死看成一回事还不仅仅是相对主义,其中有深层的文化含义。庄子继承了老子道法自然的宇宙智慧,从自然的角度理解生死,更从自然的角度超越生死。从自然的大道来看,有生就有死,不是最正常的事吗?

话虽如此,碰到生关死劫,我们还是要像王羲之那样,岂不痛哉!我们还是要不断地感慨浮生若梦,为欢几何?感慨时光飞逝,又不道,流年暗中偷换,感慨多少青春已不再,多少情怀已更改。为什么呢?因为我们都是凡人,凡人就有凡人的喜怒哀乐。特别是我们中国人最能清醒地认识到人生的一次性,就是人只能活一次,因此讲究好死不如赖活着,十分珍视人生,十分珍视这辈子。因此,我们就很难跳出世俗的诱惑,很难挣脱名缰利锁。为利所绊,为名所累。

王蒙:用那么多篇幅,费那么大力气,以相当的气势面对死亡,大谈死亡,一直达到认为死亡如骊姬出嫁,开始时哭泣悲哀,后来才知道了远嫁的幸福。还有死了老婆敲着饭盆唱歌云云,除庄子外少有他人。正视生死,正视生死的同一性、一体性,生是向死而生,死是生命完成,这都是一种先进态度,我甚至要说是科学态度了。但庄子这里太夸张,太过分,不承认个体生命的死亡的悲剧性,则成了巧言令色啦。

四十　庄子关于死的演说

赵士林:对人生痴迷的代价不仅是跳不出名利场,更跳不出生死劫,面临死亡的问题总是惶惑不已,无法解脱。庄子提出同生死,庄子说生和死其实都差不多,说到底是要跳出这个异化世界,就是要进入一种不为生死所累的自由境界。

庄子和骷髅的对话说明了这个道理。

你这个骷髅啊!生前是做什么的呢?你生前是卖大葱的,送外卖的,死后是这个样子;你生前是大总统,大明星,死了也是这个样子呀!

说着说着,庄子犯困了,于是枕着这个骷髅就睡着了。睡梦中,骷髅竟然和他聊了起来。骷髅对庄子说:你以为你们活着很幸福吗?其实死了比活着幸福多了。你看这死:"死,无君于上,无臣于下;亦无四时之事,从然以天地为春秋,虽南面王乐,不能过也。"这其实是庄子借骷髅之口宣传自己的生死观,发表了一次关于死的著名演说。

从这个关于死的演说中可以看出,庄子根本不是在提倡宗教式的死的寂灭解脱,他分明是在高扬一种审美式的人生自由境界。这不就是神仙吗?道教的神仙和基督教、佛教的神都不一样。基督教、佛教的宗教智慧都认为人的生活世界充满种种缺陷,将人这一辈子视为罪孽,当然不可能实现不朽或永生,不朽或永生都只能在神的拯救下,在另外一个神圣的世界里实现,它是上帝之城、天国或者极乐世界。中国唯一土生土长的道教尽管也是宗教,但却渗透了中国文化的精神,也就是珍视人生的精神。因此道教的神仙和其他宗教的神都不一样,他不是抛弃这个现实世界,他就在这个现实世界中追求永恒,追求不朽,他要的是长生不死,他讲的是"此身不向今生度,更向何生度此身"。神仙就是长生不死的人。我们看庄子谈死,其实就是谈自由的生。这样的死,已经不仅是死和生其实都差不多,而是超越了世俗的不自由的生,超越了名缰利锁,超越了种种人间的羁绊,而进入自由的无拘束的境界。正如李泽厚老师所说:"他把死不看作拯救而当做解放,从而似乎是具有感性现实性的自由、快乐。"这个境界,庄子把它叫做"逍遥游"。

王蒙:当然,庄子也承认此岸的宏伟酣畅、气象万千的逍遥游,大鹏展翅、鲲鱼戏水、扶摇羊角的逍遥游,他还为大而无当做了精彩的辩护。

四十一 庄子的梦

赵士林:我用六个字来概括庄子的智慧:逍遥游、蝴蝶梦,可能有点简单化。逍遥游是跳出生死劫,进入自由境界。蝴蝶梦也有深意:"不知周之梦为胡蝶与,胡蝶之梦为周与?"是庄周做梦变成了蝴蝶呢,还是蝴蝶做梦变成了庄周?我是蝴蝶呢,还是蝴蝶是我?蝴蝶和庄周,究竟哪一个才是我的真身呢?庄生晓梦迷蝴蝶,多么迷惘、多么美丽的胡思乱想!

其实,庄子这个梦是个很哲学的梦。庄子是想通过这个寓言,比喻万物一体。因此,他的粉丝李白就专门写了首《古风》诗宣传这个寓言:"庄周梦胡蝶,胡蝶为庄周。一体更变易,万事良悠悠。"

蝴蝶是我,还是我是蝴蝶?这本来就搞不清楚。你所谓的清楚其实就是不清楚,你所谓的清楚焉知不是说梦话?因此,蝴蝶和我都差不多,再引申一下,人和我都差不多,物和我都差不多,万事万物都是彼此彼此,都差不多。庄子就是想通过梦蝶的寓言,讲这个道理。为什么讲这个道理?庄子是要你明白了这个道理,进入忘我境界,解脱人生痛苦。人为什么烦恼?人为什么痛苦?庄子认为根本原因就是人太执着。执着于我和物的分别,争腥逐臭,贪得无厌;执着于我和人的分别,钩心斗角,尔虞我诈。我们为什么都羡慕小孩子的天真?因为小孩子就没有那么多执着和分别。他既没有我和物的分别,也没有我和人的分别。没有这个分别,他就不会天天盘算着利己,天天盘算着坑人。有了这个分别,他的天真就丧失了。小孩子这种天真状态,就是一种忘我、无我的状态。为了解脱人生痛苦,最有效的方法就是能够忘我、无我,庄子的术语叫"坐忘""悬解"。

王蒙:蝴蝶之梦,提出了一个认同危机问题,就是找不到自己的问题,无法搞清自身身份的问题。这个问题本来是在二十世纪遭遇发展中碰到的,是在现代化的大潮中产生的,是一些文明古国在现代化潮流中的困惑。不现代化碰到的是找不到自己的立身之处的危机,现代化了是失去自己身份的危机。

类似的困惑,两千五百年前,庄周已经碰到了。不知道是蝴蝶梦中化为庄周,还是庄周梦中化为蝴蝶,台湾说法叫做故事凄美,我则在凄美的同时为庄周的想象力而赞叹不已,五体投地。至于这像不像努力现代化的古国,不知道自己是古国却拼命表演现代化,而现代国家又在拼命表演点点滴滴的古代文明痕迹。其实这个问题没有那么凄也没有那么美,如果不读《庄子》,没有哪个人会想到自己是蝴蝶之梦的产物。此故事的生动感人,是文学的力量,不是哲学与科学。

四十二　为什么是老子化胡,而不是孔子化胡

赵士林:认同危机的解析也值得琢磨。讲到庄子的逍遥游、蝴蝶梦,我想起老子有一句打穿后壁、说到底儿的话:"吾所以有大患者,

为吾有身。及吾无身,吾有何患?"这句话已经透出了佛家的信息。老子化胡,固然是虚构的故事。但佛教徒为什么编老子化胡,而不编孔子化胡、孟子化胡,也还是有所考虑的。这句话告诉我们,人生的一切灾祸从根本上说,都是由于我太在意"我"的存在。如果忘掉这个"我",或没有这个"我",何来我的灾祸?庄子就是想通过梦蝶来宣传齐物我、同生死、超利害,也就是物和我其实都差不多,生和死其实都差不多,利和害其实都差不多,然后超越这一切,实现逍遥游,追求绝对自由的精神境界。

但是,庄子的思考还是有问题。他的思考陷入了相对主义。我们不妨追问:庄子为什么梦见的是蝴蝶,而不是蟑螂呢?

想一想,如果庄子梦见的是蟑螂,醒来后还会发愣,念叨什么:我是蟑螂呢,还是蟑螂是我呢?

四十三 卡夫卡的蟑螂

王蒙:卡夫卡的《变形记》就是类似于化蟑螂的故事。主人公格里高尔一觉醒来,(注意,不像庄子,是在梦中)突然发现自己变成了一只大甲虫。(不美!)小说中的格里高尔只是一个名字,一个符号,它实际上是没有所指的,此人在小说中从来就没有出现过。(而思考自己庄乎蝶乎的仍然是庄子本人,不是已经完成了蜕变的美丽蝴蝶)一直活动的其实只是这只大甲虫,具有虫性、仍具人的思维想爬出去看看母亲时,父亲看着他将一个个苹果无情地掷向了格里高尔,一个苹果"打中了他的背并且还陷了进去",从此以后腐烂的苹果就和格里高尔紧紧地结合在一起,一直到他生命的结束。

奥地利伟大作家的故事不是凄美,而是对于丑恶现实的恐惧、伤害感、否定、愤怒。他更多的是对环境、对社会、对法西斯主义的毒瘤的警告与批判。

四十四　相对主义的破产

赵士林：卡夫卡的《变形记》倾诉了一种现代异化世界人的孤独、恐怖、脆弱、扭曲，如同蟑螂般的渺小、可怜、无助，恰好是现代丑恶世界个人处境的象征。庄周之所以梦见蝴蝶，而不梦见蟑螂，就因为蝴蝶是美丽的，蟑螂是丑恶的。那还是一种古典意味的美的追求。

再想想历史上美丽风流的故事，为什么都拿蝴蝶做形象大使，而不拿蟑螂或臭虫做形象大使？庄生梦蝶之后，有梁祝化蝶。两位痴男怨女生不能同床，死也要同穴。合葬后，坟墓里居然飞出一双蝴蝶来。多么凄美！就连西方人也要歌唱蝴蝶。意大利大名鼎鼎的歌剧作曲家普契尼，他的杰作叫做《蝴蝶夫人》。

古人歌颂蝴蝶，今人也歌颂蝴蝶。你看毛阿敏演唱的《思念》，头一句就是："你从哪里来，我的朋友！好像一只蝴蝶飞进我的窗口。"庞龙也要唱《两只蝴蝶》："亲爱的，你慢慢飞"……

必须是蝴蝶，而不能是蟑螂、臭虫、跳蚤。庄子只能梦见自己变成蝴蝶，而不能梦见自己变成蟑螂；《思念》必须唱："你从哪里来，我的朋友！好像一只蝴蝶飞进我的窗口"，而绝不能唱："你从哪里来，我的朋友！好像一只跳蚤跳进我的窗口"。庞龙唱的也必须是"两只蝴蝶"，而不能是"两只蟑螂"，"亲爱的，你慢慢爬"，这样就太煞风景了。为什么？里面有很深的美学道理。它体现了美的形式的普遍性和永恒性，体现了时代差异中的不变追求。它意味着相对主义的破产。我们不能说，蝴蝶和蟑螂其实都差不多。

同样，我们也不能说爱和恨其实都差不多，是和非其实都差不多，民主和专制其实都差不多，君子和小人其实都差不多，清官和贪官其实都差不多，爱国者和卖国贼其实都差不多，真善美和假恶丑其实都差不多，这就出大问题了。

王蒙：这个话题不能谈太多。卡夫卡的《变形记》与庄生梦蝶的比较并不是蝴蝶与蟑螂的比较。不能那么比。当然你对真善美的守卫我很赞成。破坏真善美的可不是卡夫卡。

赵士林：卡夫卡当然有一种现代的深度，不能简单地说他破坏真善美；相反，他倒是以阴郁扭曲的现代心理抗议了假恶丑，同时也就反衬了真善美。庄子的相对主义，在两千五百年后的后现代这里好像找到了知音。后现代往往颠覆一切权威，否定一切传统，主张玩世不恭，推崇享乐主义。后现代的大旗上就是四个字，费耶阿本德说的：怎么都行。但是，值得后现代注意的是，就在后现代流行的欧美，就拿后现代最典型的文化代表美国大片来说，你看《泰坦尼克号》，它也在回归温情和挚爱。结尾处，那位小伙子把自己心爱的姑娘托上水面，自己却沉到水底了。这不是十八世纪那种骑士般的为爱献身吗？你再看《拯救大兵瑞恩》，那是在回归英雄主义、生命尊严和人道关注。就连《哈利·波特》《阿凡达》也都充满了善与恶、美与丑、光明与黑暗、天使与恶魔的斗争。最后，还是善的一面获得胜利。在红尘滚滚的中国，《千手观音》以明净的慈爱、美丽的温暖抚慰了亿万颗躁动的心。《雀之灵》则以自然的宁静、单纯与真趣引领我们回到古典。总之，又都回归真善美的主题。当然形式可能是现代的、后现代的、宏大的、高科技的、震撼的、魔幻的。

人类文明永远要有一个标准、底线。不能什么都"恶搞"，不能什么都颠覆，不能对丑恶现象无动于衷。"恶搞"搞到专门拿人类普遍认可和敬重的崇高价值开涮，"恶搞"搞到专门剽窃别人的成果以欺世盗名，"恶搞"搞到放肆地宣扬法西斯主义、恐怖主义、狭隘民族主义、宗教极端主义，甚至反人类，那就不是"怎么都行"，而是"怎么都不行"了！

梦阑时，酒醒后，后现代是否也需要一种生命的安顿、文化的皈依？

总之，任何时代、任何地方，真善美的追求是永恒的，不能被假恶丑吞没。由于我坚持美的永恒性，有朋友曾对我说，"美"这个字儿已经过时了,现在都说"对劲儿"。我立刻开玩笑说:"以后我夸你老婆长得好看,就不说你老婆长得很美,而说你老婆长得很对劲儿,好吗?"

他又不同意。

王蒙:把美说成对劲儿,与把美少年说成小鲜肉,把恋爱叫成泡妞,把吃饭称作暴撮一样,是文化从大众化到俗鄙化、低级化、煞风景化的一种斜与邪。这种言语现象或许与当初批小资、笑臭老九(知识分子)有关。而今天尤其与文化的市场化、消费化、村野化、降格以求直至丑恶化有关。我参加过一些通过现代有力手段力求广为传播的文化节目制作,我被反复告知与督促的只有一句话:"请记住,你的对象只有初中文化程度。凡是超过初中程度的宣讲言说,都会造成失败的后果。"明白了吧?文化、语言、文艺,有一个质量与高度的问题,不能只问印数、票房、点击量。

四十五　道是无情却有情

赵士林:当然,我的意思不是否认不同时代有不同的艺术形式、不同的审美趣味。三千年前我们怎么唱情歌?你看美丽的《诗经》:"关关雎鸠,在河之洲。窈窕淑女,君子好逑。"多美呀!但古典诗词的美,往往是时光形成的距离美。音节啊、语言啊、似懂非懂、模模糊糊,形成一种朦胧美。如果翻译出来就不一定美了!

搞搞笑,这几句诗翻译成现代语言,就是:"关关关关叫的鸟啊!就在那河滩上。那个魔鬼身材的姑娘啊,真是君子的好伴侣。"这样的诗,谁给你发表?

更重要的是,这样的诗再美,今天也没人这么唱情歌了。今天哪位小伙子去和自己心爱的姑娘约会,一见面就来一句:"关关雎鸠,在河之洲",那姑娘大概就要骂他傻帽儿,跑掉了!今天唱情歌得这样唱:"我确定我就是那一只披着羊皮的狼,而你是我的猎物,是我嘴里的羔羊""狼爱上羊啊,爱得疯狂""就像老鼠爱大米"。这样才刺激,才煽情,才对劲儿!

但是,狼也好,羊也好,同样充满着爱的真挚和执着。我听刀郎唱《狼爱上羊》,听着也特感动,那也是一种拼命地执着地爱。任何时代的情歌都不能歌颂负心郎,都不能赞美西门庆。

庄子讲安时而处顺,哀乐不能入,好像不讲情,但他实际上是道是无情却有情,看他和惠施那场有名的濠上之辩。这场辩论,前半场惠施赢了,惠施赢在逻辑上,他本是位名家,今天说就是逻辑学家。庄子回避了惠施从逻辑上提出的质疑:"你又不是鱼,你怎么知道鱼的快乐?"佛家说,如人饮水,冷暖自知。一个人喝口水,是热是凉,多热多凉,只有他自己知道。感觉、感受、感情是纯粹个人的事,别人无法体会。何况一条鱼呢?但下半场庄子赢了。庄子赢在美学上,赢在一个情的推移上。庄子将自己的快乐自由的心情投射到鱼的摇头摆尾上,于是感到鱼是快乐的。就像辛稼轩的词说的那样:"我见青山多妩媚,料青山见我应如是。"

王蒙:照我说呢,如果讲审美,这里就没有输赢。美丽的地方,美丽的鱼,美丽的话题,友好的斗嘴,美好的游戏,由于极端聪明而显得极其俊美的两位绅士,完全没有敌意,没有诡异,没有真正的争拗,没有名次与记分的交谈,浪花一样随机,浮云一样超脱,小鱼一样自由,小鸟一样伶俐。从审美上说,这是一个迷人的故事,是散文诗。所以,惠子死后,庄子由于失去了谈话对手,失去了辩论的对手而悲伤不已。

赵士林:庄子和惠施的友谊真的很理想、很凄美。惠施去世,庄子失去了对手也失去了知音。你说它没有输赢也说得通。从道理上有输赢,从精神碰撞上没输赢,或者叫双赢。但是,"不知腐鼠成滋味,猜意鹓雏竟未休",李商隐的诗说的也是这两位。惠施做了魏国丞相,庄子拜访他,他竟以为庄子是来撬行,竟然派人到处抓他。友谊的小船也是说翻就翻。

庄子是一位美学家,是中国第一位大美学家。如果说老子是彻底的理性主义者,他清醒得甚至有点可怕,庄子则是彻底的艺术主义者,主张在审美中实现人生的最高价值。

王蒙: 此说有启发,有意趣。

四十六　和影子较劲

赵士林: 大化于胸,与物为春,天地间还是一个有情的宇宙。在中国人看来,宇宙不是一个冷漠的时空存在,不是一个无情的物理世界,如宗白华先生所说,它是生命的鼓动,是情趣的流荡,是严整的秩序,是圆满的和谐。宇宙存在对于中国人总是具有一种亲切感、家园感,这就是中国人的宇宙情怀,也就是庄子的美学襟怀。在庄子这里,人生最高境界是个审美境界。因此,李泽厚老师指出:"从所谓宇宙观、认识论去说明理解庄子,不如从美学上才能真正把握庄子哲学的整体实质。"

庄子从人间状态的考察建立自己的美学。说起来,人世间就是一个名利场,陷在这个名利场中,大家活得都很累。庄子为此又讲了一个寓言。说是一个人和自己的影子较劲,他拼命地奔跑,想甩掉自己的影子,但是不管他跑得多快,也不管他跑到哪里,他的影子总是跟着他,怎么也甩不掉。到了最后,他就累死了。庄子启发他说,和影子较什么劲呢?你只消到那棵大树下的阴凉地儿休息休息,影子不就没了吗?

我们在名利场上的很多较劲,其实都是和虚幻的影子较劲,就像《金刚经》所说:"如梦幻泡影,如露亦如电",回头一看,不过是过眼云烟。我们不应忘记,红尘滚滚中,还有一个别样的世界,那就是庄子指点的大树下面的绿荫,那是一个清凉的世界、美的世界。

德国思想家弗洛姆谈到现代人的生存状态时说:"他终日所想的只是这类问题:怎样才能爬上去?怎样才能挣更多的钱?至于怎

样才能成为一个人,他是从来想不到的。"

金钱也好,地位也好,说到底都是生存的手段。人整天全都陷到里面,就是把手段当成了目的,忘记了弗洛姆说的"怎样才能成为一个人"。

王蒙:其实这辈子我没少见过与影子较劲的人,有时影子是名利场,是官阶,真说名利场啦官阶啦,至少还有几分庸俗的实在性、实存感,问题是有的人和一种观念影子较劲,比如说他总是觉得自己正确,别人却不承认,得机会就表白自己,就搜集自己手下的人有什么对自身不利的说法,再到处宣扬,到处树敌,到处愤愤然喊冤叫屈。还有专门与敌影较劲的,还有终日疑神疑鬼的。

最可怕的影子还不是名利、官阶、敌手,而是"嫉妒"二字。一旦沾惹上嫉妒的影子,你就会气不打一处来,就会火不打一处冒,你就会茶不思、饭不想,血压升高、手脚发凉。唉!

四十七　梦中梦

赵士林:因此,古希腊哲学家苏格拉底在人来人往的雅典大街上东寻西找,有人问他:"你在找什么?"他竟回答说:"我在找人。"

在人来人往的大街上找人,这个哲学故事告诉我们,尽管满大街熙熙攘攘都是人,但是又有多少人真的已经"成为一个人"?

那么怎样才能成为一个人?换一个问法,就是人怎样活着才有意义?才有价值?才能够实现生命的丰富和尊严?邓丽君唱的《小城故事》用七个字就回答了这个问题。那就是:人生境界真善美。真的世界引导我们求知,善的世界引导我们向善,美的世界才是安顿我们生命的世界。庄子为我们指点的,就是一个美的世界。

庄子的梦中,我觉得有一个梦中梦最耐琢磨。庄子在《齐物论》中说,一个蠢人正做着梦,但不知道身在梦中,在梦中又做起梦来了。醒来才知道是做了梦中梦。但另一个聪明人知道,蠢人的所谓醒来,其实也还是在做梦,而聪明人一个劲地说蠢人做梦、做梦、做梦,哪里知道他自己其实也是在说梦话。

王蒙:此说法何等有趣。这使我想起一种说法,说是佛家打坐,要想着自己的心中有一朵莲花正在开放,莲花上有一个你,正在打坐。这个莲花上的你,在打坐中,又想象着、感悟着第二个你自己的心中有一朵莲花正在开放,上面打坐着的是第三个你。如此这般,你变成了无数个你。无数个你,坐在无数朵莲花上。这样的心怀与思路有意思。佛教里有这种说法吗?可惜我忘记了出处啦。我毕竟不是正规做学问的人,我说的不过是小说家言。

四十八　庄子解梦和佛家解梦

赵士林:李白的浮生若梦,苏东坡的人生如梦,原来都是从这儿来的。话说庄子这一梦,就梦到了禅宗。佛家说,佛本来不做梦,但为了普度众生,不得不进到众生的梦中。众生在未成佛前,都是在做梦,却像庄子说的那个梦里人一样不自觉。对于佛来说,梦就像镜花水月,是根本不存在的虚空世界;但对众生来说,做梦却不知是梦,还执着地以为那是真实的世界。因此,很多寺庙上都刻着这样的对联:"晨钟暮鼓警醒世间名利客;经声佛号唤回苦海迷路人。"

庄子的解梦和佛家的解梦何其相似!庄子说道在屎溺,宇宙的大道竟然在屎尿里,这话也总是让人想起禅家的机锋。因此有人说庄禅一家,甚至有人说庄子是中国第一位大和尚。这个说法还有其他根据。《庄子》一书中虚拟了一篇孔子和学生颜回的对话。这篇对话中,庄子提出了一个十分重要的概念,就是"坐忘",就是忘掉一切文化知识,甚至连自己的存在都要忘掉,这样就进入与万物为一的境界。这个境界,正是佛家追求的境界。佛家讲真谛俗谛,认万物为"有"是俗谛,认万物为"无"是真谛,也是要在否定中接近真如。佛家这个否定,也就是庄子"坐忘"达到的境界。恰如冯友兰所说:"一切都否定了,包括否定这个'否定一切',就可以达到庄子哲学中相同的境界,就是忘了一切,连这个'忘了一切'也忘了。这种状态,庄子称之为'坐忘',佛家称之为'涅槃'。"

说　　禅

一　日日是好日

赵士林：佛教西来，中土生根，中国的佛学家们在研习佛法中不断地将佛学中国化，到了禅宗，完成了佛学的中国化。禅宗的诞生，是中国佛教史上的大革命，也是中国文化史上的大革命。禅宗可以说是彻底的、地地道道的中国佛学。那么，禅宗作为中国佛学具有哪些特征，或者说体现出什么样的文化价值呢？

我的理解是，禅宗是一种生活方式，是一种人生境界。一般人都将佛家修行称为参禅。佛家修行有六度，六度又称六波罗蜜多，波罗蜜多是梵语的音译，意思是"到彼岸"。佛家认为未觉悟佛法的人生是"此岸"，此岸充满烦恼；觉悟佛法就进入"彼岸"，彼岸才是无烦恼的世界。从烦恼的此岸到觉悟的彼岸有六个途径，佛家术语叫"六度"。六度就是布施、持戒、忍辱、精进、禅定、般若。其中第五度禅定就是修佛进入的一种纯净的精神状态。禅宗的智慧，和这个含义有联系，但是也超越了这个含义，禅在中国，已经不仅是一种佛家修行，已经不仅是六度之一，甚至已经不仅是一种佛教宗派。禅宗的智慧，已经化成一种人生境界。就连禅宗的信徒自己，例如台湾那位圣严法师也说，禅的本身不是宗教，也不是哲学，而是一种生活方式。

我对禅的体会是，禅是春意盎然的生命礼赞、充满深情的人间颂歌。佛教到了中国禅宗这里，已经变成人间佛教。在中国禅宗这里，已经没有印度佛教所描绘的苦难阴暗的人生图景,而是跳荡着生动活泼的人间情味。禅比宋祖英唱的颂歌更积极,更热爱生活。宋祖英的拜年歌唱的不过是"今天是个好日子","明天是个好日子",禅宗的云门禅师却说:"日日是好日",天天都是好日子。

王蒙:这使我想起在新疆伊宁巴彦岱乡时,我的房东维吾尔族农民、文盲、穆斯林阿卜都拉赫曼·努尔对我讲的,周一是伟大的,周二是伟大的……周五是伟大的。人生中的每一天都是伟大的。

还有我们熟悉的禅语"活在当下"。适当收缩人心为之焦虑、为之筹划、为之悲喜的领域,减轻心之负荷。

还有我爱说的,中华传统文化的此岸性与积极性。既然是"未知生,焉知死?",那么未安当下,何虑过去与未来?

赵士林:徐复观对禅宗有个看法:"禅宗毕竟是以印度的佛教为基底,在中国所发展出来的。它最根本的动机,是以人生为苦谛;最根本的要求,是否定生命,从生命中求解脱。此一印度(佛教)的原始倾向,虽在中国禅宗中已得到若干缓和,但并未能根本加以改变。"

我以为徐复观的看法未能准确把握中国禅宗的根本特征。禅宗之所以为禅宗,它之所以能被中国文化容纳吸收,之所以能在中国大地上漫衍流行,最根本的原因便是,它否弃了印度佛教以此生为苦海、完全否定感性现实生命活动存在价值的基本教义,它就在此生的"一切法""六尘"中追求所谓"般若三昧"——"般若三昧,即是无念。何名无念?若见一切法,心不染著,是为无念。用即遍一切处,亦不著一切处。但净本心,使六识出六门,于六尘中无染无杂,来去自由,通用无滞,即是般若三昧,自在解脱,名无念行"。

"遍一切处,亦不著一切处",这就是既感性又超感性,既现实又超现实。在禅看来,春花秋月、夏风冬雪、吃饭睡觉,这些自然现象、生命活动变动不居,因此是"瞬刻""刹那",但所谓永恒,终古之"道",也就在这"瞬刻""刹那"中。瞬刻永恒、刹那千古,便是禅宗境界。它尽管神秘却颇具审美意味,它是即感性超感性,有限中寓无限,所谓"青青翠竹,尽是法身,郁郁黄花,无非般若",因此不会像徐复观所说的那样,"四大皆空。根本没有人与物的关系的问题""禅境虚空,既不能画,又何从由此而识画"。

比较一下,还是铃木大拙对禅的把握更加准确——"空即是色,色即是空"。"空"是"绝对"的世界,"色"是特殊的世界。禅里最普通的一句话是"柳绿花红"。这是在直接陈述特殊的世界。因此,在这个世界中,又是"竹直松曲"。这是把体验的诸事原原本本地接受。禅并不是否定的、虚无主义的,但与此同时,禅也不认为特殊世界的经验的诸事实具有绝对的意义。在绝对的意义上,一切是空。所谓绝对意义上的空,并不是用分析的逻辑方法所能得到的概念,而是指"竹直花红"等原原本本的体验事实,是对直观或知觉的事实的直率承认。

在生命中求超越,在有限中求无限,是禅之为禅的根本特征。所谓"故虽备修万行,唯以无念为宗""应无所住而生其心",归根结底都指向一种审美式的解脱而非印度佛教的"寂灭"。正因为这样,禅才能被中国人认可,并最终融汇于宋明儒学的心性之学中。

二 非有非非有

王蒙:我对禅的知识少到近于零的程度,听了你的话略有所感。空是终极,空是本源,空是归宿,这是所有个体生命的基本体悟。宗教的永生与神界的执着,与对于空的基本体悟,其实是一回事,是一体的两面。没有"空"在那里眼巴巴地期待着、准备着、饥渴着,哪儿来的永生的、来世的、终极的宗教感觉与宗教崇拜?有此"空"的体悟,便引来了对于"主"的期待与崇拜,引来了赞美、歌颂、祈祷、天堂、复活、末日审判……立于金刚不败不坏之境。同时这种空觉,正是当下不空,当下柳绿花红的明证,是柳绿花红的结果。真正空了以后,既没有柳绿花红了,也没有空了。真正的、绝对的空,是感觉不到空,体会不到空,悲苦不到空,也解脱不到空的。真空便应该空减除空,于是空便无了,无也空掉了,解脱后应无解脱,赤条条来去无牵挂,身无枷锁,体无寸缕,你还能解下什么、脱掉什么呢?执着于空与执着于色是一样的愚蠢与不通。死乞白赖地雄辩地强调空,只能是出点空不了的洋相。正如对于自身与世无争的带情绪的表白,恰恰令人不解,令人产生幽默感与非正觉感。也正如过分的标榜,恰是自身不大靠得住的外露。如果为了色即是空而言之凿凿、辩之滔滔,那么它提供的只能是色并非即是空的铁证。真正的中华文化真正的空,会理解空与色是用不着掰扯的。我觉得应该是色空合一、色空一相,色与空二而一、一而二。

《金刚经》有云:"无有定法,名阿耨多罗三藐三菩提,亦无有定法,如来可说。何以故?如来所说法,皆不可取、不可说、非法、非非法。所以者何?一切圣贤,皆以无为法而有差别。"

就是说,真正的佛法是无,是无有,是无定,是无有定。既然无了、无有了、无定了,就是不可说的了。但是,佛陀必须把这个"不可说"说出来,所以如来说出的法都不是佛法,也都不是非佛法。如来把不可说的佛法说出来了,所以是非佛法,但如来说的是"不可说",所以他说的不是非佛法。

以无为法,说明无就是佛,无就是法,无就是彼岸,无就是终极,无就是觉悟,无就是永生。其实也就是我爱说的话,无神论就是以无为神的理论。我的话在语义语法上有其破绽,不过感悟上却有它的道理、佛理、哲理、学理;但无也不是绝对的,无是可以被"再无""无无"无掉的。为什么非绝对?因为万物生于有,有生于无。对不起,我还是回到老子那边去了。

就像柳绿花红乘 0 等于 0,N 乘 0 等于 0,0 加 0 减 0 乘 0 都是 0,但 0 除 0 等于任何数,等于大千世界,等于柳绿花红,0 乘 ∞ 也就是任何数。

那么同时,一切的瞬刻、刹那,一切的柳绿花红,在他们自己的时间以内,都是真实的色,色就是色,不可能是即空,最多可以说是后空、将空、回归空,色会变为空;在色变为空的同时,空又纷纷扬扬在产生色与诸色。对于无穷的空来说,个体生命会感觉到空的无穷压力,对于真正的无穷的空来说,色的存在又是那样真实、那样可贵、那样动人,那样意义无穷如 N 之于 0。

英国诗人布莱克的《天真的预言》:

一粒沙里有这个世界／一朵花里是一座天堂／把无限放在你的手心／永恒就在这一刹那辉煌。

在一次学术讲座会上我听到过汤一介教授讲述:"无非有,无非无,无非非有,无非非无。"至今我没有查出他这话的出处,不知教授能不能指点一下。我的体会是,无是对于有的否定。无又是会走向无的反面的,即是哲学的形而上的大无、太无,应该也是对于一般的形而下的小无的否定。想想看,如果由于对于无的体悟干脆否认了色即有的实在性,那么世界上又还有什么无与空呢?绝对的与通透的无应该也有能力无其无、否定无,所以无不是全无、唯无、永无。无不仅仅是对于有的否定,无同时也是对于已经的、暂时的、将会的有的承认,无还是对于无本身的无的承认。真正认识世界之空的话,当然也要认识此空之空而且无,色即是空,太好了,空更是空,空就是无空,就是色空观念之空,也就是无念,也就是遍一切与不著一切。绝对的空,必须空空,绝对的无,必须丢弃掉这个无。绝对的不可说,必须不说、不再说、再不说这个不可说。否则还是自己把自己缠绕不休,就是不觉悟。

这个说法很像《金刚经》所云:"是诸众生无复我相、人相、众生相、寿者相;无法相,亦无非法相。何以故?是诸众生若心取相,则为著我人众生寿者。若取法相,即著我人众生寿者。何以故?若取非法相,即著我人众生寿者,是故不应取法,不应取非法。以是义故,如来常说:'汝等比丘,知我说法,如筏喻者;法尚应舍,何况非法。'"

就是说,众生诸相,其中有自我中心之相,在意他人之相,捉摸世界之相,贪生之相,都没有法相,也都没有非法相。为什么呢?相是心生,相有上述我、人、众生、寿。你想找到法相,你就是执着于我、人、众生、寿,你想找到非法相,你想寂灭法相,结果你仍然是执着于以上我、人、众生、寿。所以,不要取法,也不要取非法,不要灭法。如来的教导是:听我讲佛法,就好比是使用一个竹筏,用完就离开它才好。离不开竹筏,证明你还未到岸,你终到不了岸,你未悟。佛法应该在过渡后舍弃。佛法都应舍弃,何况非法呢?

赵士林:您这番讲话很有禅意,很有哲理。无和有、空和色的关系一直是佛学本体论关注的核心问题。不过对于您的数学阐释,数学家会发出这样的质疑:

第一,加、减、乘、除指的是数的四则运算,"柳绿花红乘0",柳绿花红不是数,如何与0相乘?

第二,N是什么,这里没有定义。在数学上,N习惯用来表示自然数集。如果把N理解为自然数集,"N乘0"就没有意义,因为集不能与数相乘。如果把N理解为某个特定自然数,不如把N换成1更为明确。

第三,说"0除0等于任何数","0除0等于大千世界","0除0等于柳绿花红"意义都含混不清。如果在数学的语境中说,这些断语都是不对的,只能说"0除0没有意义"。

第四,"0乘∞也就是任何数",作为一句数学语言,它是不正确的。∞不是数,又如何能与数相乘?

第五,只有对于同类事物进行数量比较才具有意义。"有与无","生命对于虚无","个体对于无穷大",如何进行数量的比较?很难理解。

第六,"没有零就衬托不出无穷大来,没有零就推不出N的无穷意义,即N的或有的神性来。"这句话很难理解。

您如何面对这样的质疑呢？

我觉得您的数学表述是很新鲜的，问题在于如何避免一些逻辑上难于自洽的类比。如果是文学化的数学语言修辞就毫无问题了。关键是不能给人这样的印象，您是在老子的哲学思考中发现了专业性的数学规律，而有些表述又似纯粹谈数学但逻辑上又不符合数学规律。

数学是上帝的语言，记得这是古希腊数学家和哲学家毕达哥拉斯的名言。数就是他的神、他的宗教、他的信仰。他讲"万物皆数"，"数是万物的本质"。他解释数的具体含义，和您说的文学性就很相似了。例如："1"是万物之母；"2"是对立和否定，也是意见；"3"是万物的形体；"4"是正义和宇宙创造者的象征；"5"是雄性和雌性的结合，也是婚姻；"6"是神的生命，是灵魂；"7"是机会；"8"是和谐，也是爱情和友谊；"9"是理性和强大；"10"是完满和美好。

王蒙：哈哈，对不起，我无意在这里侈谈我知之有限的数学，我绝对没有资格谈数学，而只是假手数学的语词、语言功能，谈谈道、理、天、无、有、色、空、物、我、生、死、名、相以及永恒、自然、起始、归宿……这些终极性、究竟性、彻底性的哲学范畴。还在少年时代，我就为数学老师所描绘的无穷大所吸引。他讲道：无穷大的世界里平行线也可能相交，圆周也趋向于直线，无穷大与无穷小相乘可能是任何数，也可能是0，或是无穷小，还可能仍是无穷大；而无穷大的分割趋向的正是无穷小，无穷小的趋向是0；等等。

当然，他说的是不是准确，尤其是我听的是不是准确，我记的是不是准确，我现在有所置喙的表达是不是癔语，这种说法是数学的定论？妄论？谬论？空论？痴论？或者只是如庄子所说的"小说家言""其于大达亦远矣"？这其实是另外层面的问题喽。

无穷大是对世界的一种认知，是数学也是哲学，是语言也是符号，是思想也是真实的存在，而今天的网络上，例如百度网，对于无穷大的解释也突破了纯数学的范畴，它说：

无穷或无限,数学符号为∞。来自于拉丁文的"infinitas",即"没有边界"的意思。它在神学、哲学、数学和日常生活中有着不同的概念。通常使用这个词的时候并不涉及它的更加技术层面的定义。

在神学方面,例如在像神学家东斯歌德(Duns Scotus)的著作中,上帝的无限能量是运用在无约束上,而不是运用在无限量上。在哲学方面,无穷可以归因于空间和时间。在神学和哲学两方面,无穷又作为无限,很多文章都探讨过无限、绝对、上帝和芝诺悖论等问题。

那么,我谈老子,谈禅,谈中华宗教观念与中华"终极眷注"的时候,引用无穷大与0、N(1)的符号,就是可行而且有趣的了。

先从老子的"道"说起,它太像∞了,曰大、曰逝、曰远、曰反。从它或祂那里,可以出现0,可以出现N或者1,谢谢数学专家,告诉我这里讲任何自然数,与其用N,不如用1来代表。而老子讲的无,当然会让人想起空,想起0,想起"nothing",请注意,在体育比赛记分中,0的英语表述,很少用 zero——零,而是用 nothing——无。老子讲的有,也会让人想到1,想到N——任何数,想到佛家的色与英语中的 being——存在来。

老子的一大发现,一大主张,是"天下万物生于有,有生于无",是"有无相生,高下相成"。而如前述,无非无,无不是绝对的无,而是包含着有的因素、包含着向有的转化的无。一切真实的与具体的存在都有自己的始与终,生与死,成与毁,转化与创新,都有自己的从无到有即从诞生与出现,到逝去即死灭的过程,这是人们的经验中接触到、观察到、体会到了的。在这一点上,物质不变定律与能量守恒定律是容易接受的。而且,没有有,无的意义从而消失;没有无,有的意义从而不再存在。从更形而上的层面思考,例如去思考宇宙的生成与历史,会有什么探索心得,超出了我的知识与想象力,但是引起了我无法平抑的冲动与激情。

到了超出经验的先验与高度抽象、高度纯粹、高度思辨的顶端，我不能不倾心于我一知半解却又心向往之、敬而服之、顶礼膜拜之的数学特别是无穷大概念来。至少也有这样的数学专家告诉我们说，无穷大是一个令数学家困扰的思想，它是想法而不是数字。（按，王认为，它所以令数学家困惑，并不是因为它仅仅是头脑的产物——思想，它是实际的存在，否则，难道你能想通判明空间的边界、时间的起始线吗？如果仅仅是空洞的想法，它能进入与栖身于数学领域吗？）

当然，一般情况下，数学老师不希望他的学生在无穷大的符号上陷入深深，想入非非，干脆宣布人们例如王某讲的某些尚无定论的有关言语是没有意义的，这样的看法也很宝贵，也符合庄子提倡"心斋"的要求。

我的以上想法，既来自七十年前的老师（平民中学，现名北京四十一中，老师姓名是王文溥），又来自当今的网络，更来自人生旅途的体验与思索，上网寻师找∞，而思之、谈之、狂之、赏之，其乐何如！

不再说了。

赵士林：道家讲无，佛家讲空，意思相通。因此有佛道连称，空无并用。老子以无为本，他讲"谷神不死，是谓玄牝。玄牝之门，是谓天地根"。以谷为神，以谷为根，谷就是无，也就是空，还是虚，还是静。所谓山静谷深，自然之道。虚灵空旷，经虚涉旷。静故了群动，空故纳万境。空、无和静、虚是一个系列的概念，或曰同类境界的意象。庄子所谓"心斋"，就是要在心灵世界落实这个无、空、虚、静，所谓"唯道集虚。虚者，心斋也"。佛家西来，以三国支谦为突出代表的所谓"格义"，就是以道家解佛家，一方面使西来佛教深入中土，另一方面却也造成了大量的牵强附会。如以道家"自然"解读佛家"真如"，但道佛很多相通处却是互相生发，相得益彰。用道家格义而不用儒家格义，表明道和佛尽管理论背景、因缘脉络大不相同，但无论是理论范畴、论证逻辑还是价值取向较之儒和佛都具有更大的相契性。关于无和有，或空和有的关系，道和佛就有异曲同工之妙。道家讲以无为本,但绝不否定有,还是要讲有无相生,所谓:"惚兮恍兮,其中有象;恍兮惚兮,其中有物;窈兮冥兮,其中有精。"佛家讲空,但同时还讲"空空",如《大智度论》,强调"色不异空,空不异色,色即是空,空即是色",如《心经》。这个问题还是僧肇的论说最为精妙。他认为"贵无"和"崇有"都很片面,合有无而为一才是真谛。所谓"虽有而不有","虽无而非无","有无异称,其致一也"。意思是性空为无,但无并不虚无,还有因缘和合之有;从真谛看是空,因此空更根本;从俗谛看是有,因此是"假有"。这和道家讲的有无相生,以无为本可以说是同调。

另,空和有还有另一个层面的含义。非本体论的含义,存在论的含义,就是对空或者无不能理解为什么都没有,而应理解为变幻。如果将空理解为什么都没有,用佛家的术语这叫顽空,是对空的错误理解。佛家讲的空是真空,真空的意思就是一切都在变幻。苏东坡在《前赤壁赋》里说:"盖将自其变者而观之,则天地曾不能以一瞬;自其不变者而观之,而物与我皆无尽也。"这句话最准确地道出了变与不变、有与无或空与无的关系。前半句讲空,讲无,讲变幻;后半句讲不生不灭,不增不减,能量守恒,宇宙无限。

李泽厚师曾指出,佛家讲空,基督教讲有,儒家讲空而有,这个着眼于根本的思想宗旨的概括也极有启发性。

"不生不灭,不垢不净,不增不减"。《心经》这几句话我读着总是感到一种莫名的震撼。那样温暖慈和的《心经》却有这种惊天动地的语言。它应该源自于龙树著名的"八不"偈:"不生亦不灭,不常亦不断,不一亦不异,不来亦不出。"那些油嘴滑舌之徒将它浅薄地解释成一种相对主义的滑头哲学、混世修养,简直是对它的亵渎。这几句话其实包含着一种伟大的通透的宇宙智慧,也包含着所谓不灭论,能量守恒。这种智慧甚至不能用科学哲学层面的能量守恒来解释。它所揭橥的境界是非能量,非非能量,超能量。这种宇宙智慧可以转换为人生智慧,但它决不可归结为为人处世的小聪明、小伎俩。

另外，您刚才讲的汤一介先生的话应该是他学佛的领悟，不一定是引文，佛学很多经典都讲这个道理，其中僧肇的《不真空论》说得最精彩："非有非真有，非无非真无""言其非有者，言其非是有，非谓是非有；言其非无者，言其非是无，非谓是非无。非有非非有，非无非非无，是以须菩提终日说般若，而云无所说"。

三　想入非非

王蒙：即使将之当做绕口令，也太可爱了。前边我说了无之伟大，空之终极，以无吸纳了有，同时也是以无吸纳了、战胜了无；以空吸纳了并去除了色，也就去除了空、战胜了空；这一段则是以非吸纳了是，同时以一个新的非取代了原有的非。这恰恰是佛家语，也已经成了人们常用的中华成语，叫做"想入非非"，《楞严经》有云："如存不存，若尽非尽，如是一类，名非想非非想处。"成语的解释是胡思乱想，但我完全不认为是胡思乱想，而正是你所引用的"非有非非有，非无非非无"的绝妙思路，它与数学的贝克莱悖论、理发师悖论，与中国名家的离坚白、合同异、白马非马都贴近也都相通，这是语义、语法、形式逻辑、同一律与否定律本身就含有的内在悖论。以罗素的理发师悖论为例，讲的是一个给不给自己理发的人理发的理发师，他能不能给自己理发呢？不给某种人理发，这是第一个非。他自己变成了第一个非以后，他不给自己理发，也就是他实行了对于第一个非的非，即第二个非。非了非以后，麻烦了，回到原有的非非即"是"上去了。非了这个第一个非以后，他失去了第一个非，负负得正，他已经不给自己理发了，也就失去了第二个非的依据，你只能给他理发了，这时你等于运用了第三个非……你永远处在非中而找不到是了。这岂止是想入非非，而且是想入非非非……辩证法哲学家常常会欢呼这种非非非。而真正的佛学家也用不着害怕非上有非，非上加非；非有是无，一切的有都会归于无，这样的无也不是绝对的无，而是确有的无,确无的有;同时这样的无又不是绝对的无,因为无起来应该是把无也无起来的,那就叫无中是可以生有的,非无是有,无中生有。又来到老子的思路上来了。想入非非,太妙了!人不想入非非,上哪儿通禅、通佛、通道以及数学悖论、语法悖论去!

赵士林:佛家的思辨体系令人敬畏,不仅本体论、认识论的哲学思考体大思精,其语言魅力、逻辑力量也是惊心动魄,令人陶醉,当然也把人绕得五迷三道。本来,释迦牟尼佛讲的"无我"并没有本体论的意义,而是要求"离我执",是一种宗教道德修炼。在这个意义上,释迦牟尼和孔子差不多,他们都不讨论本体论问题,而是关注道德修养实践问题。后来部派佛教的小乘说一切有部提出"我空法有",大乘中观学派也就是空宗则讲"人法二空",大乘瑜伽行派还讲"万法唯识""转识成智",就都大谈本体论和认识论了。佛家本体论和认识论核心论旨就是一个"空"。四大皆空、五蕴皆空。本体论讲那个空,认识论也是识那个空。

对佛家讲的"空",历来有个误解,就是把"空"理解为"无",也就是什么都没有。这其实是一种肤浅的错误的理解。中国的儒家抵制佛家时,经常对佛家讲的空进行常识性批判,例如朱熹就说:佛家"一齐都归于无。终日吃饭,却道不曾咬着一粒米;满身着衣,却道不曾挂着一条丝"。

朱熹还说:"释氏说空,不是便不是,但空里面须有道理始得。若只说道我见个空,而不知有个实底道理,却做甚用得?譬如一渊清水,清泠彻底,看来一如无水相似。它便道此渊只是空底,不曾将手去探是冷是温,不知道有水在里面。佛氏之见正如此。"

这个批评显然失之太简。朱熹将佛家所讲的空理解为什么都没有,也就是无,实际上是对空的表层理解,这用佛家术语讲叫"顽空"(道家如陈抟的"五空说"也讲"顽空",明显受到佛家影响了)。佛家讲的"空"是真空,意思是缘起性空,一切都随因缘流变,所谓"诸法因缘生,缘谢法还灭"。佛家看透了一切都在变幻,当然是一种大智慧。苏东坡在《前赤壁赋》里说:"自其变者而观之,则天地曾不能以一瞬",应该说是参透了佛家讲的空。

中国传统思想显然缺乏这样的思辨兴趣、缺乏这样的逻辑魅力。只是到了魏晋,玄学思辨才使中国智慧显出形上的执着和思辨的魅力。

魏晋天才名僧僧肇,被称为"中华解空第一人"。他超越了王弼的贵无贱有和裴𫖮的贵有贱无两种倾向,继承道家玄学的有无相生,将有无问题转为色空问题,深入细致地讨论了佛家的本体论。他实际上是主张一切都是因缘和合,不要执着于有也不要执着于无。这其实是大乘中观的路子,当然也有老庄玄学的影响。因此,您谈佛谈着谈着就扯到了老子,也是其来有自啊!

"不生不灭,不垢不净,不增不减",每读到《心经》这样的句子,还有《中论》说的:"不生亦不灭,不常亦不断,不一亦不异,不来亦不出。"真是心生庄严,崇敬不已。

讲到佛家思辨的精严、语言的魅力、逻辑的力量,不要忘了佛经译者的贡献。你看《般若波罗蜜多心经》:"色不异空,空不异色;色即是空,空即是色。受、想、行、识,亦复如是。"不要忘了,这是玄奘的译文。在这里,我们领悟着佛家的超越智慧,也享受着翻译的语言之美。

我也非常喜欢您引的英国诗人布莱克那首诗,也非常有禅味儿。这首诗还有另外一种译本:

一花一世界,一沙一天国。君掌承无边,刹那含永劫。

您看是不是更有味道?

回过头来还是谈禅宗。禅宗祖师达摩讲的十六个字,应该成为我们理解禅宗的总纲。这十六个字就是:"教外别传,不立文字,直指人心,见性成佛。"

这十六个字,"教外别传"讲禅宗来历,"不立文字"讲禅宗教法,

"直指人心"讲禅宗宗旨,"见性成佛"讲禅宗目的。

其中"直指人心"四个字格外重要,没有这个"直指人心",就不可能有"见性成佛"。

那么,"直指人心"是什么意思?

直指人心就是禅宗主张的心灵建设。禅宗认为,佛家教人,目的就是要以禅清心,培育一颗禅心。这颗禅心,就是西方净土,也就是佛。因此禅家说:"西方只在目前。"因此,大梅和尚问马祖禅师:"什么是佛?"马祖回答他:"你的心就是佛。"

禅心一悟,就进入极乐世界,也就成了佛。

有几句禅诗说得好:"佛在灵山莫远求,灵山只在汝心头。人人有个灵山塔,好向灵山塔下修。"

禅宗六祖慧能,特别强调"直指人心,见性成佛",由此开创了禅宗南宗,成就禅宗数百年辉煌。陈寅恪先生称赞六祖:"特提出直指人心、见性成佛之旨,一扫僧徒烦琐章句之学,摧陷廓清,发聋振聩,固中国佛教史上一大事也!"

王蒙: 这让我想起王阳明"无善无恶心之体,有善有恶意之动,知善知恶是良知,为善去恶是格物"的总结来。我也想起一个维吾尔族农村学龄前女孩告诉我的:"真主不在天上,在我们每一个人的心里。"

"直指人心",这是中国文化一大特色,儒学道学如此,禅宗也是如此。王阳明的说法是心即理,王阳明的理到了禅宗这里就成了佛或禅,到了别的宗教那里就成了他们所信仰的上帝与经典,到了中国文学家这里就称为苍穹。汉英词典上对于苍穹的解释就是天堂、上帝与主。

而禅的可爱在于它大大减少了信仰的激情与五体投地的敬畏,更洗涤干净了排他色彩,不论是对异教徒的排他与对迷途羔羊的拯救,我称这种拯救羔羊心态为"软排他",为"己所欲,强施于人";而增加了智慧的潇洒,水溅溅兮拂耳,风飘飘兮吹衣,不立文字,则添加了行为艺术、表演艺术、猜谜艺术的趣味与弹性。

不立文字还在于,是佛学发现了语言文学的固有悖论。悖论之一,文字既记录现实又脱离现实、歪曲现实,文字记录与传播,当然不可能全同于现实,符号不可能起实物的作用,符号与实体,可能分家。

佛家认为,一个人身体如山,仍然不能算是自身体大,而是其名(语言、文字、符号)为大。还说世界非世界,而只是名为世界。就是说,人类对于世界、大小、苦乐、善恶的认识往往未必是世界、大小、苦乐、善恶的本体,而只是语言文字符号的浮相、俗相、皮相、幻相。这种对语言文字符号的质疑态度,有它的绝顶的智慧性、先知先觉性,当然也有它的巧言令色性与虚无主义。

四　落叶满空山

赵士林:王阳明受禅宗影响很深,尽管他的价值观还是儒家的。他讲道理都有点禅家风格,例如讲山中花。非常同意您说的"禅的可爱在于它大大减少了信仰的激情与五体投地的敬畏",这恰好是中华文化对印度佛学的转换性创造,来自一种实用型文化对宗教型文化的化解。因此,我说禅宗已经不仅是一种宗教信仰,甚至不仅是一种哲学思考,它还是一种生活境界。有人说佛家不讲境界,因为境界总是有边的。他拿佛鼓说事儿,说你看庙中的大鼓,都是没有边的,这就意味着佛家不讲境界。其实任何大鼓也都是没有边的。其实佛家不是不讲境界,而是讲无边的境界。佛鼓无边,只是说境界无边。有了一颗禅心,你就可以心空万物,境界无边。

王蒙:境界无边,也就是佛心无边,精神无边,欢喜无边,禅意无边。

无边就是信仰,无边就是妙谛,无边就是终极,无边就是永远。

境界无边,于无边中见境界,于无边中高升境界、拓宽境界,于无边中伸延境界。

赵士林：禅诗讲："落叶满空山，何处寻行迹？"

禅要寻找的这个"行迹"，就是在人间万象中展现的人生至情，在人生至情中透露的人生至理。关注人生的至情和至理并不违背佛的意旨。发慈悲心，做菩萨行，饶益有情，普度众生，正是大乘佛的基本诉求，如云峰文悦禅师所谓"观色即空，成大智而不住生死；观空即色，成大悲而不住涅槃"。

观色即空，就是悟到天地万物的存在，都不断变幻，所谓高岸为谷，深谷为陵，沧海桑田。就像古希腊哲人赫拉克利特所说："人不能两次踏进同一条河流"；就像苏东坡在《前赤壁赋》中所说："自其变者而观之，则天地曾不能以一瞬"，从变化的角度看，天地万物，每时每刻都在发生着变化。就拿我们人来说，不知不觉，体内体外，每时每刻都在一点一滴地发生着变化。最后变成什么样，"人生似幻化，终当归空无"。科学家告诉我们，连宇宙最后都要毁灭。我们看到的大千世界，终究要归于空无。佛家认为，认识到这个道理，就是大智慧，有了这个大智慧，你就不会太执着于人生表象，不会被生死所困扰。

观空即色，是说空不是离开色之外单独有个空，空就在色中。你要透彻地理解这个色，也就是关注这个大千世界，人间万象，先不忙着自己成佛，也就是先不忙着进入涅槃的最高境界，而是发扬"我不下地狱，谁下地狱""地狱不空，誓不成佛"的伟大精神，慈航普度，发大悲愿接引众生。

王蒙：这些美妙高明的说法自成一格，自成一界语言与符号系统。这使我想起叶嘉莹教授的高论，她说学中华古典诗词好比学一门语言，你需要掌握它的语言系统，还需要时时背诵温习，才能更好地理解与感受。

我则喜欢说中华古典诗词是一棵大树，你要想成为它的一枝一叶、一花一果，你必须与它匹配，同时你要求新、求变、求抗逆、求坚持，还要求生命力的高扬与发展。

虽说是不立文字，我仍然觉得禅是文学警句，是象征，是联想，是比喻，是寓言，是救赎，也是打趣与幽默，包括文字游戏：快板、三句半、绕口令、脑筋急转弯。

同时它不是祈祷、不是诅咒、不是谶语，更不是做宗教裁判。

可以翻译禅意，译成诗词，译成故事，译成道家语言，译成理学心学，甚至译成宗教语言。

赵士林：同意您对禅的文学性的看法，这体现了一位大作家的专业敏感。很多禅诗的文学水平都是上乘。王维、白居易那些最耐读的诗大多是有禅味儿的诗。关于禅宗的"不立文字"，还有一种说法，说不应该是"不立文字"，而是"不假文字"。因为"不立文字"也还是"文字"。"不假文字"则是不拘泥于文字，有点得兔忘蹄、得鱼忘筌、得意忘言的意思。

我更感兴趣的是，禅宗作为中国佛教，鲜明地体现了关注人间的性格。

禅心不像某些人所理解的不食人间烟火，对社会没有责任感。其实，任何宗教，不管如何超越，根子总是扎在大地上，你看那基督教哥特式教堂尖顶，那高高耸起的十字架，无论阴云密布，还是晴空万里，都坚定地指向苍穹，引领你向往天国，仿佛在宣示着一个不灭的信念：皈依上帝，是唯一得救的路。但是教堂还是要矗立在坚实的大地上。"为了上帝"也还是为了人。人要寄托于上帝温暖光明的怀抱，为自己寻求一个最后的归宿。佛教同样如此。佛法无边无量，皆为普度众生，与人无关的神是没有资格成为神的。你看禅宗的"圣经"《坛经》就这样说："佛法在世间，不离世间觉。离世觅菩提，恰如求兔角"，佛法就在人间，离不开人间的觉悟，如果离开人间的觉悟去寻找佛法，就像在兔子的头上寻找角一样荒唐。

五　平常心是道

王蒙：好啊，宗教性离不开人间性，形而上离不开形而下，佛性离不开人性、人心、人苦、人乐、人思。佛陀是佛也是人，才需要体会大悲与欢喜，色与空，地狱与净土，佛界与魔界。基督是弥赛亚也是人，才具有钉上十字架的献身。佛陀与基督之所以有那么多奇迹圣迹，正因为他们的人间情怀、人间使命、人间经历。他们的天使、圣洁、救星品质之感人度人助人，正在于他们的人间性。人间性与佛性、神性、天使性、圣洁性"道通为一"起来了才有意义。

赵士林：有人问睦州和尚："我们每天都要穿衣吃饭，真够俗的。怎样才能超脱这些呢？"

睦州回答说："穿衣吃饭。"

那人大惑不解："我不懂您的意思。"

睦州又回答说："如果你不懂我的意思，就请穿衣吃饭吧。"

那个人的问题，是想摆脱平凡的生活。睦州的回答呢，就是让他从平凡中求不平凡。因此佛家说，烦恼即菩提，生死即涅槃，不是烦恼之外另有个菩提，生死之外还有个涅槃。菩提就在烦恼之中，涅槃就在生死之中。迷的时候是生死烦恼，悟的时候就是菩提涅槃。

平凡中有伟大，这就是禅的开悟。

因此禅宗又讲平常心、平常事。普愿和尚说："平常心是道"，这一句话，就回到了中国传统。中国传统就主张"人伦日用即道"，道就在老百姓最普通的日常生活中。

在禅宗看来，成佛就在平常心、平常事，不在刻意作秀，也无须轰轰烈烈。禅宗因此提出一个著名命题："担水砍柴，无非妙道。"

还有比担水砍柴更平常的事吗？但是，就在这看来最平常的事情中，却充满了禅的妙道。关键是看你能不能悟道。悟道之前是担水砍柴，悟道之后还是担水砍柴，但是大大不同的是，悟道之后的担水砍柴,才有意义,才有价值。就像部队的政治工作者对农村来的炊事班新兵进行革命传统教育:参加革命队伍之前是养猪种菜,参加革命队伍之后还是养猪种菜,但有了革命觉悟再养猪种菜,就更有意义,更有价值。这也就是禅家经常讲的,在我们迷时,山是山,水是水,在我们悟时,山还是山,水还是水。

因此禅宗说"随所住处恒安乐",随遇而安,触处生春。该干啥就干啥,在随处点发中获得心灵的开悟。心灵开悟,禅心光复,就时时处处都能了悟佛理。

王蒙:世界是平凡的,生活是平凡的,环境是平凡的,岗位与职业多数也是平凡的。但是心性、觉悟、德行、志气、情怀、智慧、学养、实践与坚持能力却可以相差悬殊。

即使已经有了俗人眼中不凡的成就、岗位、事业,仍然要懂得你平凡庸常的那一面,你还要做许多小事,你还要面对许多俗人、小人、愚人,你还会有许多俗态、俗愿、俗烦恼、俗差错,你还要面对世界与环境的种种斑痕、烦琐、挑剔、妒嫉、恶意。而越是这样的情况越考验你的平常心。平常心就是定力,就是选择,就是有所不为,就是尊严与保持,就是菩提与涅槃,就是天道与自然(而然),就是天理与圣贤,就是大义与正气,就是大美而不言。

六　知者不言

赵士林:装腔作势,故弄玄虚,耸人听闻,标新立异,玩儿深沉,作秀,这都违反佛家讲的"八正道"。人生很多事,其实就那么简单。非常欣赏您在《老子的帮助》中的一段妙论:真理往往都很平凡,也不那么惹人注目,荒谬绝伦的忽悠才吸引眼球。你说人都要死,人家会说你"废话",你说有长生不老药,立刻很多人就围了过来。你说人要吃饭才能活着,人家会说你"弱智",你说人不吃饭也能活得很好,立刻就有很多人喊你"大师"。

禅宗讲平常心、平常事,要求我们既不要哗众取宠,自命不凡,故作惊人之语,又不要心为物役,舍本逐末,丧失自我。

禅宗要求我们排除成见、摆脱教条,破除对任何语言、思辨、概念、推理的执着,进入自由境界。

禅宗的主张并不孤独,道家在这个问题上和禅宗有惊人的一致。老子说:"知者不言,言者不知。"庄子说:"可以言论者,物之粗也;可以意致者,物之精也。"中国古人的主流看法一直是:言不尽意,意在言外。

你瞧那热恋中的男女,当着父母的面眉目传情,两个人只消对看一眼,心中就充满快意和甜蜜,根本不需要任何语言。

情感和语言是两条路。情感能够引领我们进入语言无法指示的境界。

禅宗也要跳过语言,抛开文字,直接引领我们进入心灵体悟的自由境界。

但是有趣的是,在佛家各宗派中,恰好是禅宗留下的文字最多。我由此想起白居易《读老子》:"言者不知知者默,此语吾闻于老君;若道老君是知者,缘何自著五千文。"

白居易是位大诗人,诗人和哲学家总是相通的。他提出的问题很有哲理性。他对老子提出的质疑同样适用于禅宗。这里涉及一个语言的悖论问题。冯友兰先生曾经指出:不说还是要说,哲学家总是说了很多话后,才能不说。维特根斯坦说:"我们对于不能言说的,就应该保持沉默。"但他还是要不断地说。这个问题纠缠下去没完没了。

王蒙: 世界上,没有什么别的信息像语言这样富有表达的能力,包括语言的能力,还有所谓超语言、潜语言,即不著一字、尽得风流的能力。

无论是语言学家,还是教育学家、心理学家与医学家,都承认语言对于发展思维、强化思维的作用。

世界三大宗教，都有自己的经典，都是靠语言文字来展现宗教的内涵的，又都是靠祷告语言来与神佛交通，表达自己的祈求与愿望的。二〇〇三年我在阿拉木图，哈萨克斯坦的一个人告诉我："我们重视语言，因为语言可以通天。"

同时越是重视语言的领域与专家大师，越是乐于指出语言与文字的不足，乃至语言构成的陷阱，例如教条主义、假大空、谎言、巧言令色。甚至他们指出，语言能构成思维模式，能控制人的思维，能妨碍人的思维。

所以《伊索寓言》指出，世界上最好的东西是舌头，最坏的东西也是舌头。

屠格涅夫的《罗亭》则写出了一个"语言上的巨人，行动上的侏儒"。

孔子也是述而不作，他感受到了文字的片面性与呆滞性，说话，口语，有语境、语气、声音、手势、动作、身体语言的辅助，而写成字了，就大大打了折扣。

庄子的"扁轮论斫"等故事，讲的是连一个普通的木匠活儿也得靠实践与经验的总结，靠身体力行的传帮带，而包括圣人之书的各种书本，传达出来最多的是古人的鞋履印迹，不是原来的鞋与履，不是作者的脚丫儿，更不是作者全人、全体、全神，闹不好，也许书上的东西只是糟粕。

老子理想的是"行不言之教"。

七　芳树无人花自落

赵士林：李泽厚老师说："禅宗要求信仰和生活完全统一，不要那烦琐的宗教仪式，也不要那令人头疼的青灯黄卷；不必出家，也能成佛，不必自我牺牲，苦修苦练，也能成佛。并且成佛就是不成佛，在日常生活中保持一种超脱的自由的心灵境界，也就是成佛。"

这种超脱的自由的心灵境界,就像大自然的日落月出,雨趣晴姿,云飞风起,山峙川流,就像鸟在天上展翅翱翔,鱼在水中摇头摆尾,"芳树无人花自落,春山一路鸟空啼",没有任何做作,没有任何设计,没有刻意的目的,没有作秀的表演。一切都自自然然,本来面目。因此,禅宗的自由心,和道家一样,是一颗向往自然的心。

日本禅的俳句最能传神地体现禅的自然境界:"晨光啊!牵牛花把井边小桶缠住了。我借水。"

舍不得扯断那牵牛花,舍不得破坏那自然的生意、宁静和美丽,宁肯去借水。

如果人人都有这样一颗禅心,何来环境污染?何来生态危机?何来臭氧层空洞、地球升温?

禅宗对自然境界的追求,深刻地揭示了东方文化和西方文化,审美和科学的某种差异。先来看两首诗:

第一首是日本十七世纪著名俳句诗人松尾芭蕉的作品:

> 当我细细看,
> 啊,一颗荠花,
> 开在篱墙边。

你瞧,这朵花,诗人连碰都舍不得碰它一下,诗人发现的,诗人向我们展示的,就是那完整的、圆满的、纯净的、原汁原味的自然。

第二首是英国十九世纪诗人但尼生的作品:

> 墙上的花,
> 我把你从裂缝中拔下;——
> 握在掌中,拿到此处,连根带花。
> 小小的花,如果我能了解你是什么,
> 一切一切,连根带花。
> 我就能够知道神是什么,人是什么。

这就不仅是碰了,而且是拔下了,甚至要拿到显微镜底下去研究了。

松尾芭蕉的诗,体现的是审美的态度、自然的态度。但尼生的诗,体现的是科学的态度、理性的态度。

王蒙:我有缘在一九八七年读到韩国一组古典汉诗,其中十二三世纪的李奎报有《咏井中月》句:"山僧贪月色,并汲一瓶中;到寺方应觉,瓶倾月亦空。"以不无稚拙的语言讲,月色之色终成瓶水之空。十五世纪的金时习的《乍晴乍雨》则说:"花开花谢春何管,云去云来山不争。"十五六世纪的李彦迪的《无为》写道:"万物变迁无定态,一身闲适自随时;年来渐省经营力,长对青山不赋诗。"

让我们再看一首当代我国的新诗吧,胡平作《夕阳》:

  我认真观察过
  夕阳每次在翻过对面那座山之后
  会在一棵大松树旁略微停顿一下
  显露出万分的不舍
  之后,夕阳就嗖的一声落下去了
  像一块石头,被我随意丢进了深潭

我在想,禅机的感受性、超越性、通达性、自慰性、幽默性、伤感性与随机性是不是一种文学才华、行为艺术的机敏、生活方式的追求、风格表演、语言锤炼、容色把握、阅读趣味的随缘随意呢?

禅机的美与妙堪称绝伦,同时,它又是一个偏于小巧的追求,但是它拥有一个巨大的佛教佛法的地基。

以上可能有点无知者无畏的冒失与耄耋牛犊不怕象的冒失了,请教授批评。

八　科学和反科学

赵士林:王老师客气。《咏井中月》很有禅味儿,很有哲理。胡平那首写夕阳的诗也有点意思。我总觉得落日有一种告别天地的伤感。

禅的思维是一种艺术思维，是直觉，是顿悟，不是科学思维，不是逻辑，不是概念。这就涉及科学和艺术的关系。科学和艺术，就像人类文化的两个轮子。科学是人类智慧的伟大成果，但科学的成果往往是一把"双刃剑"，它在造福人类的同时，也在成比例地威胁人类、残害人类。人类在科技的武装下空前强大的同时，也在科技异化的威胁下空前脆弱。例如原子能的利用。可以用它来发电，也可以用它来制造毁灭人类的原子弹。科学发展到今天，这把"双刃剑"的两端都越来越锋利。二十一世纪流行的、日新月异的、最有前景的三种高科技：一是电子自动化，也就是电脑；二是生物基因工程；三是纳米技术。戴尔的一位电脑权威专家严肃地指出，正是这三种高科技将威胁人类的生存，致命的地方是它们都有一个发展潜能，都有一个发展到一定阶段必然出现的共同特征：可以自我复制。也就是说，这些人所制造的科技产品可能有一天会脱离人的控制，实现智力的自我升级，升级到一定程度，就超过了人的智力。原子弹也没有它们的威胁大，因为原子弹不能自我复制。这就是令我们沉醉的高科技，给我们提供了无穷便利的高科技。或许有一天，将不是我们拎着笔记本电脑，而是笔记本电脑拎着我们；不是我们把它当做工具，而是它把我们当做工具。读一读香港那位著名的科幻小说作家卫斯理的作品《玩具》，真是令人毛骨悚然。搞不好，人类就有可能成为自己创造的高智力机器人手中的玩具，这绝不是危言耸听。霍金生前曾经向我们发布了两条非常重要的信息。第一条，可能存在外星人。但是，霍金向我们发出警告：不要招惹外星人，他们会毁灭我们的地球。第二条，理论上我们可以逆着时光走回过去，也可以超越时光进入未来。这听着像神话，是吗？但是，霍金又告诫我们，不要轻率地那样做，因为那将因果颠倒，不知道带来多大麻烦。

但是，人类能听霍金的吗？

王蒙：这些大的科学发展我还没有能力提出什么看法，相反，我更担心的是社会上的前科学、反科学、愚昧、无知、妖言惑众。例如网上的这一则报道：

> 王林为江西萍乡首富。他的暴富之路，不外乎发功治病、收拜师费、替人办事、倒卖房产和放高利贷。邹勇拜王林为师时，仅拜师费就花了五百万；一个官太太在王林那里治病花了近两千万，王林则自称曾给五万人看过病。对于普通民众来说，大师的故事简直就是天方夜谭……

连著名演员张铁林也搞什么"坐床"之类的闹剧。还有一些著名寺院，正月初一的头一炷香，要留着给当地领导人烧，如此种种，让人说什么好呢？

赵士林：这个完全同意。江湖骗子、半文盲、伪科学、反科学，丑态百出，乌烟瘴气，居然还能横行无忌，很有市场。另外特别值得警惕的是，打着宗教旗号行骗已经产业化运作。开口高僧，闭口高僧，其实是高僧少，妖僧多。很多和尚是花和尚、假和尚。善男信女虔诚地往功德箱里扔钱，哪里知道功德箱已经被承包了。十万活佛下中原，一查，有关部门存档的只有几百位。借佛敛财，罪孽罪孽！

如果说高科技对人类生存的根本威胁还不是眼前的事，那么它对人类的文化本质，也就是人之为人的挑战、颠覆，却已经堂而皇之地发生了。对克隆技术造成的道德伦理问题，人类的反应、政府的对策，显得那么惊慌失措，从美国总统到欧洲议会，都只能仓促上阵。前景如何？难以预料。据说有的国家已开始进行人牛"杂交"的"科学实验"，这是科技的伟大发展，还是人在自己作践自己？新近"基因编辑婴儿"激起的轩然大波，也暴露了前沿科技启动的人类的伦理危机甚至生存危机。这些事实都在提醒我们、催促我们，应重视科技伦理的研究。现在人们已经在呼吁"道德经济"，我们还应该呼吁"道德科技"。说到底，问题还都是人的问题。如同人们经常指控的金钱的"罪恶"都不过是人的"罪恶"，科技的"可怕"其实也都是人的"可怕"。因此,关键在于解决人的问题,如何在全新时代、全新环境中使人类具有更加自觉的责任心,具有更加高尚的文化意识,是我们这个时代的迫切课题。当然,我这样说绝不是否定科技的伟大意义。人类社会的发展,归根结底要靠科学的进步,因此我反对对科学采取感伤主义的否定态度。但是,科学态度对于人生毕竟只具有工具的意义,而审美态度才是回到生命自身。我们只有用审美态度来引导科学态度,科学才能健康发展,才能有益人类。

从这个意义上讲,禅宗的心灵建设,正是科技畸形发展的解毒剂。

九 境界无边,禅修五心

赵士林:真善美到了最高境界,就成了一个境界。科学家告诉我们,科学智慧到了最高境界,竟可以和禅宗的智慧融合。例如,霍金的"宇宙弦"理论,就和佛家讲的缘起性空有异曲同工之妙。中科院院士朱清时先生说得妙:当科学家千辛万苦地爬到峰顶时,他发现,佛教的大师早已经坐在那里等他了。

当然,搞禅学的、搞哲学的不能听到这句话就沾沾自喜,科学自有科学的伟大价值,科学家的艰辛非一般人能够理解,科学家的智慧也非一般人能够企及。无论多少高妙的哲学见解,也不能代替那一麻袋一麻袋的数学演算公式。无论你念叨多少遍"一阴一阳之谓道",也发明不了蒸汽机、计算机,无论你念叨多少遍"诸法因缘生,缘谢法还灭",也发明不了汽车和飞机。

王蒙:上面诸说,超过了我的知识与思考的边界,我只能说我够得着的事。一个是,我担心科技的发展,我更担心科技的不发展,担心愚昧的力量超出了人心天良的力量。一个恰恰是一些大科学家,表现了他们的人文审美情怀。我读过杨振宁的散文,他说他此生的一大憾事是没能够表现高等物理的公式、算式、图表之绝顶的美。他引用英国的诗句来讲科学之美。蒲柏的诗曰:"世界的神秘法则/在黑夜中隐藏/上帝说让牛顿出现吧/于是他把一切照亮。"还有一个就是,科学的发展不是一条直线,人文领域的发展同样不是一条直线,但是发展还是只能靠发展调整,智慧只能靠智慧端正,科学也只能靠科学来把握。出现各种忧心忡忡的说法也只能靠更大胆的思想与议论来寻找出路。

赵士林:数学家丘成桐也说过,每解出一道数学难题,他的脑海里总浮现出晏几道的词:"落花人独立,微雨燕双飞。"日本物理学家、诺贝尔奖得主汤川秀树在自己的物理学著作的扉页上,写下了庄子的一句话:"判天地之美,析万物之理。"西方曾经有科学家认为,一个科学公式如果看起来不美,就往往是错误的。据说,爱因斯坦就是在小提琴和钢琴的琴声流淌中,迸发了相对论的灵感。这里面涉及很微妙的科学和审美的关系,李泽厚老师有个说法,叫"以美启真",就是讲的这个道理。

特别值得关注的是,禅所开拓的人生境界,与儒的价值取向殊途同归,体现了两种伟大智慧的合流,共同滋润着人间生活。《坛经》说:"心平何劳持戒,行直何用修禅? 恩则孝养父母,义则上下相怜。让则尊卑和睦,忍则众恶无喧。"

特别耐人寻味的是,台湾那位著名的证严法师竟然说,人不要死在医院里,不要死在陌生人家中,而应该死在家里,死在亲人的怀抱里。出家人连姓都改了,都切断了和祖宗的联系了,都六亲不认了,为什么还要死在亲人的怀抱里? 因为禅宗和儒家合流了。儒家倡导的伦理亲情,就这样融进佛家的关怀中。

王蒙:这也是一个中华传统与中国特色,叫做"道根儒茎佛叶花,三教本来是一家"。早在梁代已有此议,元明时期,三教合一的潮流汹涌澎湃,尤其是民间教派寺观服装,混成一团,禁而不止,斗而不破。中国的混沌整体主义传统应该算中华文化一绝。

赵士林:"道根儒茎佛叶花,三教本来是一家",这肯定是道家讲的,儒家和佛家都不会同意。不过这不妨碍三教在历史中的融合。

禅是一种生活态度,一种生命境界,一种特别有情味的活法儿。离开生活就没有禅,禅又使生活真的有意义、有价值。

禅作为生活态度,或者说生命境界,要落实到心灵境界。我有个概括,叫做境界无边,禅修五心。五心即五种心灵境界。它们是:慈悲心、平常心、清净心、自由心、自然心。一颗慈悲心,会让你的人性放射出佛的光辉,令人间温暖无比。一颗平常心,会让你甘于淡泊,随遇而安。一颗清净心,会让你心平如镜,神清气爽。一颗自由心,会让你得大自在,处处无碍。一颗自然心,会让你道通天地有形外,回到生命本源,获得最美的安顿。这样你才可能战胜人生旅程中的迷惘、虚妄,自由地、舒展地、快乐地生活。

王蒙:人类经历了漫长与曲折的历史,中国经历了漫长与曲折的历史。人类与我国,都有过荒唐、失误、残酷与危殆。墨西哥的玛雅人曾经用活人的心脏祭太阳,因为他们担心太阳会不再发光。中国则有类似的河伯娶妻故事,每每要用年轻女孩的身体与生命献给河流,以讨好河神。简单的进化论也许不能解决多少问题,但是人类、我国人民,也进行了千辛万苦地争取更好的命运、更好的生活、更好的人生的努力,付出了巨大的代价。传统文化这方面的一切智慧、说法、方略有可能仍然有极好的作用。

我们现在对于五心的看法也有了很大的发展,作为心学,慈悲、平常、清净、自由、自然的说法当然可贵也可爱,那么除了这五心还有哪些邪恶之心、焦虑之心、贪婪之心、疯狂之心、迷惑不解心、烧心、闹心、苦心呢?

五心是哪儿来的?邪心是哪儿来的?心的一切感受与作用是哪儿来的?心是天良,心是住持,心是一杆秤。心是档案,心是总结,心还是命运与遭遇所成就的非遗。心是报答,心是回应,心是自然而然地形成。

所以我们也明白,心病不是仅靠心治,心事也不能靠心来做好。

人怎样生活就怎样思想，我们必须踏踏实实地改善我们的生活，我们必须寻找更有意义的人生，有自己的目标、自己的事业、自己的家庭、自己的朋友、自己的劳动与休息、自己的衣食住行、柴米油盐，生命的起码的物质保证；还需要游戏与学习、反思与自信和自己的所爱所喜与所拒绝。心是心，同时心是一面镜子，镜子反映的是世界、是人类、是国家、是社会、是生活。而且，心是人的器官也是人的灵魂，健康的精神寓于健康的躯体。

对于少数聪慧绝顶的人来说，禅机风光无限。对于多数苦于生活、升学、就业、衣食住行、医疗、婚姻、亲子与社会关系的人来说，禅意的作用是有限的。对于禅意可能的领会也是因人而不同的，对于没有慧根的大多数俗人，能得到几多禅趣禅机，我看也难以抱太大的希望。当然，这从另一方面告诉我们，禅帮助我们的不仅在于禅意、禅思本身，禅在帮助我们的思维、我们的审美、我们的五心、我们的精神修养与精神能力。再提高一步，如你讲的生活态度与人生境界。

赵士林：佛家也有金刚怒、狮子吼。生活是复杂的，人性是复杂的。一个理想社会的实现，不能仅靠心灵建设。它是一个政治、经济、社会、文化整合运作的系统工程。这里是谈禅，因此倾斜地谈谈禅宗对心灵建设的贡献。境界无边，禅修五心，既有个体修养的精神境界，又有社会问题的关注情怀，也有"天人合一"的体悟憧憬。

中国的美

一 以《诗》治国

赵士林:在中国文化中,儒家和道家的互补交融,从审美的角度看,就是阳刚和阴柔、崇高和优美的互补交融。

我常说,儒家的智慧,主要体现为一种太阳的精神。我们来看太阳,无论日出还是日落,无论朝阳还是夕阳,都是那样灿烂辉煌,太阳每天都是新鲜的。因此先哲要求我们"日日新,又日新",让生活每天都有新气象。我们来看《易经》,头一卦就是《乾》卦,《乾》卦就象征着太阳、运动、生长、活力、刚强等。这都是儒家智慧的特征。儒家讲积极用世,讲"天行健,君子以自强不息",讲"先天下之忧而忧,后天下之乐而乐",为了理想社会,甚至知其不可为还要为之,孔子的杀身成仁,孟子的舍生取义,在在体现了一种阳刚之美。

王蒙:你从阴阳互补的一而二、二而一的角度,谈到儒家与道家的美学特征,这很引人入胜。我的思路不完全一样。提到儒家的美,我首先想到的是《诗》学。孔子一大事迹,是他从事《诗经》的编辑出版推广工作。

他的《诗》学纲领是什么呢?"不学诗,无以言""多识于鸟兽草木之名",强调了诗在为世界万物命名中、人际交流中、语言兴盛发展中,构成话题与认知中的作用。但更重要的是,世道人心与教化。孔子掷地有声的总结是,"《诗》三百,一言以蔽之,思无邪"。什么叫无邪呢？应该就是后来，加上孟子的说法："乐而不淫，哀而不伤，怨而不怒。"也就是说，开辟表达人的情感的路径，同时调节感情的浓淡强弱程度。

另一个重要的提法说《诗》的功能是"兴观群怨"，即《诗》的动情与联想，《诗》的观察与认识，《诗》的交流与沟通，《诗》的批判与讽喻。而到了《毛诗序》那里更是上纲上线：叫做"正得失，动天地，感鬼神，莫近于《诗》。先王以是经夫妇，成孝敬，厚人伦，美教化，移风俗"。干脆达到了以《诗》治国的程度。你讲中国的美，在中国，美从来不是单一的与绝对的，它与认知、情感、道德乃至心理健康，特别是世道人心紧密结合。中国古代甚至设立《诗》官，从中听取民言、民意、民怨，察为政之得失。

孟子也是如此，许多政治问题，都是以《诗经》为依据，动不动请诗句"出庭作证"，说明文王或更古老的时期，是怎样处理某种问题的，然后我们应该照此办理。

儒家的为政以德论，道（导）之以德、齐之以礼论，得民心者得天下论，提倡的是道德治国、文化治国、礼法（不是刑法）治国，当然会重视诗、礼、乐、艺对于世道人心的作用。重视教化的《诗》学美育观，至今未断。

赵士林：《诗经》作为儒家最早的经典之一，是艺术作品，也是政治教材。您所说的以《诗》治国，其实就是以艺术精神治国。好像很浪漫，其实很严肃。这样做的消极作用是削弱了《诗》的审美价值，用伦理价值、政治价值吞没了审美价值，这一点到了后来的宋明理学表现得最突出，如将"关关雎鸠"解释成"后妃之德"等。积极作用是通过艺术的感染力提高了政治的沟通效率。说起来，中国上古的政治很有点审美意味，这和礼乐传统有关。例如，春秋各国的朝聘会盟，外交家们见了面并不是直白地陈述意见，甚至也不玩外交辞令（玩什么外交辞令首先也通常是《诗》云、《书》云），而是吟诗唱歌，委婉地互相沟通，特别像行为艺术。这就是《汉书·艺文志》所说的

"古者诸侯卿大夫交接邻国,以微言相感"。"微言"就是委婉有深意的言语。为什么会这样?这就和礼乐传统有关。礼乐的重要功能就是传达情感。乐不用说,礼在定上下名分的同时,也沟通上下之情。

因此,儒家的政治学是伦理政治学,也是审美政治学,咱们在别处讨论过,中国文化是一种审美型文化。这在儒家智慧中体现得很典型。《论语》讲"志于道,据于德,依于仁,游于艺",还讲"兴于诗,立于礼,成于乐"。"游于艺""成于乐",都是讲最高的政治境界、人生境界是一种审美完成,孔子深深赞许"吾与点也"也是同样的意思。

二 月亮的精神

王蒙:趣味就在这里,我们受到的文艺感染、我们的审美经验告诉我们,道学化的诗学,是煞风景的、败兴的,我们是不喜欢的。但是一遇到实例,却又讲不清楚,似乎诗歌的道学化也还不差。《论语》上有一段话说一首诗:"唐棣之华,偏其反而。岂不尔思,室是远而。"(唐棣的花朵呀,你在风中摇曳,我怎么能不想念你呢,可你离我太远了啊!)然后孔子评论说:"未之思也,夫何远之有?"(你就没有想嘛,那花儿又有什么远的呢?)

依我的理解,这是一首优美的爱情民歌,但是孔子把美丽的姑娘看作(也许对于孔子来说是提升)人间美德的符号。本着他的"我欲仁,斯仁至矣"的一贯主张,责备明明只要想做就能做到的诸种美德,被以离自身远为借口,不肯去身体力行。

你不觉得孔子可爱吗?你不觉得把爱情民歌道学化,并没有伤害什么审美吗?

而如果,你对道学化的爱情民歌解释抱有反感,孔解也阻挡不住你对爱情诗歌的欣赏嘛。

赵士林:我也非常喜欢孔子对《唐棣》的评论。无论是它的道德寓意还是它的情感寓意。"未之思也,夫何远之有?"问得多好啊!"理过其辞,淡乎寡味"的概念诗一般地讲,艺术上是失败的。但是也有些写得不错,如程颢的《秋日》:"闲来无事不从容,睡觉东窗日已红;万物静观皆自得,四时佳兴与人同。道通天地有形外,思入风云变态中;富贵不淫贫贱乐,男儿到此是豪雄。"朱熹的《观书有感》:"半亩方塘一鉴开,天光云影共徘徊。问渠那得清如许,为有源头活水来。"

如果说儒家通过政治审美化而将审美政治化,道家特别是庄子则高扬了审美的独立价值。因此我说,儒家的智慧之外,还需要道家的智慧,太阳的精神之外又需要月亮的精神,就好像《易经》在《乾》卦之外还需要有《坤》卦,男人之外还要有女人,缺了哪一方都不会有人类,都不会有世界。月亮的精神就是道家精神,大智若愚、大巧若拙、知足常乐、韬光养晦……多少人生智慧蕴藏在道家不露声色的谦卑中!这种不露声色的谦卑,就像无声地呵护大地的月光。你看那月光,多么温柔,多么谦虚,但是月亮可是个大艺术家,她转瞬之间就替我们变换了世界,丑的变成了美的。朦胧的月色下,不是连一堆垃圾看上去都很美吗?因此,少男少女们都喜欢在月光的滋润下谈恋爱,而不喜欢在太阳的暴晒下谈恋爱。恋爱中的情侣许多亲昵的表示都显然不能在光天化日下进行,而只能在朦胧月光的掩护下进行。当然,今天后现代了,许多月光下的事都可以转移到公共汽车上了。道家讲柔弱胜刚强,不为天下先,无为无不为,道是无情却有情,老子的贵柔守雌,庄子的心斋、坐忘、蝴蝶梦,在在表现了一种阴柔之美。

王蒙:恰恰是中华的传统文学,以风花雪月为题材的最多,尤其是月,是中华传统文学的重镇。李白写月,杜甫也写"月是故乡明",王维也写"深林人不知,明月来相照"。以至于二十世纪三十年代上海左翼青年作家曾经集体签名倡议:"不再写月亮了。"

对不起,我有一个大胆的说法,中华文化、中华文学、中华艺术与中华趣味风度的特色在于它的偏于月亮,偏于阴性而不是阳性;至少在经学典籍上,我们看到的是尚文,不甚尚武;倡和,不甚倡竞争与斗争;倡谦虚、含蓄、深潜、愚朴直到呆若木鸡,不甚倡外露、张扬、争强好胜、开拓进取;倡静,不甚倡动;倡谋略,不甚倡拼搏;倡气功太极,不甚倡体育;不倡更快、更高、更强,宁倡以慢制快,以低抑高,以弱胜强;等等。

《上甘岭》影片反映了真实的极其惨烈的抗美援朝战争,它的主题曲是那样女性,那样温柔秀美,当然歌词中有"若是那豺狼来了,迎接它的有猎枪"的字样。

当然,像中国这样一个大国、古国,任何一个事例都可以找出无数相反的事例。想在中国寻找富有阳刚之气的审美对象,也有的是。比如以岳飞名义传下来的《满江红》、文天祥的《正气歌》等。

三 刚柔相济、阴阳互补

赵士林:王老师,我还是觉得中华文化乃至中华艺术的风貌是刚柔相济、阴阳互补。就如同孔子讲狂,也讲狷,宋词有"大江东去",也有"晓风残月",绘画有《溪山行旅图》,也有《富春山居图》,书法有颜真卿,也有赵孟頫,小说有《三国演义》,也有《红楼梦》……但我也有条件地同意您的中华艺术偏于阴柔的判断,特别是两宋以后。这和国运乃至时代氛围都有关系了。

有趣的是,文化追求、价值取向、人生态度的差异,使中华文化的两大代表形态,儒家和道家形成了一刚一柔、互相映照的审美气象。

如果说儒家教我们做人,要求我们培育一种道德情怀,积极地投入生活;道家则教我们养生,要求我们养成一种自然态度,潇洒地对待生活。

日月交辉、儒道互补,是中国的一大智慧。儒家和道家的互相补充,就像太阳和月亮交替运行,就像乾坤一体,阴阳互摄,刚柔相济,虚实相生。儒家风骨和道家气象,入世和出世,有为和无为,兼济天下和独善其身,悲歌慷慨和愤世嫉俗,身在江湖和心存魏阙,那样奇妙地相得益彰,宛若灿烂的星空,空灵而又丰实,组成了中国智慧既空灵又丰实的壮观画面。这个画面,正是阳刚之美和阴柔之美的交融,体现了中华文化的高妙境界。

四　我们的文艺作品缺少力度和激情

王蒙:相对来说,我们的文艺作品中还缺少一点力度和激情,淋漓和酣畅,大胆和进击,阳光和风暴,电闪与雷鸣,还有多重奏与大合唱。为什么有些中国的受众那么五体投地于凡·高,那么心服于高尔基的《海燕》,欢呼于贝多芬的《第九交响曲》?

《礼记》讲的是"乐者,天地之和也",话语美丽概括,眼界极高。但是想一想,天地有和也有不和,有平衡也有不平衡,乐段里有和谐也就必然会有撕裂,有和美也就必然会有血泪控诉与激昂。人能构成《清明上河图》,也就能构成大起义、大血战、大风暴。值得一提的倒是中国的戏曲音乐,不拒绝某些激昂与噪音。当然,这种激昂是符合古老中国的忠孝节义核心价值的。

赵士林:中国的文艺作品之所以缺少力度和激情,和儒道两家的审美观都有关系。儒家讲哀而不伤、怨而不怒、温柔敦厚、"发乎情,止乎礼"。甚至文质彬彬,然后君子的伦理要求也化成理想的审美人格。道家讲心斋、坐忘、嗒焉似丧其耦、呆若木鸡。这种审美追求自然缺乏力度和激情。

五　中国和西方的对比

赵士林:如果将视野扩展到中西对比,那么相对地讲,西方更有阳刚之气,东方更有阴柔之美。当然,西方有西方的阳刚和阴柔,他们叫崇高和优美。米开朗琪罗的《大卫》是崇高,达·芬奇的《蒙娜丽莎》是优美;贝多芬的第五交响曲《命运》是崇高,莫扎特的《小夜曲》是优美;德拉克洛瓦的《自由引导人民》是崇高,安格尔的《泉》是优美;还有集崇高和优美于一身的《断臂的维纳斯》……

如果把西方和东方做一个对比,西方偏于崇高,东方偏于优美,或者说西方偏于阳刚,东方偏于阴柔。就拿音乐来说,听听日本的民谣、印度的舞曲,耳际全是旖旎之情。中国的古典音乐尽管也有黄钟大吕,但是和西方的交响乐一比,那气势就不可同日而语了。

当然,中国的美和西方的美,各擅胜场,各有千秋。我们拿绘画来讨论一下吧。例如,绘画对虚和实的处理。你看八大山人画的鱼,齐白石画的虾。都是空荡荡的画面,只有几条小鱼,或几只小虾。从这样的画,你能感受到什么?你能感受到中国传统水墨画的审美追求:虚实相生,无画处皆成妙境。

中国的水墨画,不像西方的油画那么画。西方的油画,画布上,油彩没涂满,这画没画完。中国的水墨画这样画就坏了。一张宣纸上涂满了墨,成什么了?高手画画,例如八大山人,他就在这宣纸上画几条小鱼,例如齐白石,他就在这宣纸上点几只小虾,你顿时就觉得画面全都变成了水,所谓"满纸江湖,烟波无尽",这就是无画处皆成妙境。没画的地方变成了水,同样构成了不可或缺的画面,给人一种虚灵空旷的美。中国的书法也处处体现出这个境界。书法家写字时,同时要考虑字之外的空白,字与字、行与行之间的空白,不光是把字写好就完事了,如果那个空白安排得不好,也不算上乘之作。这种构思,中国书法把它叫做布白,也叫"计白当黑"。布白、计白当黑就是巧妙利用画面的虚和画面的实共同构成虚实相生的艺术境界。

再来看西方的画。

达·芬奇的名作《蒙娜丽莎》。她那神秘的微笑历经千载,愈发神秘。有人分析蒙娜丽莎的微笑,说她的微笑中,带有83%的快乐、9%的厌恶、6%的害怕以及2%的气愤。看她的右手,那样丰腴又那样秀美,被誉为美术史上最美丽的一只手。就它的逼真来说,你看它的体积感,那似乎能让你感觉到的重量,现代的摄影技术都无法这样真实地再现这样一只手。多少画家想画出这样一只手,只有达·芬奇完成了它。但这幅画就在最需要逼真的眼睛上,却没有画上瞳孔,因此曾有人说这幅画没画完。其实达·芬奇是故意留下这个空白,为的是让蒙娜丽莎的眼睛留下无尽的怅惘,这怅惘和她的微笑留下了千古之谜。

康斯坦布尔的《干草车》,常见的乡村景色,但是表现的是那样富有魅力。那样普通的农舍,和它做伴的却是茂密的大树,金黄的原野,蓝蓝的天上白云飘。最妙的是地上那一洼水光影斑驳,空灵透亮,映衬出绿树、蓝天和白云,给你一种通体明澈的感觉。

从这两幅画可以看出,西画无论是写人还是写景,都用色彩、造型、光影来表现。不同的色彩、造型、光影画出不同的形象,表达不同的感受和情绪。不管画家想要告诉观众什么,他都必须用色彩、造型、光影填满画面,纤毫毕现地绘出人物和场景。但是西画也非常注意虚和实的关系。达·芬奇在《蒙娜丽莎》中也在追求虚实相生,如果说蒙娜丽莎那只手是实,那么她那微笑的神秘和朦胧就是虚。康斯坦布尔在《干草车》中也在追求虚实相生。农舍、大树、原野是实,那片明镜般的水洼就是虚。

王蒙: 我也许想从中国戏曲的特点上谈谈中国艺术与西洋艺术、中国美学与西洋美学。中国戏曲的程式化、形式的审美化乃至技术化,戏曲的表演化、间离化、剥离化与功力化是独树一帜的。

我常常喜欢比较《玉堂春》与托尔斯泰的《复活》,写弱势女子的被污辱与被损害,写她们陷入命案的冤屈,二者故事相近。但后者是悲剧,写人性的罪孽,写人生的痛苦,写社会的黑暗。列宁说,此书批判了老俄罗斯的所有上层建筑,乃达到了令人激愤与绝望的程度。而前者,则相信"一切故事都是好故事"的欣赏观赏原则,悲中见幽默,生死攸关中见风流。苏三厄运的另一面是王三公子的青楼逸事、情场做戏,或有薄幸,三堂会审的惊险中是无伤大雅的官场同僚趣闻与互相打趣,观众不无吃瓜群众的看热闹之感;最后苏三是转危为安,好人有好报的快乐团圆。

再比较一下《武松杀嫂》与王尔德的《莎乐美》,故事也颇有可比性与可联想性。前者正邪分明,但是邪恶的潘金莲之被杀,也演得火爆好看,潘金莲的身段、服装、说白,都有中国日常生活中见不到的诱人魅力。邪恶的美丽,这在孔、老的理论中是不可能接受一毫一厘的,但是戏曲中还是若隐若现地表露出来了。《宇宙锋》中不愿嫁秦二世的赵艳荣的美丽,则是通过剧中人的装疯、极尽失态癫狂之能事来表现的。而这种失态与假疯后的胡言乱语,只有在极特定的戏曲情节中才可一闪一露,一过瘾也。

而《武家坡》如果不是从表演上看而是从剧情上看,薛平贵戏耍王宝钏的情节令人发指,薛某人见到苦守寒窑十八年的妻子居然不哭不抱不下跪感谢而是戏称自己是他人,语涉调戏,其恶劣不可思议。

表演胜过剧情,这是中国式的一种艺术剥离,个中是非长短,可以讨论,但是不知道这个特点就无法谈论中国戏曲。

黄佐临认为布莱希特学派的戏剧理论与中国戏曲相近,我在澳大利亚看过的话剧《与女王一起》和在北京看的电影《布达佩斯大饭店》,处处可以看到中国京剧对他们表演的影响。他们在戏剧上也有你说的虚实处理上的特色。

六 中国戏曲和《拉奥孔》

赵士林:中国戏曲的表现遵循美的原则,不管什么情节,演出来都要很美。这种戏曲的美通过它的千锤百炼、炉火纯青的程式表现出来。程式固然是生活动作的高度提炼,是一种美的结晶,但是太重程式,特别是游离于剧情之外的为程式而程式,看起来唯美,却难免流于形式主义。说起来,中国戏曲的这种追求也不是没有它的合理性,它是自觉地遵循着造型艺术的审美规律。我由此想到古希腊最著名的群雕《拉奥孔》。

拉奥孔是特洛伊城的祭司,由于他反对特洛伊军民将希腊军队留下的大木马拉进城里,泄露了天机,结果遭到神的惩罚。女神雅典娜派两条大蛇来绞死拉奥孔和他的两个儿子。西方人很喜欢这个悲剧故事,用不同的文艺形式来表现它。罗马诗人维吉尔在自己的长诗《埃涅阿斯纪》中描写这个情节,极力渲染拉奥孔和儿子痛苦哀号、拼命挣扎的情境可说是恐怖万状。雕塑表现这个情节,却对拉奥孔父子的痛苦表现得十分节制。为什么会这样?德国美学家莱辛专门分析了这个问题。他指出诗歌是语言艺术,诉诸想象的形象,维吉尔极力渲染拉奥孔父子的痛苦情状不会直接造成读者生理的不快,不会破坏作品的美。而雕塑作为造型艺术,直接诉诸观众的视觉,如果像诗歌那样极力渲染拉奥孔父子的痛苦和恐怖,将会给观众造成极大的生理不适,严重破坏造型艺术的美。中国戏曲对形式、程式的近乎唯美的追求,道理大概是一样的。

话说回来,中国传统的审美追求和西方传统的审美追求都讲虚实相生,但是二者仍有一个重大区别:中国的美讲究由虚入实,以虚写实;西方的美讲究由实入虚,以实写虚。

王蒙: 除了绘画、戏曲,不能忘记中国的园林、书法、说唱艺术。园林要片山多致,寸石生情,境仿瀛壶,天然图画,还有什么大观小致,众妙并包,疏密、乱整、虚实、聚散、藏漏、蔽亏、避让、断续、错综、掩映等,有园、有诗、有画,有天人合一之道。

书法的韵、法、意、态之说,与"诗言志,歌言"一样,强调的是创造主体的精神境界,是符号艺术的尽在不言中的妙高仙峰。说唱曲艺,则表现了表演艺术亦主亦宾,亦角儿亦己,亦叙亦演亦评,亦语言亦音乐,亦动作亦声音控制的灵动与跳跃。

中国审美与世界各地一样,离不开生活现实,但同时,它并无定规,活泼灵动,相当"任性",性之所之,灵之所至,皆成佳品。不足处是"拼"得不够,多是适可而止,要的是恰到好处,却忘记了艺术虚构毕竟不是实际操作,可以有夸张,有激情,有幻梦,乃至有夸父追日的极端与过分。

七 一花一世界,一沙一天国

赵士林:您所指出的现象正好体现了儒家、道家乃至佛家的禅宗对艺术的这样那样的影响。受道家影响的中国艺术,体现了对自然的强烈追求,这在园林艺术中表现得最典型。中国园林,还有受中国影响很大的日本园林,从花花草草到庭院结构,院墙、门窗、亭台楼阁等等,特别是那个借景,在在体现了自然的情趣。仿佛听到了、看到了庄子的喜悦:"山林与,皋壤与,使我欣欣然而乐与!"而中国艺术的以大观小,小中见大,庄禅的影响也宛然可辨。所谓微尘中有大千,刹那间见终古。一花一世界,一沙一天国。重自然,讲含蓄,一唱三叹,曲径通幽,庄禅对艺术的影响整个地讲是积极的。而"拼"得不够显然就受儒家审美观影响了,所谓哀而不伤、怨而不怒、"发乎情,止乎礼"等等。

总的来看,中国人的审美追求,中国艺术的美,可以用《易经》中的一句话来概括:"一阴一阳之谓道。"阴阳互摄、虚实相生,是中华文化的风貌,也是中国美学的风貌。

就文化来说,中国的两大文化智慧,儒家和道家,正好是一实一虚,一刚一柔。

就美学来说,中国的美学风貌受道家影响更大。因此特别讲究以虚写实。绘画是虚实相生,无画处皆成妙境;文学是不着一字,尽得风流;音乐是此时无声胜有声。你看宗白华先生对中国山水画的精妙鉴赏:

> 我们欣赏山水画,也是抬头先看见高远的山峰,然后层层向

下,窥见深远的山谷,转向近景林下水边,最后横向平远的沙滩小岛,还有那夕阳西下的晚霞落晖。远山与近景构成一幅平面空间节奏。我们的视线从上至下随着画面流转曲折,形成一种节奏的动。空间在这里不像西方绘画那样,是一个透视的空间,是一个布置景物的框架空间,中国画的空间本身也参与了整幅画的节奏运动,像一曲音乐中的旋律的波动。这正是抟虚成实,以虚写实,使虚的空间化为实的生命。

王蒙:作为外行,我要说西洋画的空间感,离不开他们对于数学、几何学特别是立体几何的热爱与钻研。西方的人体绘画,更是值得我们深思。对于身体的重视,对于身体的揣摩与计算研究,特别是对于人体的欣赏而不仅是性欲望,这些东西在中国都少。这不禁让人猜想,中国绘画的发展与中华式的性灵学、礼学、道学(不是指道家)与中国式的禁欲主义,中国式的"存天理,灭人欲"主张有相当的关系。中国绘画的一大特点是回避与超越身体,回避与超越一切的体,中国绘画强调的是笔墨,是书画一体,是点、线、条、面、结构、铺染、浓淡。中国的方法论是以少胜多,以虚胜实,以静制动,以无胜有,以小胜大,以收缩胜伸张,以取巧胜实力,以轻胜重,以柔克刚,以淡胜浓,以打盹胜高潮,以放松胜紧张,以急流勇退胜鞠躬尽瘁。什么空灵啊,点拨啊,四两拨千斤啊,借力打力啊,全在不言中啊……越讲越神妙,玄而又玄,众妙之门。绘画如此,功夫格斗也是如此,治国平天下也是如此。相对来说,硬碰硬的拼搏,体对体的缠绕,实打实的摹写,满对满的洋溢,壮对壮的对决,厮杀对厮杀的击打,就太少了。我们的文人画,会不会有点偷懒与轻巧的危殆呢?

八 虚的妙用

赵士林:以打盹胜高潮,妙!

同意您对西方绘画空间感和数学几何学关系的看法。这其实体现了西方艺术和科学的微妙联系。柏拉图的模仿说对西方美术的再现论影响非常大。焦点透视首先就严格地遵循着几何原理，就是要求精确地再现艺术要表现的对象。达·芬奇作为伟大的画家同时也是伟大的科学家。当然，这不是说艺术家没有创新空间。伟大的艺术家总是这样那样地突破法则，如《蒙娜丽莎》的背景就突破了严格的焦点透视。

您指出的中国绘画的问题，恰好是受道家审美意识影响太深。以虚写实，也是这样。

以虚写实，是中国艺术家审美创造的自觉追求。举一个例子。明代画家唐寅，就是那位民间流传的"唐伯虎点秋香"的风流才子唐伯虎，他的风流故事甚至被拍成了电影《三笑》。唐伯虎有一幅作品，名曰《川上图》。画的是一个人牵驴过桥，桥下水流湍急，驴不敢过桥，牵驴的人用力拉驴过桥。这幅画在画店出售时，被高价订购，购画者约好第二天来取画。画店老板眼瞅着发了一笔，高兴自然不在话下。当日关门之后，他想看看这幅画究竟好在哪里，为什么可以卖出好价钱。但是当他仔细观察这幅画时，大吃一惊，他发现牵驴者与驴之间竟然没画绳子。这岂不是一个大纰漏！如果被买者发现了不买怎么办？店主担心买主反悔，就拿起毛笔在人和驴之间添上了一根绳子。第二天，买主来了又看到画，却拒绝购买。店主问为什么，买主说："我买这幅画就是喜欢它没有绳子，现在它添上了绳子，我就不想要了。"

看来这位买主是位大鉴赏家，他非常懂得以虚写实的道理。人与驴之间没有绳子，就是这幅画上虚的妙用。欣赏者在心中联想这根绳子，就等于参与了这幅画的创作。艺术作品的虚会激发欣赏者的联想，也就是激发了欣赏者的再创造，这样会强化鉴赏者的审美感受。

九　向公众撒娇

王蒙:中国长期保持着文人画的传统,与现代的农民画、年画一比较就很不同。农民画就敦实质朴得多。没有那么多道家的虚无、虚静、留白、含蓄。文人还喜欢在画上题诗写字盖印章。齐白石就强调他的诗第一,印第二,字第三,画第四。但世人对他的作品的认识次序是反过来的。就是说,白石为自己的诗、印、字没有得到足够的评价而委屈。

这很像爱因斯坦,强调自己在小提琴演奏上的成就远超过在相对论物理学上的成就,但是有什么办法呢,世人听不明白他的小提琴。

这有点向公众撒娇的意思。当然了,他们不需要为自己已经名满全球的专业成就再炒作,同时他们要为自己没能上去的"成就"闹闹,去吸引更多的眼球。

还让人想到《红楼梦》里给秦可卿延请大夫的说法,就是说,人家是翰林,不是给人看病的郎中,一般人生病,人家是不给看的……证明是好医生。简单地说,业余医生才是好医生,专职医生则是层次低的以挣钱糊口为目标的"从业人员"。

这样的文人画习气,有可能也限制了中国画的发展与自我突破。

文化的发展离不开异质元素的启发驱动。异质元素进入了你的文化,它一开头可能会被陌生化、异态化、挑战化、妖魔化,慢慢成功了、被接受了,就会本土化、时代化、大众化,就会成为你的文化的有机部分。中国人讲见贤思齐,见不贤而内自省,这极好。美无定法,美非一尊,同时,美与非美、丑恶的斗争与融合不断。中国的美,应该是一个发展的概念,一个包容的概念,是一个自信的同时不断更新的概念。美在传承,美在坚守,美在更新,美在汲取与创造。

十　无法之法，乃为至法

赵士林：齐白石、爱因斯坦毕竟是有的吹，有资格吹。齐白石的诗、印、字确实也不错，爱因斯坦的小提琴也确实激发了他创造相对论的灵感，他的科学生涯和艺术生涯相伴。现在很多人是忘乎所以，云山雾罩，不着边际，胡吹乱捧。有这么一位大学老师，专门给上经济学课程的学生讲美学，给上美学课的学生讲经济学，还自吹自擂知识面宽，跨专业天才，结果学生投诉，被这个学校给轰走了。

中国画讲究无法之法，乃为至法。有时候画面上文字题款印章倒超过了画。我们一般人看未免有喧宾夺主之感，但是画家和鉴赏家的解释是这些文字题款印章也是画面的有机组成部分。这就是中国画的灵活性，中国画的无法之法。当然，白石的说法有点矫情了，艺术家嘛，总喜欢过甚其词，吸引眼球。

说起更新，中国画的最大更新在唐宋之际。中国山水画在唐代金碧山水流行，讲究色彩的华丽，到了宋元，完全转入水墨的灵气，这也是由重实感到重空灵、由实到虚的转化。中国的水墨画，深浅由浓到淡，笔墨由多到少，都是向着虚灵空明发展。你看倪瓒的《渔庄秋霁图》，近景，几棵枝叶萧疏的小树，飘摇于天地之间；远处，几抹淡淡青山，中间没画的部分就是烟波浩渺的湖水，无尽的空灵荒寂。这位倪瓒，是"元四家"之一，号云林子，又称倪云林。他的审美趣味就是笔墨越少越好，宁少勿多；用墨越淡越好，宁淡勿浓。因此他的画总是给人一种空灵虚静之感。

举一个诗歌的例子。宗白华先生的《美学散步》里记载了这样一个故事。林韫林有诗曰："老树深深俯碧泉，隔林依约起炊烟。再添一个黄鹂语，便是江南二月天。"

有画家按照这首诗的意思画了一幅扇面，韫林看了评论："画固然画得不错，但你真的添了个黄鹂，就完全失去了我的言外之情了。"

原诗"再添一个黄鹂语",那只黄鹂是诗人的想象,不是真有个黄鹂在歌唱。这位画家倒很实在,真的画上了一只黄鹂,顿时就颠覆了原诗以虚写实的空灵味道。

你再看中国的建筑,别的不说,只说那常见的亭子,整个的虚灵通透,"有亭翼然临于泉上",可以环顾天地之悠然。

你再看中国的戏曲,三军统帅不过就是一支鞭梢,却可以让观众联想千军万马气势如虹;茫茫大江不过就是老船夫一桨在手虚拟地摇啊摇,却可以让观众神游五湖四海……还是宗白华先生说得好:齐白石一支横枝,站立一鸟,别无所有,但用笔神妙,令人感到环绕这鸟是一无垠的空间,和天际群星相接应,真是一片"神境"。这种"神境",正像前人论画所说:"即其笔墨所未到,亦有灵气空中行。"

这种审美趣味的文化底蕴正是老子所云:"天下万物生于有,有生于无。"老子所说的道,正是"视之不见,听之不闻,搏之不得",这个道,托载着我们,也为我们所拥有;孕育着我们,也就在我们之中。这种审美趣味的文化底蕴也正是庄子所谓"唯道集虚""虚室生白"。那空灵虚无正是宇宙大道的奥妙之所在,"虚室生白"的"白"正是"道"的吉祥之光。中国艺术家的审美追求,关注那无边的虚白。在这一片虚白上幻现的一花一鸟、一树一石、一山一水,都负荷着无限的深意、无边的深情。

王蒙:我有一个完全不同的经验。在西班牙南部美丽的小城格拉纳达(不是美洲的格拉纳达),有一个阿拉伯花园,是当年的阿拉伯君主为悼念自己的爱妃修建的,那个花园的美丽就在于它超级的、外溢的、满满堂堂的美。它的花枝与花朵是立体的,仰头是花,平视是花,略略低头是花,最后伏在地上周围的也都是花草树木与赏心悦目的建筑。加上鸟雀齐鸣,微风吹过,我的感觉是,我来到了美的积累,美的高塔,美的锦缎,美的花丛,乃至美的深渊之中。我的感觉是,人居然来到了这样超饱满、超精致设计的美丽之园、美丽之乡,你说不定会期望自己就安息在这不可思议的、充实的、外溢的美丽之中。美无定法,美无定规,有空灵的美就有凿实的美,有缥缈的美就有真切厚重、密不透风的美,有行云流水的美就有吭哧吭哧、"杭育杭育"的美,有得来全不费功夫的美就有三魂出世、六魄涅槃的美,有淡扫蛾眉朝至尊的美就有艳丽浓烈如火如荼的美,有矿泉水就有七十度酒精琅琊台白酒,甚至有宽广的美就有细小的美,有粗枝大叶的美就有心细如发的美,等等。

十一 节奏化的空间

赵士林:没错。美的魅力就在于它的多彩多姿。空灵和丰实、秾丽和清雅、绚烂和平淡、繁复和单纯,各擅胜场,各尽其妙。

耐人寻味的是,中国的审美空间是一种节奏化的空间、时间化的空间。西方的审美空间是几何学的物理学的空间。长、宽、高,从透视的角度看非常精确。因此,西方艺术的虚实相生就是从实入虚,以实写虚。那个三进向的空间实得不能再实,西方艺术家的意匠经营全都在这实的空间里展开。例如我们谈过的《蒙娜丽莎》《干草车》。特别是达·芬奇创造了一种"薄雾法",让任何景物乃至人物都产生一种朦胧感、神秘感,这使达·芬奇的画作总有一种虚实相生的感觉。我们看《蒙娜丽莎》是这样,看他的另一幅杰作《圣母子和圣安妮》也是这样。他这种轻柔如烟的笔法对当时的艺术中心——佛罗伦萨的艺术界影响极大,和他齐名的意大利文艺复兴画坛三杰的另两位,米开朗琪罗和拉斐尔都深受其惠。

王蒙:文艺复兴时期的大画家,给我的感觉是艺术的大匠,是艺术的苦力,是开天辟地的铁匠与石匠,是背着十字架的艺术圣徒,是艺术的献身者与死难牺牲者。而宗白华分析的齐白石式的大师,是天才,是灵光,是闪烁,是趣味,是闲适,是自由自在,是逍遥真人。他们各有特色。但我还是建议咱们自己的艺术家再立大志,再下大功,再成大器。

十二 以黑暗绘出光明

赵士林：同意。西方绘画最懂得虚实相生的道理，运用最出色的当属荷兰画家伦勃朗。中国画的以虚写实，常常是"计白当黑"，水墨画总是墨色淋漓的实物外，全幅画面通过大片的空白荡漾着空灵虚旷。伦勃朗的绘画也经常是黑色的背景，衬出明亮的景象。有人说，伦勃朗以黑暗绘出光明，他对明暗的天才处理，正是虚实相生的典范。

他的代表作《木匠家庭》。这幅画又叫《圣家族》。画上的人物是耶稣、耶稣的母亲圣母马利亚、圣母马利亚的未婚夫圣约瑟、圣母马利亚的母亲圣安妮。这是最流行的《圣经》题材，很多画家都画过这个题材。但是伦勃朗却匠心独运，他将圣家族就表现为一个普通的木匠家庭、一个普通的日常生活场景，这幅画就像伦勃朗到街坊木匠家画的。圣母子就像人间的一切慈母和娇儿，没有传统宗教画的神圣高贵。圣安妮就是一位年老而显得臃肿的老妇人，圣约瑟自管自地干着他的木匠活儿，毫不理会后面的妻儿。这样处理体现了伦勃朗的人文主义精神和平民意识。这里最值得我们关注的是，伦勃朗对光线的运用，对明暗的处理。伦勃朗只让一缕光线从小小的窗户中透入。照在耶稣身上的光线最明亮，照在圣母身上的光线就很弱了，照在圣安妮身上的就更弱了，照在圣约瑟身上的最弱。房间内其余的一切都沉入黑暗中。这种处理得当的明暗对比，能产生强烈的艺术效果，激发人的丰富联想，往往产生某种神秘感，也是虚实相生的妙用。

但是不管如何虚实相生，西方绘画也是以实写虚，最虚、最朦胧的情景也是三进向空间中的实景，也是一个造型、色彩、光影呈现的物理空间。这和中国画的空间变时间仍有根本区别。

中国画的空间,不能理解为三进向的物理空间。中国画一般地讲也不关注焦点透视。它的空间感可以称为散点透视。心灵遨游到了哪里,哪里就是一个空间的中心,就是一个天地。就像宗白华先生所说,中国人的空间感,是"俯仰自得"的节奏化的音乐化了的宇宙感。"画家的眼睛不是从固定角度集中于一个透视的焦点,而是流动着飘瞥上下四方,一目千里,把握大自然的内部节奏,把全部景界组织成一幅气韵生动的艺术画面。"

由于这样一种审美追求,中国画对符合焦点透视、力求真实性的画法反而很不感冒。例如北宋大科学家沈括在《梦溪笔谈》中谈书画,评论北宋大画家李成的作品就涉及这个透视问题。沈括是个大科学家,也精通艺术。他指出李成不懂中国画之"以大观小"的审美视角,讽刺李成的画是"掀屋角"。"掀屋角"什么意思?原来李成画山水,画到亭台、楼阁塔之类的飞檐时,总是采取仰视的视角,也就是仰画飞檐。从山下往上看,从低处往高处看,这种画法固然符合焦点透视的原理,能够真实再现景物的真实面目。但是,这种画法也和画家画山水时的视角发生了矛盾。中国画家画山水,一般都采取俯视的视角,也就是所谓的散点透视,这其实是一种心灵的想象的视角,这样才能将万重高山、层峦叠嶂、深谷溪流,乃至楼阁的中庭后院尽收眼底。这样一来,山水是俯视的,飞檐又是仰视的,就显得很不协调,看着很不舒服。

沈括指出李成仰画飞檐是"真山之法",也就是西方绘画面对真山真水遵循焦点透视原理,仰望着景物写生。他认为这种画法,从山底下往山上望,只应该见到一重山,不可能见到重重山脉,也不可能见到深谷溪流,根本无法表现山重水复之境,画房子也不能表现中间的庭院和后面的胡同。中国画不遵循这样的透视法,它是"以大观小"。什么叫"以大观小"?按沈括的说法,就是像观看由真山缩小的假山一样。这个道理用看沙盘来比喻更好理解。中国画家的"以大观小",就像看一个沙盘,人立刻就拥有了一个制高点,山山水水,全能进入视线。李成按照真实的物理视角、采用焦点透视画一座楼时，就违背了"以大观小"的原理，把飞檐画成仰视中的样子，就像把屋檐给掀开了，因此沈括嘲笑他是"掀屋角"。

其实，中国画家的"以大观小"，散点透视，还是按宗白华先生的理解更得其神韵。"流动着飘瞥上下四方，一目千里，把握大自然的内部节奏"，不局限于眼前景物，心中有万象遨游，心到哪里，景到哪里，天地间就是一个灵气流转的和谐。

西方的审美意识就完全不同。西方的绘画严格遵循物理空间的科学性。西方绘画的焦点透视法，打个比方，就是隔着一块玻璃板看到的景象，用笔将这些景象画在这块玻璃板上，就是一幅合乎焦点透视原理的画面。没有这个焦点透视，就没有西方的绘画。这种透视法显然符合视觉的真实，很科学。西方艺术特别注意艺术与科学的结合，最典型的就是达·芬奇。达·芬奇自己同时就是个大科学家、大工程师。他的著名作品《最后的晚餐》，就是焦点透视的典范。他非常精确地在一个二维平面上创造了三维空间。你走进米兰圣玛利亚大教堂的食堂，看到最里面墙上的壁画《最后的晚餐》，真的就会产生错觉，以为真有十几个人在屋子尽头聚餐开会。

由于审美意识的差异，中国的美和西方的美对虚实关系的处理大异其趣。中国的美更倾向于时间的流动，讲究虚灵空旷；西方的美更倾向于空间的精确，讲究实物真景。但是这个差异不能绝对理解。前面说过，中国艺术讲究虚实相生，西方艺术也讲究虚实相生，不过对虚实的处理各有侧重罢了。例如，拿外国教堂和中国天坛作对比，认为外国教堂无论多么雄伟，总是有限的，但天坛的祭台，面对无尽虚空。这个对比就有些牵强。天坛的祭台固然面对无尽虚空，但教堂的十字架也指向无限苍穹啊！

十三　戴着镣铐的舞蹈也可能是美的

王蒙:你对中国绘画与西洋绘画的比较论述使我获益匪浅。说实话,我对绘画的知识太少太少,无法接你的话语之"棒",更无法深入探讨与分析。但是,在你谈一个中国、一个西方的时候,我不停地想起伊斯兰世界,主要是波斯的书籍中插图式的细密画来。中国绘画深受儒与道两家的哲学观、世界观、人生观、价值观的影响,而西方的绘画也深受西方的宗教、科学主义、实证主义、物理学、几何学、光学等的影响,是不是呢?但与此同时,我们还要正视与中西都不相同的伊斯兰特别是波斯细密画。它们同样不搞透视、三维空间,不搞肉体的与欲望的显示哪怕是忏悔与批判。因为他们追求的是真主眼中的世界。他们相信语言与真主的相交通,他们拒绝通过现实的具象探求神圣。他们画的马是神学的马,他们画的美女,是圣洁的神性的超出一切世俗人间的美女。他们把艳丽与平衡结合起来,把几何图形、图案、人物与神秘结合起来。

土耳其著名作家帕慕克,写了一本为他赢得巨大声誉的小说:《我的名字叫红》,写出了绘画问题上的神学歧见乃至严酷的斗争。这些背景,我们可能不容易去理解,但是细密画,对于不同的受众,仍然十分可爱。

文艺理论与文艺主张,不论怎样表述都易有漏洞。但是哪怕是相当褊狭的主张,也会在天才的心灵与智慧技巧那里显示出与众不同的光辉来。任何特色都是美的一味,任何特色都不能代替他种特色。谈宗教信仰,谈三观,谈核心价值,你都会有所不选择与不肯定,同时会有自己的坚信,哪怕是必信,但是艺术作品的接受面要比艺术主张的接受面大许多。就是说,在你反对他的艺术主张的同时,你照样可能为他的作品而十分感动。

戴着镣铐的舞蹈也可能是美的。因为镣铐增加了沉重感,增加了技巧难度,增加了表演的力度和美的悲剧性。镣铐有时成了杂技道具,因难度而为杂技成就加分。同时人们不断地打碎至少是拆卸掉各式的镣铐。同时镣铐的减轻并不能确保舞蹈的精进,正像道具的改进与表演的轻松化绝对不是杂技的提升一样。一种主张、一种价值、一种对于反价值的禁忌,可能成为镣铐,也可能成为目标与规则,成为风格与讲究,至少比全无禁忌、目标与规则要好,或许成为可用的路径。而绝对地无规则、无禁忌、无目标、无方向,会使艺术变得轻浮失重,使艺术家变成懒汉、小疯子、任性与不负责任、自吹自擂、东拉西扯、坑蒙拐骗。除了真正堪称伟大的作家、艺术家以外。

美比一切主张更宽泛更灵活,是更大公约数。毛主席认为《红楼梦》是写阶级斗争的,是贾王史薛四大家族的兴衰史,而其他不一定这样看的人如白先勇、苏雪林也同样对《红楼梦》爱不释手。

所以虽然《我的名字叫红》写的是细密画又有某些恐怖暴力的背景,令人反感,但细密画之本身,是联合国确定的非物质文化遗产。

十四　中国人物画的问题

赵士林:王老师太谦虚了!您刚才已经对绘画艺术发表了独到深刻的看法。伊斯兰艺术也有它摄魂夺魄的魅力。说起波斯细密画,最早也曾经受到希腊艺术的影响,到了13世纪,甚至还汲取了中国山水画的运笔技巧。东方艺术从拜占庭开始就有深厚的图案化传统,波斯细密画同样如此,装饰性很强。图案化自身就体现了一种装饰性,通常不讲透视和解剖了。拜占庭艺术和伊斯兰艺术互相有深厚的影响。我也非常喜欢伊斯兰艺术,特别是它的宗教建筑。说起清真寺,自然想起恩格斯对它的审美风格的描述:犹如黄昏的月光。

还是回过头来讲我较熟悉的领域。中国画和西方画都讲究绘画的形神兼备。中国人的审美追求,西方人的审美追求,都既重视形象的逼真,又重视形象的传神。

有人问先秦思想家韩非子,你认为什么难画,什么不难画。韩非子回答,画鬼魅容易,画犬马难。为什么?韩非子的理由是,狗和马天天都看得见,再熟悉不过,你画得不像,一下子就看出来。鬼呢,谁也没见过,怎么画都行,没有人会指手画脚,说你画得像还是不像。韩非子的标准,显然就是形象的逼真。

中国的山水画创造的各种皴法,也是为了真实地再现山体的厚重和体积感。

你看北宋画家李唐的《万壑松风图》。在这幅画中,李唐使用了他创造的"斧劈皴",这样画的山石就显得坚硬结实,真的像斧头劈出来的一样,非常适合表现北方山水的雄壮硬朗。

你看五代南唐画家董源的《潇湘图》,使用的就是"披麻皴",非常适于表现南方山水的平缓的土坡。

石涛的名言:"搜尽奇峰打草稿",也是要求首先忠于自然,造化为先。但是,中国人的审美趣味,和西方人的审美趣味,在处理形和神的关系时,仍然有重大差别。中国人尽管讲形神兼备,但是更重视的还是神,因此还强调以形写神。

你看中国的传统画,墨气淋漓,气韵生动,最后竟然逸笔草草,根本不讲什么形似了,然而又最真实地传达了物象的神韵。

你看徐渭的《墨葡萄图》,仔细看,那葡萄粒好像不成样子,但是整个看过去,那墨色淋漓,绝对给你一种粒粒葡萄晶莹欲滴的感觉。徐渭怀才不遇,甚至得了精神病杀了老婆。这些葡萄寄托了他的愤懑。看他的诗:"半生落魄已成翁,独立书斋啸晚风。笔底明珠无处卖,闲抛闲掷野藤中。"

你看八大山人的画。他画的鱼啊、鸟啊,眼睛都是大大的怪怪的,都是那么冷漠、严峻。那里有愤怒,有忧愁,有轻蔑。谈不上形似,甚至有点变形,但那神态真的令人叫绝。你看他的《鱼石图》。他画的石头总是上头大,下头小,象征人生的险恶。你再看他那只鸟,嗒焉似丧其耦,它在想什么?还是什么都没想?八大山人就通过这些鸟啊、鱼啊抒发心中的郁闷。

你看张大千的《墨荷图》，荷花居然画成黑色的，但你就是觉得这荷花栩栩如生，真实得了不得。

中国山水画讲究以形写神，我非常欣赏，但中国的人物画我实在难以欣赏。尽管很多美术史家谈起中国的人物画赞不绝口，但我死活不能理解，中国的人物画为什么都是驼背耸肩没脖子？你看唐代阎立本的《职贡图》，把外国人也画成这个样子。你看北宋张择端那幅有名的《清明上河图》，没有一个人不是驼背耸肩没脖子。你再看那些美人图，《簪花仕女图》《游春图》，都是有名的作品，但是美在哪里呢？有人说美在眼睛。晋代人物画大家顾恺之说："四体妍蚩，本无关于妙处，传神写照，正在阿堵中。""阿堵"就是眼睛。顾恺之的意思是四肢身段画得不管多么好，都不是十分重要，表现人物的神，还要看他的眼睛。这也许就是中国人物画总把人物画得驼背耸肩没脖子的原因？"四体妍蚩，本无关于妙处"嘛，把眼睛画好就行了。但是中国人物的眼睛，往往就是那么一个墨点。鲁迅当年曾经讽刺过，这么一个墨点，是老鹰的眼睛呢，还是大雁的眼睛？这都不清楚，又能传什么神呢？就看顾恺之的画吧！你看他的《女史箴图》，那些大脸盘的女性，眼睛美在哪里呢？当然，会有美术史家告诉我，这幅画的线条叫"春蚕吐丝"，意思是顾恺之的画，那线条流畅均匀婉转，就像春蚕吐的丝一样，是非常美的线条。但是，眼睛美在哪里呢？这是一个问题，不知道王老师怎么看？

王蒙：确实如此。关键还是在于对于身体、对于肉身的看法。改革开放后，一九八〇年我首次出国，到"红都"定做西装，我提出上身要做大些，以便入冬后套穿毛线衣。我的西装上衣，穿上晃里晃荡令外面的朋友惊异。我立即明白了，中国的服装主要功能是遮蔽身体，西方的服装的功能之一则是凸显身体。尤其是女性，我的童年看到家里的女性长辈们，穿衣服时是怎样地束压胸部，不能显现出女性的特点来。改革开放后有一位领导建议京剧的戏服，应适当显现女性的曲线,这也是一个非常艰难的任务。戏剧的一切旦角的动作与服装,如果与玛丽莲·梦露的身材结合在一起,将会出现什么样的情景,有时人们连想也不敢想。

西洋绘画训练中,画人体必不可少,对此我一无所知。"文化大革命"中,最高领导为人体模特的事专门做过批示,我也不明白。西方人如此重视人体,而我们千方百计地遮掩否定之。我们称人体为"臭皮囊",我们视身体的外露,男为流氓,女为淫荡。我们讲的是"万恶淫为首",我们对淫荡女性的惩罚是"骑木驴游四街",木驴上有一根橛子,插入被认为淫荡的女性阴户中。

其实欧洲的中世纪也是这样的。我读《天演论》作者赫胥黎的儿子小赫胥黎的文章,他论述舒适曾经被认为是通向罪恶的,身体是丑恶的。一个沙发,一个洗浴设备,技术上并无复杂,发明制造与使用却都比较晚,因为中世纪的人们认为坐得舒服,于洗浴中见到自己的肉身,是可怕的。文艺复兴使神本主义走向人本主义与人文精神,当然,人类的性生活仍然充满麻烦,这件事过去不消停,今天也不素净。

张贤亮文友的成名作是《邢老汉和狗的故事》。此小说改编成电影以后取名为《灵与肉》。灵与肉到底对立到什么程度,到底能不能结合为一体呢?

灵与肉的问题至今仍然刺心痛体。僧、尼与神甫和修女,各种话题和案件还少吗?《巴黎圣母院》的故事至今惊心动魄,痛心疾首。

对身体、肉身、灵与肉的看法影响着人的心理与"三观",当然也影响了艺术观、美学观、名誉观与道德伦理观。我们的空灵,我们的尊无爱无,我们的虚以济实,我们的绘画中的人物的绝无性感,我们的神仙意识、圣人意识、宗教意识,都与我们的非性、非体、非肉、非欲主义有密切关系。它带来的美学后果,极有趣也极麻烦。

十五　健康的精神只能寓于健康的躯体

赵士林：西方对人体美的欣赏源远流长。古希腊对裸体女性的欣赏甚至是超越肉欲的。希腊人的审美观也是健康的。在他们看来,健康的精神只能寓于健康的躯体。当然,这不意味着西方人的两性意识没有问题。即便在古希腊,女性裸体雕塑也是很晚才出现的。西方中世纪对女性的歧视也是很可怕的,臭名昭著的迫害"女巫"的运动更是骇人听闻。禁欲主义走到极端,苦行僧们面对阿尔卑斯山的美丽风光慌忙用手捂住眼睛,说那是魔鬼的诱惑。西方两性意识的文明化也经历了一个漫长的历程。从文艺复兴开始,"三杰"到威尼斯画派,《十日谈》到《巨人传》,"人的觉醒"作为时代主题,刷新了艺术的风貌。人性的欲求、个体的权利成了作家艺术家追求的崇高目标。身心的和谐、灵与肉的交融才毫无顾忌地登上艺术殿堂。但即便这样,有些画家对女性裸体的处理仍然引起轩然大波。例如都到了十九世纪了,法国画家、印象派大师马奈的《草地上的午餐》,就因为画了两位裸体、半裸体的女性和两位绅士,竟被攻击为"有伤风化",被巴黎沙龙拒绝,后来只能在"落选者沙龙"中展出。

　　和中国画不同,西方人的美术追求形神兼备,首先必须保证形象的逼真,它的神只能在形的逼真中展示。他们绝不舍弃形似来达到神似。例如委拉斯开兹的代表作《教皇英诺森十世肖像》,把这位教皇阴狠冷酷的一面毫不掩饰地展示出来。委拉斯开兹画得太像真人了,画得活灵活现,以至于这幅画摆在教皇的办公室里,有人从窗前走过,以为教皇真的坐在房间里。教皇看到画家把自己画成这个样子,心里很不高兴,但这幅画的艺术技巧从构图到色彩光影的运用都非常完美,委拉斯开兹毕竟画得无懈可击,这位不可一世的教皇还是乖乖地把酬金付给了画家。但是,他一边递过去钱袋子,一边还是忍不住悻悻地说:"画得过分地像了!"

委拉斯开兹的画画得太逼真了,以至于有人说:看他的画,就像推开窗户看外面的风景。但是,绘画过分讲究逼真了,也走向了自然主义。这是西方绘画曾经出现的弊端。例如,意大利画家卡拉瓦乔的作品,追求一种"无情的真实"。他只画他眼睛看到的东西。雇主要他画天使,天使背后长着翅膀,生活中哪里有这样的人?卡拉瓦乔竟然在真人背上绑上翅膀道具来给他做模特。最典型的是他画的《多马的怀疑》。这幅画取自《圣经》题材。多马是耶稣的门徒。《圣经》记载,耶稣被钉到十字架上殉难后第三天复活。耶稣复活后,和很多门徒见了面,只有多马当时不在场。有门徒告诉他耶稣已经复活,他不肯相信,说除非自己亲眼看到他身上的钉痕,肋下的伤口,并且亲自伸手探视耶稣的伤口,否则绝不相信耶稣已经真的复活。过了几天,耶稣果然来见了多马,他先吩咐把门关了,然后对多马说:"伸过你的指头来,探入我的伤口吧!不要疑惑,总要多信!"

你看卡拉瓦乔如何表现这个题材。他的用光很出色,非常强烈的光打在暗室中,增添了神秘的气氛。耶稣扯开衣衫,露出肋下的伤口,多马果然俯下身去仔细查看,这样还嫌不够,他竟然真的伸出粗糙的手指挑起耶稣裂开的皮肤肌肉,一直探进伤口。这就未免过度写实,违背了绘画这一类视觉艺术的审美原则。

卡拉瓦乔本来是个杰出的画家,他反对理想化地处理宗教题材,经常把下层百姓当模特来塑造宗教神圣人物,他的形象太逼真了,以至于教堂认为他的作品太粗俗,拒绝接受他的作品。过分地逼真像《多马的怀疑》,确实流于自然主义,伤害了艺术的美。

十六　举重若轻与若重

王蒙:中国的政治美学、艺术美学、人生美学中,喜欢的是做大事、成大业如烹小鲜,是举重若轻,是四两拨千斤,是妙手偶得之。但是,我们也可以想一想,世上是不是也会有,也应该有,也常常有更多的举重若重，做大事如愚公移山，成大业如负重登山的方面。让我这个美术的外行谈一个小问题，请别见笑：现在绘画市场上即使同是本国画家所做，也是油画比国画价格昂贵一些。什么原因呢？意味着什么呢？

我们的军事美学，既强调我们的智慧，同时更强调我们的英勇奋斗，不怕牺牲，所谓吃大苦，耐大劳，哀兵必胜，打硬仗，置之死地而后生的精神。

赵士林：您的看法令我想起了东方太极拳的四两拨千斤和西方角斗士的刚猛蛮野。至于油画比国画贵，我能想到的理由是，油画比国画成本要高很多。当然，这里面可能也有商业运作问题。接着刚才的话题，尽管西方画家强烈追求真实效果，但是以形写神同样是他们的更高追求。尽管写神绝不牺牲形的真实，但是一个画家如果仅仅讲究形的真实，缺乏内在的精神品位，在西方的地位也会受到影响。

例如鲁本斯，是西方巴洛克画风的最伟大的代表。所谓巴洛克风格，指的是十七世纪从意大利开始，旋即流行于欧洲的艺术风格，特点是强烈的动感、扭曲的造型，颠覆稳定，追求别致。自由、放纵、荒诞、富丽、纤巧、繁复，是巴洛克的特点。鲁本斯的绘画以高超的艺术技巧体现了巴洛克风格，例如他的代表作《劫夺吕西普的女儿》，反映了上古社会的抢婚习俗。画面上，激昂暴烈的情绪，蛮野疯狂的动作，男性强健的肌肉和女性雪白的胴体，盔甲的阴冷和肉体的丰腴，纠结在一起，形成强烈的对比。烈马、男女的造型极度张扬，仿佛四处喷射。鲁本斯创作这幅画时，他对画中的人物，关心的不是挚爱还是邪欲，不是悲剧还是喜剧，不是暴徒还是英雄，不是喜悦还是悲凄，不是是非非；他关心的就是那男女、那烈马、那画面上的一切的质感、造型、线条、色彩。鲁本斯作品的艺术技巧十分高超，线条的流畅、造型的能力、色彩的运用都十分出色，艺术灵感也如飞瀑一般喷涌，绝对是不可多得的大师。但由于他不关心人的命运，不表现人的个性,使他在西方美术史上的地位受到负面的评价。鲁本斯对人物表情的描绘好像有个公式,他的肖像画缺乏个性,缺乏真情实感,不注意表现对象的内心世界、心理情绪,也就是所谓的"神",这是鲁本斯的致命伤。在他的笔下,王后、圣母、殉难的圣女都同样华贵,就是说,鲁本斯过于注重形象的形式感,而没有考虑形象的个性神韵。因此有人说,"人们在他的作品面前走过时,向他致敬但不停留"。

鲁本斯是一个令人佩服但不受人爱戴的画家,原因就在于他过分重视作品的"形",忽略了作品的"神"。

十七 从"美"走向"丑"

王蒙:你说的西方绘画还是十九世纪至少是二十世纪以前的吧?毕加索等的作品哪里怕什么随心所欲地改变形体的形状。

赵士林:当然,西方现代派乃至后现代派的美术,完全是另一种风格了。以毕加索、达利、蒙克、马蒂斯等现代派大师为代表的艺术追求,已经从"美"走向"丑",从正常走向扭曲,从规范走向变形,从现实走向梦幻,这里面有深刻的时代原因。世纪末的不祥预感、两次世界大战的强烈刺激,改变了艺术家的世界观和审美观。这些现代派美术大师和哲学的叔本华、尼采,音乐的德彪西,文学的波德莱尔、卡夫卡、普鲁斯特,或前或后,共同构成了面向现代的躁动不安的文化潮流。但是,就个人审美趣味来说,我还是更喜欢西方古典绘画的典雅、深厚,更富于精神气质,更富于人道关怀。例如,人们对委拉斯开兹、伦勃朗的评价就比鲁本斯要高。原因就是委拉斯开兹和伦勃朗的作品,充满了个性的神采,特别注意以形写神。更可贵的是,他们通过作品人物的神采、内心世界、情感心理的描绘,寄托了深厚的人道主义关怀。例如,委拉斯开兹的《侏儒塞巴斯蒂安》,孩子般的身躯,没有长成的胳膊和腿,那样短小的手臂按在肚子上,处处显露着侏儒的不幸。贵族们用侏儒的残疾来取笑逗乐。但是你看委拉斯开兹的处理,侏儒身躯尽管矮小,但画家画他的脸部表情,却充满了尊严,特别是他那双深邃有神、凝视前方的大眼睛,有悲伤,有痛苦,也有智慧和善良。委拉斯开兹就是通过侏儒神采的传达,寄托了对这些不幸又受到羞辱的残疾人的深厚的同情,捍卫了他们的尊严。

伦勃朗的铜版画《基督向穷人说教》,你看那基督的神采,讲道的身姿,就是一个典型的平民领袖。他仿佛像一个工会领袖在工棚里对穷苦的工人演说。画面上的听众神态各异,穷人聚精会神地听讲,富人有感动,有怀疑,也有蔑视。这幅画最值得注意的是,画面上的耶稣和群众都是犹太人。由于《圣经》上记载耶稣是被犹太人犹大出卖而遭到逮捕杀害,因此基督教世界迫害犹太人的事件,从中世纪到现代,经常发生。第二次世界大战时甚至发生了纳粹法西斯大规模屠杀犹太人,要对犹太人灭绝种族的可怕罪行。实际上耶稣本来就是犹太人,他的最初的信徒也都是犹太人。伦勃朗是西方美术史上第一位把耶稣和圣徒都画成犹太人的画家,只此一点,就可以看出伦勃朗对弱者的关注和同情。

对神的强调实际上就是对精神境界的强调,对内心世界的强调,对文化品位的强调,乃至对人文关怀、人道主义的强调,委拉斯开兹、伦勃朗这样一些画家之所以受到崇高评价,就是由于他们关注这个"神",而鲁本斯这一类画家尽管画技高超,甚至天才独步,但评价总要低于委拉斯开兹、伦勃朗等人,就在于他们过于关注形的完美,这样那样地忽略了"神"的内涵。

西方那些特别注意以形写神、注重表现精神世界的艺术家和中国人的审美趣味,可以说是异曲同工。

十八 中国人的文字敬畏

王蒙:形与神的表现,在中国美术作品、视觉艺术作品、造型艺术作品当中,最受重视、最具中国特色、最值得讨论的说不定还不是国画,而是书法。书法的形是符号的形,是规则与一些笔墨间架结构、笔势用墨的讲究,而书法的教育、精神、情趣、气势,就说不完了。

中国有文字敬畏、文字崇拜,文字人学、医学、美学与神学。仓颉造字,天雨粟,鬼夜哭。可以测字算命,可以看字而知病人的吉凶。

写字,是数千年来中国儿童初等教育的头等大事。《红楼梦》中的唯一"儒"贾政,出门做官,给宝玉留下的家庭作业就是写小楷。为了塑造心平气和、安静肃穆、专心致志、温良恭俭让的性格,为了克服傲慢、焦虑、浮躁、粗放、乖戾的坏毛病,必须好好写上几千张几万张蝇头小楷。

读字而识人,不难有这样的理解。看看启功先生的字,平和隽秀,雅训清纯;再看看毛泽东主席的字,风雷刀剑,英气纵横。与两人的身份、经历、性格十分吻合,说明书法通各个方面。

在旧中国,书法还有极实际的用途。那时人们求职,无处去查验一个人的档案,你必须亲自写一份小楷简历,字太差太邪,对不起,你会失业。

更核心的是艺术与审美。书法的形是神之形,意之形,志之形,情趣之形,涵养之形,修养之形。书法之神,是天地之神,人之神,是文化之神,语言文字之神。书法靠的是形,是笔墨,是笔画,是结构,是几何美、细部美与全篇美,但更重要的是写字人的心神、修养、性格、状态,急躁还是稳重,阔大还是抠唆,规矩还是奔放,认真还是马虎,高贵还是痞赖,健康还是病弱,一瞭便知。

十九　情之所钟,正在我辈

赵士林:书法作为线的艺术,作为"有意味的形式",极度抽象,又具有极度的精神性,它是情感的极度概括,是"以形写神""离形得神"的最理想的艺术表现。

情趣越丰富,生活越美满。朱光潜老先生说得好,人生的艺术化就是人生的情趣化。到处你都觉得有趣,到处你都不忘了移情,你就是天生的美学家。从特定意义上说,中华文化是一种移情的文化,是一种审美文化。

晋代王衍讲:"情之所钟,正在我辈。"多情的正是我们这些人。哪些人?首先是创造美的艺术家,古往今来,多少文人墨客为我们留下了多少动人的情感诗篇:

"谁道闲情抛掷久?每到春来,惆怅还依旧""多情自古伤离别,更那堪,冷落清秋节""琵琶起舞换新声,总是关山旧别情""多少青春不再,多少情怀已更改,我还拥有你的爱"……

诗歌不用说了,就拿小说来说。小说本来是一种叙事的文学,但是中国的小说也是以抒情见长。你看《三国演义》一开篇就抒情:"滚滚长江东逝水,浪花淘尽英雄",结尾又是:"人世几回伤往事,山形依旧枕寒流",字里行间充满了巨大的历史感伤、英雄末路,人生无奈。《红楼梦》呢,作者自己说了,"满纸荒唐言,一把辛酸泪,都云作者痴,谁解其中味?""因此上演出这悲金悼玉的《红楼梦》"。

真的是一往情深,"此情无计可消除,才下眉头,却上心头"。

一部中国艺术史,就是一部中国情感史。美国美学家苏珊·朗格说"艺术是情感的符号",这话用来评价中国艺术,最为贴切。

特别值得一提的是,中国人对大自然的审美情怀体现了中国人特有的宇宙观和人生观。这里面有深意,要多谈几句。中国人自古以来就对环绕着人类的大自然始终抱有一种强烈的认同感、亲和感、归宿感,也就是家的感觉。这和西方古代社会就有很大不同。刚才说了,西方古代社会,某些基督徒把自然风景当做魔鬼的诱惑,有的苦行僧看见阿尔卑斯山那么美,竟然吓得闭上眼睛,怕自己抵挡不住魔鬼的诱惑。中国古人眼里的大自然或者宇宙,却是一个非常亲切的、充满人情味的、值得欣赏的存在。什么叫宇宙,中国古人说:"往古来今谓之宙,四方上下谓之宇。"原来宇宙就是在我身边悄悄流淌的时光,就是安顿我这个生命的天地。它是一个流动的、跳荡着韵律的宇宙,是一个动静统一、虚实相生的宇宙,是一个美的宇宙。在中国人眼里,人生和宇宙,回旋往复,灵气流转,完全是一个"天人合一"的审美境界。

二十　不关风化体,纵好也枉然

王蒙: 这方面的中国特色的探讨是很有趣的。我的个人感受是,中国的特点是生活(家庭、社会、政治诸多方面)的道德化,道德的情感化,美与善的一体化。修身、齐家、治国、平天下,关键在德。不关风化体,纵好也枉然。只要是表现到思想,回顾到人与人的关系,君臣、父子、夫妻、师生、朋友,都是伦理关系,道德关系,都含有一种道德情愫在那里起重要的作用。王宝钏与薛平贵的情感,陈世美与秦香莲的冲突,朱买臣休妻的故事,都带着强烈的道德激情。王宝钏为原配当叫花子守贞节妇道十八年,终于参与了大登殿的最高盛事。陈世美杀妻灭子,尝到了虎头铡的滋味。朱妻嫌贫爱富,最后明白了覆水难收的严酷。

当然,词与曲里还有一点点失之肤浅的爱情描写。《孔雀东南飞》写出了家长干涉给青年夫妻制造的痛苦。《钗头凤》同样如是,写得深情动人。幸亏有一部或者叫多半部《红楼梦》,大大地突破了中国文学作品的爱情题材书写。

二十一　技术、市场、现代性对于文艺经典的冲击

赵士林: 老子有一个关于审美艺术的文明批判:"五色令人目盲,五音令人耳聋,五味令人口爽……"老子说得太有道理了,这是两千五百年前的中国人作出的最深刻的文明批判。他好像针对的就是几千年后的今天,针对的就是极度膨胀的消费主义,针对的就是艺术趣味的丧失、感官刺激的泛滥。我们来看今天的艺术,真的是"五

色令人目盲,五音令人耳聋"。声色的刺激已经使人的感官逐渐麻木,麻木的感官需要更强烈的刺激。艺术从现代乃至后现代的历史就是不断地研究各种作料,不断地制作浓度越来越高的精神麻醉品,来加强感官的刺激。这就像吸毒一样,开始一点儿就够了,就有幻觉了,吸着吸着就不够了,就不断加量了,最后就吸死了。

古典艺术什么样?那是高山流水,气韵生动;那是深沉隽永,耐人寻味。特别是东方艺术,那样讲究含蓄,讲究此时无声胜有声,讲究不着一字,尽得风流,甚至不堪入目的事情也写得那样美。举个例子:元代剧作家王实甫的名作《西厢记》,写张生和崔莺莺恋爱的故事。张生和崔莺莺邂逅,一见钟情。但是,崔莺莺的母亲不同意女儿和张生谈恋爱,理由是门不当,户不对。幸亏崔莺莺有个小丫鬟叫红娘,聪明绝顶,巧妙安排这对恋人幽会,终于使"有情人终成眷属",不像今天,是"有钱人终成眷属"。其中有个情节,在红娘的安排下,张生跳过粉墙,到崔莺莺的闺房里和心爱的人幽会。热恋中的男女到了一起,自然会有一番光景。这番光景,如果是今天的作家写来,肯定是血淋淋的刺激,床上戏,有卖点啊!但是,你看人家王实甫怎样写:"软玉温香抱满怀,春至人间花弄色,露滴牡丹开。"这写什么呢?就写张生和崔莺莺做爱呢!但是你看到的只是一幅美丽的画面,在这幅美丽的画面前,你去想象吧!

今天呢?黄色文学早就过时,毛片也早就没有感觉,剩下的只有零距离的体验了。这一切都还不够用,许多人索性就直奔毒品去了。

伴随着大工业社会商业规则的统治,我们已经进入了脱衣舞时代。在古典女性那里,暴露在外的最多是"一抹酥胸",服装的掩饰,让她的美给人留下无尽的联想;脱衣舞却非常符合商业社会的经济原则,一览无余,赤裸裸地直奔一点,不需要联想,因为那不经济,那需要付出精神成本!

王蒙:这也是一个相当令人困惑的有趣问题。美与欲望,理论上说不应该是截然对立的,我们称美食,称"秀色可餐",称"巧笑倩兮,美目盼兮",我们会承认一些名作写的是"狎妓"题材,甚至从"十年一觉扬州梦,留得青楼薄幸名"的句子上得到风流与逝水相伴随的美感,更不要说李商隐的"隔座送钩春酒暖"了。我们已经在事实上承认了欲望有可能升华为美,与美感对于欲望的雅化、深化、调节与平衡的作用。

但同时,审美者、美的受众,是分层次的。不但脱衣舞的观众里必会有只求打炮的痞子,但也不见得没有更关注美感的人士,芭蕾舞的观众中也有死盯着大腿根的人与为了人物的命运而热泪盈眶的人。什么事、什么活动不是分层次的呢?有为了主义为了祖国人民而奋斗的政治家,有为了权势为了野心而阴谋诡计的政客。还有只会为权力寻租的下流腐败分子。

民主的追求、社会主义的追求、平等权利的认可、"人皆可以为尧舜"的古语、"为人民服务"的革命口号,都不可避免地推动着文化的大众化、市场化、通俗化、流行化。岂止有脱衣舞,在日本,还有大众购票欣赏的性交秀,以及其他一切我们认为不堪的节目,更不用说各种各样商业性的性服务了。

在审美、文化、文学艺术、学术的领域,大众化与高端化,民主化与精英化,艺术化与市场化是有矛盾的。现在的网络小说,点击量大得惊人,内容则很难说。网上调查的结果,网民最读不下去的是《红楼梦》《战争与和平》等中外名著。我们这里是靠政法手段来维护表演艺术、影视艺术、大众娱乐的底线的。不然,脱衣舞的经营一定能赚大钱。

过去,只有相当少的有才能、有教养、多半是受过熏陶教育训练的人才能进入艺术领域。文学更是难进,责编审读了,要复审,最后还有终审,然后一个作品才能与受众见面。现在呢,你放到什么公众号上,点击量就上来了,只要不挑战社会,不触犯红线,哪还有人管你的学术与艺术!过去是赵飞燕的舞蹈、邓肯的舞蹈,是乌兰诺娃的舞蹈与贾作光的舞蹈,而现时大受欢迎的舞蹈是韩国"鸟叔"表演的,网络上的歌曲最受欢迎的是《东北人都是活雷锋》与《忐忑》。"翠花上酸菜"的趣味性与空洞性、娱乐性甚至有某种解构的意味。

还有等而上之的文化服务。例如传播化,传播的巨星取代着专家学者,传播者的身材、面容、风采、表情、举止、语言、声音、做派、台缘或屏幕缘、小幽默与含泪或含笑的魅力,正在取代文化与学术的含量。我不止一次地有被传播殿堂厚爱的经验,他们反复地教给我的是:"你要记住,你的受众只有初中程度!千万别说深了、说文了!"

还有科技化的文化。"阿尔法狗"已经战胜了不止一次国际象棋与围棋冠军。中国的琴棋书画高雅传统,会受到什么影响呢?原因是,制造弈棋软件的电脑工程师是第一流智商第一流教育程度的人才,他们搜集的古往今来的棋圣、棋王的弈棋数据如高山大湖,一个活人,很难是软件的对手。下棋下不过软件还不可怖,请想想,N个有限的天才、智者、能工巧匠制造的软件为亿万个消费者服务,而服务型商品的质量在于它们能不能使消费者感受到最大的简单与便利,即能不能让白痴傻瓜也能毫不费力地操作享用你的商品。这样的服务性文化用品,能够不培养出白痴,而是培养出人才来吗?

现在,软件已经可以作诗了,只消它能积累同风格同类型的几万几亿几万亿的诗句记忆与分析。也许它们能把不同风格不同类型的诗句调和起来,而出现新诗味诗趣。你刚才讲到趣与情,如果情趣也能做成软件呢?

二十二　绚烂至极归于平淡

赵士林: 看现代的音乐,音乐已经变成什么了?古典音乐讲究旋律的美。"子在齐闻《韶》,三月不知肉味",《韶》乐的旋律太美了,以至于孔子听了,好几个月,吃肉都吃不出滋味了,现在哪里有孔子这样的音乐发烧友?一唱三叹,余音绕梁,这才是音乐。但是今天呢?开始是节奏代替旋律,咣咣咣!咣咣咣!如今节奏代替旋律也已经不够用了,音乐已经变成了重金属加疯狂念咒。

舞蹈呢?古典的舞蹈是曼妙轻盈,深情款款,韵味无穷,是霓裳羽衣舞,是生命的美妙的律动,是天地间最动人的和谐。今天呢?迪斯科摇滚已经不够用,舞蹈已经变成群体发作的癫痫。

王蒙:确实如此。同时这里也有另外的因素,人们的审美也有时尚因素。我们看多了荡秋千般的审美时尚的荡过来又荡过去,最明显的莫如时装,时兴完了瘦腿裤再时兴喇叭裤,时兴完了毛料子再时兴纯棉,时兴完了鲜艳会时兴素雅。

赵士林:美总是追求新鲜、追求时尚的,绚烂至极归于平淡,没有百听不厌的歌曲。再好听的歌,你连续听一百遍试试!审美就是要不断地换换感觉,这有审美心理学的依据。裤子肥了瘦,瘦了肥;颜色淡了浓,浓了淡。现代派绘画之所以那么震撼,原因就是颠覆了传统的造型原则,当然这里边有摄影的发明对传统绘画逼真再现路线的冲击。意识流之所以风行一时,就是超越了传统的叙事模式,当然,这又和詹姆逊心理学对意识流的研究有关。你看看杜尚的作品,他想彻底判决传统绘画的死刑,弄个小便池子搬上来就成了作品,还起了个名字叫《泉》。音乐人也要彻底颠覆传统音乐,例如二十世纪五十年代初,美国有一个音乐流派叫偶然音乐。这派音乐的著名代表凯奇创作了一首无声音乐,题目叫《四分三十三秒》,音乐家上来站了四分三十三秒,一个音符没响,作品结束了,观众席还响起雷鸣般的掌声。据说这个《四分三十三秒》的创作灵感还来自老庄哲学。是啊,中国古人谈到音乐最有名的一句话就是"此时无声胜有声"啊!《四分三十三秒》就是美国版的"此时无声胜有声"啊!艺术发展到这份儿上,恐怕连艺术的定义都要重新考虑了。

王蒙:谭富英、马连良的金嗓子听多了你也会为周信芳的沙瓤音而喝彩。梅兰芳的圆润、饱满、纯净、多情,你听了,你也许渴望程砚秋的含蓄与深沉,甚至于我觉得程派的唱腔有更多的器乐感与大嗓小嗓的对比感。帕瓦罗蒂式意大利美声唱法的响亮、完美、辉煌与超群听多了,你也可能愿意听到"猫王"、迈克尔·杰克逊直到崔健等人的狂暴的呼唤。古典、训练、学养、传承、法度太多了,人们就会要求突破、捣乱、颠覆、浑不吝。

电影中的情况是,人们喜欢一些大明星,但也很容易厌烦他们,看出他们的黔驴技穷,看出他们的挣扎无路,看出他们的装腔作势与买空卖空。

文学也是这样,完整的、均匀的、结构讲究、无懈可击、戏剧化故事化的小说看多了,人们会期待抒情的、诗化的、散文化的、跳跃的乃至碎片式的作品。内心活动写得太多了,人们期待着搂搂抱抱、打打杀杀,多一点动作性,多一点画面和音响,高雅隽秀的语言太多了,人们甚至希望读到作品中的俚语粗话直到言语的恶搞与解构。上层中层人物、上层中层生活的言语与故事多了,人们当然要看底层下层乃至黑社会的故事。如此这般。我们当然可以有也必须有所评论,有所探讨,同时我们难以统一人们的审美意识、审美习惯、审美时尚。

二十三　古典的韵味在震惊中四散

赵士林:正像西方一位文化学家本雅明说的那样,古典的韵味在震惊中四散。美国大片给你的就是震惊,能够把人们留在电影院的只有惊骇、震撼、魔幻,还有血淋淋的怪诞。总之,听觉和视觉本来是最重要的审美器官,它们应该将我们带入只有人类才能体验的精神境界,但是在今天,在后现代,视听享受已经退化为动物似的纯粹的感官刺激。"五色令人目盲,五音令人耳聋",千真万确,老子说的多有远见！多精彩！

当然,我这样说,不是全盘否定后现代。后现代的出现当然也有深刻的时代原因,也有独特的审美价值。只是出于个人的原因,我还是更喜欢古典美。

从另一个角度看,西方审美艺术的炫新斗奇,追赶时尚,我们可能看不惯,里面也确实有很多糟粕。但是,就是在这种不断创新的追求中,艺术审美都不断开出新境界。

应该指出的是,创新并不是背叛伟大的艺术传统,真正伟大的艺术家的创新,都这样那样地体现了传统的滋润。看毕加索的《弹曼陀铃的少女》,那琴孔的处理,让你立刻想到古埃及的绘画。毕加索的立体作品竟然从遥远的古埃及艺术那里获得了灵感。

汲取传统滋养来创新我们也有成功的范例。例如古典诗词的典雅美,至今令人神往。今天是一个散文时代,无激情,乏理想,失信仰,英雄不再。但今天仍有今天的诗,那就是歌词:

你看《涛声依旧》:"月落乌啼,总是千年的风霜;涛声依旧,不见当初的夜晚。"传统的空灵悲凉的意境和现代人的命运感受,纠结牵绊,互相渗透,情味无穷。

你看《青花瓷》:"天青色等烟雨,而我在等你,炊烟袅袅升起,隔江千万里。"一个"隔"字境界全出,情怀无尽,光景常新。

你再看《荷塘月色》:"我像只鱼儿在你的荷塘,只为和你守候那皎白月光。游过了四季荷花依然香,等你宛在水中央"……《诗经》的句子都进来了,新奇的比喻和古老的诗意相融合。

这都点化了古诗词的意境,千里万里,千年万年,融合无间的,是那永恒的情怀。

我们对时尚可以不做浅薄轻浮的理解,我们可以把时尚看成与时俱进的文化需求。孔子就是圣之时者也,鲁迅说孔子是"摩登圣人",有点讽刺的意思,但是我们可以从积极的角度理解和创造时尚。特别是考虑到全球化时代,文化也在激烈竞争,文化还是一种决定着国家命运的软实力。那么,怎样增强软实力?恐怕得学习人家的创新精神、时尚精神。想想看,功夫熊猫、花木兰都成了人家审美创新的题材,铁臂阿童木、名侦探柯南在争夺着孙悟空的风采。我们怎么再能抱残守缺?

我们应该开拓心胸,培养宽容,鼓励创新,这是审美内在规律的要求，也是艺术魅力的要求，更是文化交流乃至文化竞争的需求。

不要什么都看不惯，应该允许多元化的文化生态。例如后现代建筑，国家大剧院、首都机场三号航站楼，很多人看着都很愤怒，央视新址更是令人激动得不得了，但是你去看西方的后现代建筑，吓死你！

和时尚美的问题密不可分，在审美领域，我们还经常碰到一个雅和俗的问题。一谈到时尚，有人就说俗不可耐。这个看法很荒唐。且不谈时装等时尚的典范决不能说它俗，就拿目前满世界最时尚的"苹果"产品来说，你能说它俗吗？"苹果"的时尚，正是现代高科技和艺术的完美结合。乔布斯的设计理念就是自觉地用艺术的追求来实现科技的梦想。美是他坚定不移的设计原则。

王蒙：我想起了十年前听到的一个故事。说是几位文化工作者一起聊天，说起中国的"楚辞、汉赋、唐诗、宋词、元曲、明清小说"。他们问，后人回想起二十世纪后半叶与二十一世纪初的文学来，我们应该如何应对呢？答曰，可能是手机段子与电视小品吧。

任何发展进步都是有代价的。文化民主与文化的大众化，并不就等于文化的发展与前进，更不等于美的果实的丰收。我们需要多方考虑，需要坚持守护，需要自下决心，自打主意。

中国如此，外国也有类似的微词怨言。有人埋怨中国只有一个鲁迅，法国又有几个雨果，几个巴尔扎克呢？我认为精英离不开民众，民众离不开文化与审美，而审美是离不开精英与天才的。

二十四　艺术的商品化

赵士林：您所说的精英文化和大众文化的问题，其实也可以归结为雅和俗的问题。首先要认识到这两种审美形态的历史相对性。宋词相对于唐诗是"俗"，相对于元曲就是"雅"。唐诗、宋词、元曲相对于明清小说又都高雅了起来。民歌永远都是"俗"，历朝历代都有部分民歌低俗得很,"黄"得很,但这并不影响民歌整体的健康活泼的生命力。小说在传统社会一直是伤风败俗的"俗",正经人家决不让子弟看小说,《红楼梦》里的贾宝玉因为喜欢看这类书,差点让他老爸贾政打死。但如今,小说在现代电影艺术乃至电子传媒的冲击下,也差不多挤进了需要关照的高雅行列。京剧和一切戏曲艺术当年是"下九流","俗"得不行,今天则是需要振兴甚至抢救的高雅艺术。电影刚出现时,整个儿是现代工业社会大众俗文化的艺术象征符号,今天在电视的冲击下,也常常以高雅身份寻求保护了。

传统主义者应该清醒地认识到,文化市场,离不开一个"俗",不管您怎样引导,如何说教,"俗"文化在看不见的将来将始终是文化市场的主流。您想增加书刊印数,您想提高票房价值,您就得无条件地贴近、投入那个"俗",关键是怎样"俗"出水平来。对目下文化市场的"俗"的火爆,一方面固然不应"星空灿烂"地胡吹乱捧;另一方面亦无须"世风日下"地痛心疾首,特别应消除这样一种心态:计划时代您红得发紫从未觉得过分,市场时代别人红一阵子您便嫉恨交加,痛骂冷落了您就冷落了高雅、冷落了精华、冷落了艺术,甚至国家、民族、中华文化也将如何如何。

我在这儿"媚俗",绝不是鼓吹"庸俗""低俗""粗俗""卑俗""恶俗"。"俗"族也有高下之分。金庸、古龙、谢尔顿,那是"俗"之大家,那也是艺术天才。目下中国的文化市场,倒确乎是"庸俗""粗俗""卑俗""恶俗",于是俗不可耐的多了些,"俗"出审美水平的少了些。究其原委,自然是歌痞、影痞、文痞多了些,歌星、影星、文星少了些,艺术大家,尚未得见。

一些恶俗得冲破底线的行为,也确实应该抵制。

例如,有个叫马诺的曾在电视上公开声称:"我更喜欢坐在宝马车里哭,而不喜欢坐在自行车后座上笑。"这是她的价值观,是她的自由。但是从人格的角度来说,绝对不值得鼓噪、宣扬。一个除了钱什么都不认的女人,有钱人恐怕也不会把她当人,只会当成泄欲的工具。

当然，马诺有真实的一面，很多女人这样想不敢这样说。但是真实的并非值得提倡的。抢银行是一个强盗真实的念头，不能因为这个念头真实就应该肯定。

很多俗文化的内涵也应该允许人们怀疑和质询。例如，一些选秀节目展示丑陋等现象确乎不是辩护者一句人性需要就能合理化，人们有理由质问：刻意地挑逗、戏弄、张扬，欣赏人性的弱点、缺陷、残疾，将其进行商品化包装，真的是正当的追求、健康的心理吗？真的是一种青春梦幻的浪漫回归，生命欲望的正常宣泄吗？

人性有许多需要或欲望确乎需要检点，确乎应该杜绝。你想杀人放火、奸淫掳掠、抽大烟，这欲望还是趁早憋回去好。人类文明的一个重大成果，就是晚上拼命干的事，白天却能够守口如瓶。您怎能把一个众目睽睽的文化市场，变成淫乱的学习班，强盗的讲习所！

不错，需求决定供给，但那位很有名气的德国经济学家萨伊也曾指出，供给也能创造需求。多听听肖邦，肯定少几分粗俗；多看看冰心，肯定少一点儿无赖。文化市场难为文化人，也锻炼文化人，您能创造出既有市场销路又能提高品位的货色，那才真叫能耐！

说来说去，就触到了艺术的商品化。那么作为提供精神产品的文化市场，商业成功是否真的就能一俊遮百丑？究竟应当怎样评价艺术的商品化？我以为，如果将商业利润视为取舍艺术的唯一圭臬，那么最得意者便只会是一等痞子、末等文人；如果将艺术活动完全纳入市场运作的滚滚洪流，那么弄潮而不灭顶的，大概就只有毛片、黄碟、春宫图。人们常说，艺术家是"人类灵魂的工程师"，那么灵魂怎么能拿出来称斤论两地卖？你说你的灵魂多少钱一斤？人们还常说"黄金有价情无价"，艺术恰好以表现情感为天职，那么有情无价的艺术和无情有价的商品如何用一般等价物来衡量？当然，齐白石的画一尺多少多少钱，凡·高的画一锤子下来就几千万美金。但那些天价真的就体现了艺术的价值吗？凡·高的画卖不出去的时候，就真的没有艺术价值吗？这些确乎都是热衷艺术商品化的后现代们不能不正视、不能不讨论的问题。

二十五　五味令人口爽

赵士林：回过头来再看看老子的批判。"五味令人口爽"，这又是深刻的批判。

中国的文化是一种实用的文化，是一种热爱生活的文化。凡是涉及人生日用的文化，在中国都格外发达，中国人的吃，就是一个突出表现。东西南北，八大菜系，琳琅满目，美不胜收，世界上哪个民族还有中国人这样的好口福？

我们的老祖宗早就说过："食色，性也。"什么是人性？一个是吃，一个是性。这是人的根本欲望，叫做"饮食男女，人之大欲存焉"。

不光是人，任何动物，都离不开吃和性。吃维持个体生存，一顿不吃饿得慌。性呢，维持群体生存，群体繁衍要靠性。但是人的吃不同于动物的吃，人的性也不同于动物的性。动物的吃和性不过是一种生物本能，在人这里，吃和性在生物本能的基础上，又升华为一种文化。

例如一只猫，它产生性要求叫发情，不叫色，你不能说那只猫很好色，听着很别扭，是吧？并且任何动物每年只是在特定季节特定那么几天发情交配，完成生物繁衍的本能需求，这一年内，就不再干那事了。但是人就不一样了，人是一年四季没完没了。为什么？因为性在人这里已经不仅具有繁衍群体的生物意义，它更成了一种文化享受、情感享受。以后谁再说某人是好色之徒，他不应该生气，应该高兴。那不是骂他，是夸他，夸他有文化。

吃也是这样。同样是吃，人拿起刀叉筷子、煎炒烹炸的吃，和一头狮子扑向一只羚羊的吃，肯定大不一样。特别是在我们中国，更把烹调发展到了极致,甚至把它变成了一门艺术,变成了一种丰富的文化享受。中国古代,吃饭的筷子经常刻着四个字,叫做"人生一乐"。我们的老祖宗讲"美",都和吃有关。你看,中国最早的词典《说文解字》这样解释"美":"美,甘也。从羊从大。"这是什么意思?所谓"美,甘也",翻译成今天的话就是:"美就是好吃!"

"从羊从大"是讲"美"字的构成。我们来看这个"美"字,上面是个"羊"字,下面是个"大"字,这就是"从羊从大",意思是羊大为美。为什么羊大为美?羊大了肉肥,好吃,好吃就是美。直到今天,我们还把好吃的称为"美食",把会吃的人称为"美食家"。孔夫子曾经感叹:"人莫不饮食也,鲜能知味也",人都要吃饭,但是真正懂得品尝味道的人可就不多了。当个美食家也不容易。

但是,吃得过分了,就走向反面。吃不是享受了,反而成了一种折磨。西晋开国丞相何曾,"日食万钱,犹曰无下箸处",每天花上万枚钱摆下宴席,还说没什么可吃的,筷子夹哪儿哪儿烦。这哪里是享受?今天的达官贵人、富商大贾们,三日一小宴,五日一大宴,但是面对山珍海味,只是味同嚼蜡,这和一个北京郊区的农民就着大蒜狼吞虎咽地吃三大碗炸酱面,究竟哪个更诱人,哪个更是享受呢?

令人愤怒的是,有些人什么都吃腻了,就去寻求丧尽人性的刺激。您听说过吃猴脑吗?怎么吃?把活猴子装在笼子里,脖子上套上夹板,头顶的毛剃得精光,端到餐桌上。餐具是一把带尖的锤子,一只汤匙。吃法是用锤子把猴子的头盖骨砸出一个洞,再用汤匙掏里面的猴脑喝。一边是猴子的厉声惨叫,一边是嘻嘻哈哈地喝猴脑。这不是人间地狱吗?这种吃法能不遭报应吗?据说后来改良了,给猴子打麻药。这同样要下地狱呀!

还有河北某地的活剥驴皮。将驴绑在桩子上,用开水往驴身上泼,把驴毛都烫掉了,再一刀一刀地割驴身上的肉。听着就令人毛骨悚然。这不成恶魔了吗?

古人说:"君子远庖厨。"这话有人说虚伪,特别是厨师听了会不高兴。这不是在说,我们做饭的都是小人吗?你们这些君子不吃,我们干吗下厨房做呢?没有我们这些小人下厨房,你们这些君子不是要饿死吗?

但是,听了上面的吃法,就不能一味地批判"君子远庖厨"了,这里面也有很深的含义呀!

有一句话说得很好:人类一天不停止虐杀动物,也就一天不停止自相残杀。

总之,人的贪欲过分强烈了,追求享受过分扭曲了,就会走向反面。暴殄天物,残害生灵,是人的可怕堕落,它不能滋润人生,而是伤害人生。

印度圣雄甘地说得好:"自然能满足人的需要,但不能满足人的贪欲。"

二十六　食文化中的感恩

王蒙:从童年我就琢磨孔子为什么那样重视吃饭,他饕餮?他讲究?他肠胃不好?鲁迅就说过"食不厌精,脍不厌细"是胃病造成的。很可能是由于中国曾长期处于饥饿状态,有几人能像孔子那样一丝不苟地进食呢?

后来在世界各地旅行,我发现了宗教信徒们对于吃饭的重视。他们是将吃饭作为感恩大典来处理的,饭前饭后,都有祷词。那么,无神论者有没有在吃饭时的感恩心情?当然有。没有比吃饭更能体会到世界的可爱的了。世界、自然、天地、动物、植物、矿物提供了食物链,尤其是给人类给你我提供了荤素食品、菜肉主粮、维生素矿物质、医用食品药品等,无神论者用餐前后,同样应该感恩世界,尤其是感恩劳动,感恩劳动人民,感恩衣食、父母、亲友、家属、厨工。

赵士林:日本人吃饭前也有这么一个感恩的心态,甚至仪式,就像基督徒的餐前祈祷。昨天还在海里游的,还在地上长的,此刻,却为了延续我们的生命,来到了我们的餐桌上,我们要感恩自然,敬重万物。

王蒙:中国人对文化的解释是以文化人。感恩是一种仁爱与礼敬的文化。既然人们在餐饮中得到了受用感、喜悦感,也就必然有欣赏的美感与礼敬的感激。美化用餐环境,美化用餐程序,美化用餐举止,美化餐饮过程中的交际与亲友来往。在一些重要场合隆重用餐,在节日,在外交场合与会议场合、典礼场合用餐,这是道法自然,这是美好文化。

同时,奢靡用餐,酗酒用餐,拉拢狐朋狗友的用餐,进行见不得人的交易的用餐,胡吃海喝的用餐,损害珍稀生物的用餐,也反映了不文明、不道德、不知自爱自律的丑恶一面。

用文明、文化、审美态度、礼敬规则、行为尊严来调节与美化、提高、优化生活的一切方面,这当然是应有的人生。

中国人的文化性格

一　说　糊　涂

王蒙：郑板桥的"难得糊涂",有玩世不恭的无可奈何,还有一个意思就是,世界本来混沌一体,条分缕析的结果只能使人类的认知更加靠不住。它有一种特殊的魅力。想起太一、合一、混一、一切的一与一的一切,这些具有中国传统特色的说法,你会沉醉于这个一即多、多即一的众妙之门。同时你也会想到,我们长久的历史中科学没有取得长足发展,说不定与这种混沌主义有点关系。

赵士林：您这个看法又触及两个十分重要的问题,一个是哲学认识论问题,一个是中国文化的问题。就前者来说,远的不说,现代哲学已经颠覆了启蒙运动以来的理性乐观主义,从维特根斯坦到海德格尔都在检讨理性的局限性,语言的失效性,海德格尔对禅宗的关注、对铃木大拙的欣赏,表明他认同直观顿悟的重要性。究竟是理性逻辑还是直观顿悟更能接近和体认世界本质,还真的不好说。但另一方面,不能不承认,中国文化的思维模式,从道德伦理、实际生活到审美艺术体现的思维模式,重混整把握轻具体分析,重了悟轻思辨,重直观轻逻辑,重模糊轻清晰,重大体轻精确,重实用轻实验,重功能轻本体,重神似轻形似,重抒情轻再现,直接地阻碍了科学意识的形成。这不能不说是一个遗憾。

王蒙："难得糊涂"的含义比较多。一个是自己没有办法,不能较真较劲,只能退而求安生。屠格涅夫的《父与子》当中,说到一个官员喜欢调侃年轻的小吏,他会故意说一句糊涂话:"今天是星期日吗?"其实,他明明知道那一天是星期三。小吏不敢怠慢,便说:"大人,您老说错了,今天是星期三啊。"大人大笑,问道:"自作聪明的小伙子,你当真以为我不知道今天是星期三吗?"(大意如此)如果再一次碰到这样的情况,小伙子该怎么办呢?应该是哈哈哈哈,这个这个,嘿嘿嘿嘿就行了。生活中这一类需要糊涂处理的例子也很多,比如我见过一个大人物指着一个年轻人说:"他是我的老师,他教给我葡萄牙语。"年轻人面红耳赤,不敢承认也不敢不承认,只能口齿不清地含含糊糊,敷衍了事。

严肃得多的则是一些问题的处理,所谓不了了之,所谓大事化小,小事化无,所谓宜粗不宜细,所谓化解矛盾,所谓先挂起来,都需要隐隐约约地把郑板桥请出来帮忙。《红楼梦》里平儿最感人、服人的是她对于玫瑰露失窃问题的处理,明明是赵姨娘、贾环搞的鬼,为了不伤探春的面子,她请出宝玉大神出来承担责任,以至于林彪都批注要向平儿学习。

二 重情轻理

赵士林: 这和中国文化的重情轻理有关。从思想类型的角度看,人情高于法律,正是儒家渗透法家的结果。董仲舒的所谓"春秋决狱"遵循的就是"人情高于法律"。伦理至上、"原心论罪",乃至形成"诛心""腹诽"的弊端。甚至海瑞这样的大清官判起案来也不讲法律原则,而是强调传统伦理,公开主张,叔叔和侄子来打官司,肯定向着叔叔。清代的例子,兄弟争财产到县衙打官司:县官不审案,不问谁是谁非,而是命令哥俩互相呼叫,哥哥呼:"弟弟",弟弟呼:"哥哥",还没呼上五十声,哥俩儿都已经泪下如雨,于是自愿撤了诉。县官处理这个案件的原则是不能"为身外之财产,伤骨肉之至情",

这是不讲法律讲亲情,也不能说没有一点道理。中国古人讲"合情合理""合乎情理",意思是理和情都要讲,甚至情超过理。人情社会,其来有自啊!

对于不讲原则、灵活多变,我们有个好听的说法,叫行"权"。从孟子开始就宣传这个行"权"。"男女授受不亲"是礼,是原则,但是嫂子掉进水里了,伸不伸手救她?伸手救她就坏了"男女授受不亲"的礼,就坏了原则。那么见死不救吗?那是自己的嫂嫂啊!孟子的看法是,嫂溺不救是禽兽,坚持"男女授受不亲"的礼是原则,那时候叫"经","嫂溺援之以手"是"权",所谓权衡具体情况,灵活处理。不懂这个"权",不行这个"权",机械僵化地拘守"男女授受不亲"那个"经",你就是畜生了。

这个也显然有道理。

但是,任何思想观念、文化主张,在流布的过程中总有走形,总有扭曲。权变的流弊所在,就是处事圆滑比坚持原则更有市场,明哲保身比仗义执言更受欢迎,爱讲面子不顾真相,喜徇私情不重公义。因此,儒者多公孙弘,少方孝孺;君子儒少了些,小人儒多了些。

三 说闲适

王蒙: 有一些追求超拔或仕途上不得意的中国文人,渐渐创造了"闲适"一词。闲适,是一种诗词作品的风格,也是一种人生风格。闲适还常常包含离世入山、天人合一的意趣。"采菊东篱下,悠然见南山",陶渊明开辟了闲适的意境。"众鸟高飞尽,孤云独去闲""问余何意栖碧山,笑而不答心自闲",李白的闲适显得孤高自傲,还有自鸣得意。苏东坡说:"用舍由时,行藏在我,袖手何妨闲处看",他引了孔子的话,却改变了孔子的原意。把孔子的韬光养晦、待时而动变成了袖手旁观的闲适美学。

还有像"黄金难买一生闲""偷得浮生半日闲""长爱街西风景

闲""几时抛俗事,来共白云闲"一类诗句,都闲适得很福气也很美丽。一个相对停滞的封建社会中,玩味调门不高、无伤大雅、逍遥自在、与世无争的闲适美学,倒也不失清雅。

民间也讲闲适,例如北京四合院的规格是"天棚鱼缸石榴树,先生肥狗胖丫头",还有打油诗"万事不如牌在手,一生几见月当头"。这样的闲适,可能走向空虚、懒惰、自我枯萎、自我扼杀。

有时,闲适是乱世的一种精神准备,也是入世的一个准备。例如日伪时期,梅兰芳蓄须明志,程砚秋乡居务农。

赵士林:您这是对闲适的不同层面的解读,从文人到民间,从美学到民俗,从人生态度到政治气节,一个闲适,让您找出这么多意思,够可以的!应该说是深入细致,耐人寻味。谈到闲适,我想起旧小说开头时常引的一首诗:"铁甲将军夜渡关,朝臣待漏五更寒。山寺日高僧未起,算来名利不如闲。"

大将军何等威风,但是半夜了还得披星戴月过关赶赴战场;朝廷的大臣何等神气,但是天还没亮就得顶着寒风赶到朝堂等待上朝。但是你看那庙里的和尚,太阳都照屁股了,还在睡懒觉。这样看来,名呀利呀,哪里比得上一个"闲"字!

这个闲有人认为比较消极。其实从挣脱名缰利锁的角度看,它体现了对自由的向往。

我更有兴趣的是你对闲适的审美价值的分析。谈到闲适与审美的关系,似有更深一层的含义值得讨论。

审美说到底是一种从容不迫的超越利害的人生境界,需要的恰好是"袖手旁观"。一个紧张的时代,一种疲于奔命的生活很难进入审美境界。人们常说的审美距离,就是养成一种悠闲的心境、超然的心态,这样人生才能意味隽永,进入美的境界。中国古人用一个"闲"字,十分精当地道出了这个境界。

您提到李太白的《山中问答》:"问余何意栖碧山,笑而不答心自闲。桃花流水窅然去,别有天地非人间。"这个"闲"字用得非常妙。

它所呈现的就是一种审美的从容和悠闲。

但是"闲"字还别有深意。

宋代大儒程颢有"闲来无事不从容,睡觉东窗日已红"。这个"闲"绝对不是像浪荡子弟那样游手好闲。程颢另有一首诗曾经专门作出说明:"云淡风轻近午天,傍花随柳过前川。时人不识余心乐,将谓偷闲学少年。"这个"闲"不是中学生逃学去网吧玩儿,也不是公子哥儿不务正业整天钻花街柳巷,而是人生修养达到一个很高境界,和天地自然融为一体,身心均处于审美的快乐中。因此,才有悠闲自得、从容不迫;因此,才能"睡觉东窗日已红",也就是自然醒,不做梦。庄子说"至人无梦",佛祖也不做梦,修养高的人都不做梦,至少不像我们常人一样,总做梦,还常做噩梦。为什么?因为他没有欲望折磨自己。

总之,闲的意思是人生不要患得患失、紧张焦躁、总是处于读秒状态。竞争社会当然不能不打拼,但是也不能不时时跳出这个打拼,调整心态,所谓"磨刀不误砍柴工"。古人云:"偷得浮生半日闲",一个"偷"生动地道出了"闲"的难得。张弛有度,刚柔相济,进退有据,能屈能伸,用道家精神做儒家事业。这都包含着"闲"的道理。儒家让你投入这个世界,拯救这个世界,具有一种宗教般的献身精神,固然崇高伟大。道家让你跳出这个世界,和它保持一点距离,把一个紧张的人生化成一个轻松的人生,化成一个审美的天地,也不能说没有道理。尼采就说,对于人生,你若从现实的角度去看,真的是罪恶丛生,悲惨得无可救药;但是你从审美的角度去看,又是一场赏心悦目、惊心动魄的大戏。

陶渊明的诗说得好:"心远地自偏"。人生要拨开滚滚红尘,才能领略清风明月;跳出花花世界,才能见到朗朗乾坤。总之,把利害盘算放在脑后,和它拉出个距离来,才有闲适的心情,才能无事不从容。

王蒙:我还想起我自己的故事。1997年在北戴河的"创作之家",我写了几首关于游泳的诗,其中有一句"身轻涛可枕",李凖(李准)兄看了,建议我将"轻"字改为"闲"字,并且强调说:"我们不轻"。我接受了他的意见,他是我的"一字师"。另外,他因为与评论家李准重名而十分无奈,不开心,我建议他改写繁体的"凖",他也接受了,还了他的一字之情。

当然,闲与忙也是有无相生的关系,一生只闲不忙,也很恐怖,它通向空虚与犯神经。

闲适文化之可爱不是不可忙碌,而是减少焦虑、减少钻营,尤其是减少社会政治投机。例如,为什么有的政治运动中,"逍遥派"反而受到好评?因为确有人投机行事,罔顾事实,充当打手,他们想的是能一本万利,跟对一次,连升二十八级。闲适中的懒惰因素,不甚可取;闲适中的养生期待,则必须与身心锻炼结合起来;闲适中的清高因素、智慧因素、有所不为因素,或有值得汲取处。

正像万物生于有,有生于无一样,心生于闲,闲生于忙。诸葛亮"大梦谁先觉?平生我自知。草堂春睡足,窗外日迟迟"的结果却是"三顾频烦天下计,两朝开济老臣心",把自己活活累死了。

新中国成立初期,宋庆龄曾赴印度访问,当时的印度领导人尼赫鲁致欢迎词时说:"夫人,我们一直注视着,你说什么,不说什么,做什么,不做什么……"这个不说不做的重要意义的表述如果能与道家学说与闲适文化联系起来,有点意思喽!

赵士林:"闲"往深了说是忘却,是跳出,是退让,是谦卑;是虚怀若谷,是无适无莫,是无欲无求,是急流勇退;是做减法。人生某些时候、某些情况,做减法比做加法更明智,更有利,更有价值。像范蠡、郭子仪都是善于在政治上做减法的人。因此,能避免功高震主遭到忌惮,能全身而退。

王蒙:我还要加一句,中国文化不单一,要什么有什么,例如鞠躬尽瘁,死而后已,例如肝脑涂地,国人闲起来,忙起来,狡猾起来,赤诚起来,都不是善茬。

四　说汉字

王蒙：汉语尤其是汉字,太有趣了。汉字大概是世界上唯一还活着的同时表音、表意、表形、表关系的文字,十分发达,十分包容。汉语的字词不但能标志一个对象本身,而且还表现着这个对象和其他对象的关系。比如说牛,表现的是一种动物,同时它分化出公牛、母牛、小牛、牛犊或犊牛、黄牛、水牛、牦牛、乳牛、耕牛、种公牛。它又延伸出牛奶、牛油、牛皮、牛肉、牛排、小牛肉、牛鼻子,它还派生出蜗牛、天牛、吹牛或吹牛皮等。而英语中只能用表达大牲畜的 cattle 来表达牛,用 bull 表达公牛,用 cow 表达母牛,用 beef 表达牛肉,用 milk 表达牛奶。维吾尔语则是 kala（牛）、bughuz（公牛）、siri 或 inak（母牛）、sut（牛奶）。从英语和维吾尔语中你看不到公牛、母牛和牛的关系,看不到牛奶和牛的关系。我的意思是,汉语字词本身的结构已经对世界进行了高度的概括、综合、分析、考察。

赵士林：您这番分析已经不仅是一位作家对汉语的感受,还是一位语言学家对汉语的学术考察。当然,从作家到语言学家应该是顺理成章的。因为汉语是你们吃饭的家伙,毕竟是你们这些作家对汉语特征的感受最强烈、最细腻、最深入,也最全面。我知道,一个意思如果有二十种汉语的表述方式,您总能找到最合适的一种。我还知道田大畏——田汉的儿子,他也是个著名的翻译家,《古拉格群岛》的译者,他对我说,您是个语言天才。汉语让您用得出神入化不用说了,英语恶补恶补就能上央视九套做英语节目,当年发配新疆,竟然还学会了维吾尔语,这些我都自叹弗如。

我是中文系出身,对汉语这个母语当然也强烈地感受到它的美,它的无穷韵味。如果说中国文化是一种审美型的文化,那么它离不开汉语的特点。您上面举的"牛"的例子,恰好是汉语的直观性、形象性、综合性的体现。

说起汉字,我倒想起"五四"时期新文化运动废除汉字的主张。当时,汉字被称为野蛮文字、劣字,钱玄同、吴稚晖主张废除汉字,最为激烈,鲁迅说汉字是中国文化的"结核",可怕的遗产。傅斯年甚至胡适这样较持重的学者也都唱衰汉字,主张用拼音文字取代汉字,走世界语的道路。甚至新中国成立初,毛泽东也主张走拼音文字的道路。当然走不通。汉字没有废除,世界语也没人提了。

王蒙:旧中国只有少数人识字,文字具有稀少而为贵、繁复而为神、精英而为圣的特征。传统讲究爱惜字纸,这是中国独有的特点。强调白纸黑字的严肃性,一直到以字辟邪、测字占卜等等。将文字的能力伸向终极,伸延到神学、信仰、崇拜也就走向迷信。中国的精英们喜欢对于字的崇拜,寻找概念神。你看《淮南子》讲仓颉作书,"天雨粟,鬼夜哭"。文字的创造竟然是惊天动地的大事。

赵士林:敬惜字纸,这确乎是中华传统文化的一个鲜明特征。今天的人一张纸上写了几行字写错了揉吧揉吧扔了,书籍报纸到处乱扔,这是西方的习惯,所谓欧风东渐的产物。古人如果看到会很痛心!爱惜字纸实际上就是敬重文化,珍惜文化,但是太上纲上线也不可取。例如认为:"污践字纸,即系污蔑孔圣,罪恶极重,倘敢不惜字纸,几乎与不敬神佛,不孝父母同科罪。"这也恰好是"五四"主张废除汉字的重要原因。今天看来,废除汉字的主张自然十分莽撞可笑,但是当时主张废除汉字却是整个清算传统的新文化运动的组成部分,这和汉字的特点恰好有关。

汉语和西语的一个最大区别是,汉语以文字为中心,西语以语音为中心。以语音为中心的语言,文字只是音响的记录,像索绪尔说的,能指和所指、所指和对象没有内在联系,它们的关系是偶然的、外在的、约定俗成的,没有道理可讲的。它真的是纯粹的符号。

汉语的文字就不一样。文字不只是一种外在的符号,也是一种文化的载体。这就是所谓的以文字为中心。象形、指事、会意、形声,像您所说的,它是表音、表意、表形、表关系的文字,它和对象之间的关系是内在的,它自身就蕴含着文化信息。西语的文字和对象是断裂的,汉语的文字和对象是内生的。这就是反传统必须要反汉字的原因。

汉字遭到抨击还有一个原因,当时主张废除汉字的人指出,汉字难认、难记、难写、难排印,不利于教育、科技和文化的普及与发展,因此鲁迅才说是可怕的遗产。今天看来,汉字的计算机应用问题都已经解决得很好,"五四"先贤指出的很多问题已经不是问题。

但是,从文字的功能来看,如果将文字定义为以传播信息、贮存文化的符号,似应遵循最简原则、易把握原则、易流传原则。所以汉字不能不一再简化,不能不辅之以汉语拼音。

关于承载思维的功能,有人认为英语作为印欧语系的屈折语,语法发达、词汇量丰富。中文作为汉藏语系的孤立语,只能以词序和虚词作为语法手段,没法组织长句子。英语有严格的结构,汉语则随意性强,王力先生曾说:"就句子的结构而论,西洋语言是法治的,中国语言是人治的。"因此,英语更适于科学思维。

当然也有争论,有人认为汉语是汉字排列组合形成的语言,使用词根复合法,一个词根可以形成很多词,像您举的"牛"的例子,英语却需要重新造词。所以,从学习使用的角度看,汉字更有效率。再经历几次科技大爆炸,估计英语的词汇量会达到几十万上百万,更难把握了。但是汉语只要掌握几千个单词就足以应付各种需要。

王蒙:我也曾经是汉字拼音化的信奉者,但是人工智能与信息产业的发展使人们对汉字的认识进入了新的天地。汉字在近百年的风风雨雨中,经受住了考验,也焕发了新的生命力。淘汰汉字的思路已经被历史所淘汰,汉字汲取着也消化着各种语言文字的外来影响。与白话文同时兴起的标点符号非常好用,各种新词也很好用。

汉字的视觉意义是拼音文字所没有的,各种印刷体,各家各派书法不仅有书法意义也有思维意义。我的感觉是汉字是中华文化的基石。李白的诗用拼音文字书写"chuangqian mingyue guang, yishi dishang shuang",我不相信你还能保持对于李白与唐诗的感觉。

五 警惕文化自大

赵士林：书法当然是中华民族可以引为骄傲的艺术,它把文字从实用工具上升为艺术的创造,每一个字都是一个精神世界。西语当然也有书法,各种艺术体也是五花八门,但和中国的书法确乎不可同日而语。汉字的视觉意义,和它的造字原则有内在联系。象形文字更能直接地导致形象性、形成意象性,视觉的美感和意蕴是水乳交融的。关于汉语和西语的争论不去管它了。我认为,对本民族的语言情有独钟可以理解,汉语也确乎是一种优美的语言。它的灵活性、多义性恰好可以形成丰富的审美意象,元音占优势,元音属于乐音,也使汉语抑扬顿挫,更有音乐性。但是,珍视本民族语言的同时,不能非科学地贬低其他民族的语言。在文字问题乃至其他文化问题上,既不能妄自菲薄,也不能妄自尊大。前段时间网上传得很广的一首英文诗被翻译成多种诗风的汉语版本,借此讽刺英语表达贫乏,汉语表达丰富。这个就很无聊,也很无知。其实英文原诗是非常朴实、韵味淡雅的诗,我们这儿又是《诗经》风格又是《楚辞》风格,又是这个体又是那个体,且不说不符合《诗经》《楚辞》的格律,这种翻译完全是一种过度翻译,和原诗已经相去甚远。其实就是一种恶搞,还得意扬扬,未免煮鹤焚琴了。如果我们的"春眠不觉晓"被人家这么恶搞,我们什么感受？再说,不懂英语的人怎能体会英语诗歌的优美？你读得懂莎士比亚的十四行诗吗？你能领略湖畔诗人的意境吗？那和我们的唐诗宋词是一样的美。

王蒙：贬低其他语言文字,真是愚蠢无知、丢份儿可怜。多学点与母语不同的语言,其乐无穷,其音如乐,其味如域外佳肴。

国人对于汉字的喜爱本身就极可爱,但是,本来语言是客观与主观世界的符号,文字是语言的符号,反过来,文字主宰了语言,语言主宰了认识与思想,例如"名教",这也是一种"倒逼"现象,既充满文化意趣,也不无文化的专横。

六　中国人眼中的群体和个体

赵士林:中华传统文化的代表形态儒家是一种伦理政治学,它把群体的和谐视为最高境界。所谓君子、大丈夫、圣人的人生境界的不同层次完全依据对群体的贡献大小。孟子批评杨朱和墨子说:"杨氏为我,是无君也;墨氏兼爱,是无父也。无父无君,是禽兽也。"

孟老先生一着急就骂人,他之所以骂杨朱和墨子是禽兽,是因为杨朱讲为我,是无君,也就是不要政府;墨子讲兼爱,是无父,也就是不要人伦。不要人伦,不要政府,也就是拒绝伦理规范群体秩序,因此就是禽兽。其实,孔子早就表达了同样的意思。他说:"鸟兽不可与同群,吾非斯人之徒与而谁与?"意思是,我又不是鸟兽,不和人打交道和谁打交道呢?孔老先生比孟老先生温和,他不像孟子那样骂人,但这句话的意思是一样的,也是不承认人类群体,拒绝这个群体,就是禽兽。

就连道家的庄子这位最崇尚个人精神自由的思想家,也从自然主义的立场承认,群己关系的问题不能回避,认为人伦关系"无所逃于天地之间",主张"与人群合一"。

王蒙:西方近现代价值观念中,将"人权"置于极其重要的地位。有趣的是,中华传统文化中,强调的不是人的权利,而是人的责任和义务。儒家讲的君君、臣臣、父父、子子强调的是君有君的责任和义务,臣有臣的责任和义务,父子、夫妻、兄弟、师生、朋友,各有各的责任和义务。义务来自身份,来自"名",必须"正名",而名,来自人与人种种不同的关系。远远不只是群体与个人的关系。例如传统将"孝"强调得极高,至今不绝,它当然不是与群体的关系。墨子强调

"兼爱",爱群体中的每一个人,反被孟子斥责为"无父"。

赵士林:中国近代以来,特别是五四新文化运动以来,个体意识开始觉醒。"五四"反传统的伦理诉求激烈批判传统社会对个人的全方位压抑,强烈伸张个体权利。当时高举科学和民主大旗,主张全盘西化,都以西方的现代转型为支援意识,陈独秀所谓伦理觉悟是最后之觉悟,最强烈地呼吁"独立、自由、平等"。胡适则斩钉截铁地指出:"现在有人对你们说:牺牲你们个人的自由,去求国家的自由!我对你们说:争你们个人的自由,便是为国家争自由!争你们自己的人格,便是为国家争人格!自由平等的国家不是一群奴才建造得起来的。"

王蒙:值得思考的是,个体意识的觉醒与五四新文化运动有关,国家民族意识,也恰恰是五四运动的根源与果实,想想"五四",从何而来?恰恰是操纵巴黎和会的帝国主义列强支持日本接收战败国德国在山东的特权造成的。"五四"同时是反对帝国主义的运动,爱国主义的运动。爱国、反帝、德先生、赛先生,更不要说社会主义、共产主义了,都是经过"五四"才成为中国的潮流的。此前的朝朝代代从黄帝到大清,有过认真的群体意识、国家意识、民族意识、阶级意识吗?

"五四"前的反帝壮举,不能不提到义和团,那是比较原始的反抗,它不是来自群体意识。

说来有趣,反帝思想相当程度上正是我们从带有帝国主义色彩的欧美学来的,当然反帝反殖,也与中华传统的诸如"华夷之辨"的说法渐渐结合起来了。

七 两个"五四"

赵士林:其实有两个"五四":一个是新文化运动;一个是爱国运动。前者要更早,最晚从一九一五年《新青年》创刊开始,更早甚至可追溯到一九〇七年鲁迅发表《摩罗诗力说》。后者则以一九一九年五月四日北京学生上街游行抗议巴黎和会为标志性事件。前者重心在个体觉醒,后者重心在民族意识。当然两个运动后来也有合流。

从政治维度考察,群己关系主要就体现为个人和国家的关系。中国先哲早就强调,要防止拥有国家权力的统治者对民众个人权益的侵害。例如,周代初年就已出现的政治理念:"天视自我民视,天听自我民听",颠覆了传统的天命观,将天命落实到民意,和西方的"神之声,民之声"异曲同工。特别值得注意的是孟子的原始民主思想。孟子曾经十分具体地设计过民主决策的程序。他指出国家作出重大决策,不能由国君说了算,也不能由大臣说了算,而应该依据国人的意见。战国晚期,灭亡前的齐国还曾发生惊心动魄的一幕。齐王建要出访秦国摇尾乞怜,刚出宫门就被守门官横戟拦住,这位守门官质问齐王:"请问我们是为了社稷立王,还是为了大王您个人立王?"齐王答道:"当然是为了社稷立王。"守门官又问:"既然是为了社稷立王,大王为什么要抛弃社稷朝拜秦国?"齐王无言以对,只好掉转马头回宫。

社稷也就是国家不是统治者的囊中私物,这是一种宝贵的国家观念。

八 关于皇权

王蒙:读读中国历史你会发现,真正做到将社稷变成囊中私物,能够任意揉捏、宰制的帝王数量有限,与大权旁落、窝窝囊囊、只能充当傀儡或被政变、被推翻、死于非命的皇帝数量差不多。

更多的情况下,皇权在中国形成了一种文化,皇权本身也受它的制约。你看黄仁宇写的《万历十五年》,再看看贝纳尔多·贝托鲁奇导演的《末代皇帝》,就知道皇帝要受多少文化、礼法、规矩、观念的管束,尤其年轻的时候,他们的一举一动都会受到矫正。

从韩愈时期中国就出现了"道统"观念,韩愈认为"道统"高于"治统"或"政统"。后来的"宰相之用舍听之天子,谏官之予夺听之宰相,天子之得失则举而听之谏官;环相为治……"的说法就更完备了。(是吕坤的话吗?)当然这些思想并没有完全实现。世界上各种政治理论、政治信念、制度追求、制度设计,又有几个是百分之百地实现了的呢?

读一下黄仁宇的《万历十五年》、卜键的《明世宗传》,就会知道在中国当皇帝办事有多困难了。说中国皇帝没有监督与制约吗?不是的,有文化、道德的监督,有大臣特别是谏官的掣肘,有天道的说法,如果一个皇帝被扣上了"无道昏君"的帽子,会是什么下场,还需要说明吗?

古代中国认为权力必须具有合道性,现代世界则讲权力的合法性。当然,道不如法明晰、具体、详尽,但是道与无道的说法,仍然不可小觑。

赵士林:"宰相之用舍听之天子,谏官之予夺听之宰相,天子之得失则举而听之谏官;环相为治……"这段话不是吕坤讲的,是王夫之讲的,出自他的《宋论·仁宗》,意在批评宋仁宗改变了宰相领导谏官的制度,自己直接领导谏官,导致宰相和谏官发生矛盾,朝政混乱。

由于宗法社会结构、伦理政治型的社会模式,中国古代的个人权利意识十分薄弱,群体压倒个体甚至吞噬个体。中国古代当然也不是没有个人自由的观念,前面讲过,道家一系特别是庄子就强调个人自由,但这种个人自由和现代社会的个人权利意识是两回事。庄子伸张的"逍遥游"是一种对政治绝望、对社会绝望的精神逃离和超越,和现代社会争取个人政治经济权利完全是两回事,尽管从前者也可以引出后者。

九　法家的"法"

王蒙：传统上我们是苦练内功的文化，是心功文化，是面壁修行的文化。庄子并没有提出自由的追求，他提的一个是"逍遥"，一个是"无待"，一个是"无用"或"有用无用之间"，一个是"全生"，一个是"天年"。就是说，虽然身份可能低下，但眼光远大，心胸开阔，无求于人、于环境、于地位，不惊不惧，不为权力所用、所束缚，而且全生、天年。

那时，中国士人的选择空间极其有限，不入仕则归隐。能够有机会入仕的人员有限，其他混搭于市井、于乡土、于山林。归隐的人有着怀才不遇的挫折感、失败感，就更需要精神的自救与自豪，其中一个思路就是庄周，用文学，用至人、真人、神人的遐思，用齐生死、齐进退的高论调节自我。

庄子不仅是对政治绝望，对一切名利得失、争论辩白、技能学问、财富地位，都表示了贬低与抹杀。

现代的"自由"一词，大大增加了法治与人权的色彩，更是庄子避之唯恐不及的了。

赵士林：中国古代缺乏古希腊那种强烈的个体政治权利的观念，也没有古希腊那种民主模式。中国的法律制度，一开始就是统治术，根本谈不上对民众个人权益的保障，这种性质在法家的文献中表现得最充分。战国初期法家鼻祖李悝写的《法经》，讲的全是"盗法""贼法""捕法""囚法"等，有刑法而无民法，不像西方古希腊的梭伦立法，明确地载有对公民（自由民）政治权益的保护条款。法家尽管对法律公平的阐释很有贡献，但是所谓"法""术""势"的法家三件套完全是统治术，和现代法治有根本的区别。即便是汉代以后援儒入法，儒家礼教改造了法家的法制结构，古代法制的这个性质仍然没有根本改变。

关于法治的问题,一直有一个误区:有法必依、执法必严、违法必究,就是现代法治。其实未必。这三条只是现代法治的必要条件,也就是无之必不然,有之不必然。如果说,有了这三条就是现代法治,那么中国从秦朝开始就是现代法治。秦朝专任法家,绝对地有法必依、执法必严、违法必究。从大秦律到大清律,都是有法必依、执法必严、违法必究,但那能说是现代法治吗?当然不是。为什么?现代法治除了上面这三条,还有两条,那就是:第一,法律之上无权力,这样才能保证法律面前人人平等,也就是法律的生命线——公平。古代法家倡导的法制恰好是法律之上有权力,那就是君王,法律说到底不过是君王统治臣民的工具。商鞅"弱民""贫民"等提法和举措最为极端。因此,魏晋名士阮籍说"坐制礼法,束缚下民",礼呀、法呀,都是制定出来收拾老百姓的。明代改革家张居正都说:"法之所加,唯在于微贱,而强梗者虽坏法干纪,而莫之谁何。"法律约束的就是弱势民众,权贵阶层有背景的等等,法律是无可奈何的。第二,现代法治要求立法精神依据公民意志,而古代法家的法律,不过是统治者为了稳定自己的统治采取的政治手段,根本谈不上体现民众的意志和愿望。

王蒙:历史上许多帝王实际采用了法家的一套主张与谋略,但较少太公开的张扬,原因在于法家专门为权力出谋献策,而不考虑被权力统治下的百姓的利益。相反,孟子强调,得民心者得天下,强调民为贵,强调王道、仁政;孔子强调为政以德;老子强调"圣人无常心,以百姓心为心"。司马谈的说法是:"法家不别亲疏,不殊贵贱,一断于法,则亲亲尊尊之恩绝矣。可以行一时之计,而不可长用也,故曰'严而少恩'。"

司马谈的评语很公道,法家主张对于权力系统来说,很实惠,能收效,所以可以行一时之计,但是无长久之用,因为它很难得民心,它会出现如你说的负面后果。

虽然在中国20世纪70年代也做过较多的关于法家学说的正面

弘扬,但其影响有限,现在已经被几十年时光淘洗殆尽。至于说以现代的法治思想、民主的法治思想,更不要说以社会主义的法治思想来推敲法家学说,更是无从谈起了。

至于对阶级社会的法的批判,最严厉的还是马克思、列宁,他们强调法律、军队、整个国家机器,是阶级压迫的暴力工具。

十　封建皇帝:个人还是符号

赵士林:其实,早在明末清初,有识之士就对群己关系的扭曲提出了犀利的批判。例如黄宗羲从批判君权出发,揭示了群己关系的一个重大问题:统治者利用手中的权力化公为私,也就是强势个体以群体名义剥夺弱势个体。黄宗羲抨击当时的皇帝是"使天下之人,不敢自私,不敢自利,以我之大私为天下之大公"。

天下每一个个体都不敢自私自利,也就是都不敢维护自己的权益,而以皇帝的"大私"冒充"大公",也就是以私为公,化公为私,群己关系完全扭曲,处于紧张的对抗状态。这种"家天下"的政治蜕化较之春秋战国时代的政治理念都是一个大倒退。

就连挺身而出维护传统文化价值的梁漱溟也沉痛指出中国传统社会的弊端:"第一层便是有权、无权打成两截;第二层便是有权的无限有权,无权的无限无权。""中国人不当他是一个立身天地的人。他当他是皇帝的臣民。他自己一身尚非己有,哪里还有什么自由可说呢?皇帝有生杀予夺之权,要他死他不敢不死,要他所有的东西,他不敢不拿出来,民间的女儿,皇帝随意选择成千地关在宫里。他们本不是一个'人',原是皇帝所有的东西,他们是没有'自己'的。"

王蒙:问题在于封建社会的皇帝也不是一个个人,而是封建权力的符号,又是家国、民族、地域与天下的符号。只消看看听听各种正史、野史、故事、演义便会明白,封建社会对独立的人格犯下了多少罪行。但同时中国的封建社会又积累下文化,积累下国家民族的历史业绩,所以一味批判否定也不足取。所以中国反封建是重要的革命目标。所以,即使封建社会,中国还有对于"道统""天理"的强调,有对于士大夫的使命的研讨,有对于"富贵不能淫,贫贱不能移,威武不能屈,此之谓大丈夫"的豪迈言论,还有自身的文化积累、文化精华、文化传统。如果简单地以姓"封"为由一笔抹杀,其实与以姓"资"为由抹杀另一类文化,有思路相像处。

十一　科学型的文化和实用型的文化

赵士林:有人质疑中国文化主张的"天人合一",天和人怎么合一?老子不是说过吗?"天地不仁,以万物为刍狗。"天人合一的自然观、宇宙观根本就不科学。

科不科学?当然不科学。中国文化有很多概念、很多范畴、很多说法,可能都经不起科学的拷问。为什么?因为中华传统文化根本就不是一种科学型的文化,它是一种实用型的文化。

什么叫科学型?什么又叫实用型?科学型的文化或曰科学精神可以用一句话来概括:对天地万物,人间万象,知其然还要求其所以然,打破砂锅问到底。西方文化从古希腊开始,体现的就是这种科学精神。例如古希腊第一位伟大的哲学家泰勒斯,天天在琢磨:天地万物为什么这样存在?它的本原是什么?他最后得出结论:天地万物的本原是水。这个结论对不对?反正很多人不同意,有人说是存在,有人说是阿派朗,有人说是原子,有人说是火。具体的结论都不一样,甚至都可能是错误的。但是,就是在这种追索的过程中,培育、形成了西方文化的科学精神。这个科学精神非常伟大,它是西方近代走在世界前列的最重要的原因之一。

实用型的文化则不然。实用型的文化或曰实用精神也可以用一句话来概括:知其然不求其所以然。中国古人十分重视人生日用,强调"道在伦常日用中""人伦日用即道",因此实用技术很早就发达起来。如李泽厚师所总结的中国四大实用文化：兵、农、医、艺，很早就形成、发展，并具有自己的宝贵特色。但是，对于天地万物背后的原理，对于"然"后面的"所以然"，中国人则很少问津，没有兴趣。不仅如此，中国文化还排斥追究所以然的科学精神，认为"没有用"。

十二　怎样理解"天人合一"

王蒙：传统文化的特点之一是墨子提出的"尚同"。尚同原意是众臣要同于天子，天子要同于天，那么"天人合一"的说法不难理解。不仅是天与人有一致性，世界万物都有一致性，一致性就是道性，就是统一性。古人认为天与人结构有一致性，天有日月，人有双目；世有草木，人有毛发；世有江河，人有血脉；等等。而儒家更加强调的是性善，善性就是天性，就是天道。孝悌是天生的先验的，又是需要教化的。那么天、人、文、教合一。而"道之以德，齐之以礼"，说明天、人、文、教与政事也是同一的。天、人、文、教、政都统一了，那就是"为政以德，譬如北辰，居其所而众星共之"，与众星合一。小时候天然孝悌，长大了天然忠信，各种美德也是合一的。这不就是天道了吗？姚雪垠的《李自成》里李的谋士牛金星大讲民心就是天心，民也认进去这个同一了。连音乐也是天地之和，天、地、人、民、道、德、孝、悌、忠、信、文、教、政、兵、礼、乐……不就都同一了吗？

这是教育纲领，这是圣人的高屋建瓴、势如破竹的理想，这是世界观，也是一种信仰。其后的一切功业、一切学说、一切责任，都是诉诸天良。

同时，大家都合而为一，才能天下太平。这是一切的一。同时是一的一切。一囊括了多，三生万物了，一才有了力量。多建构了一，多才有各自的生长发挥。这是进一步的理想。

现在越来越多的人欣赏"天人合一"的说法，主要是受了环境概念与环境危机的影响，越琢磨越觉得"天人合一"的说法可爱。不错,"天人合一"的说法,可以延伸到环境保护上去,但当初"天人合一"的说法主要是指天性与人性的合一,道德礼法与天命天理的合一,天意与民心的合一,天良、良知与圣贤先知先觉的教诲的合一,还有叫做天怒与人怨、天灾与人祸的合一。天怒人怨、天灾人祸,这两句话很厉害,天怒与人怨同时爆发,天怒与人怨结合,所以要造反,要起义,要改朝换代,要另辟乾坤;"天人合一"的说法是从大处着眼的。

但同时也有一个例外,老子说天道是"损有余而补不足",人道相反,是"损不足以奉有余"。这对天人不一、天人对立,揭露批判得很深刻也很尖锐。

十三　名家和唯识宗的命运

赵士林:我举两个例子。我们都知道先秦的名家,名家的"名"就是逻辑。先秦名家专门研究逻辑问题,对思维科学的发展意义无比重大。名家著名代表公孙龙提出一个著名命题:"白马非马"。"白马"指一匹具体的马,例如那马厩里黑色的、三岁口的蒙古母马。"马"呢,则不是指具体的马,而是除去了所有具体的马的个性特征,抽取所有马的共同特征,如四蹄、哺乳、胎生、脊椎等,用一个名词"马"来概括它,这个概括马的共同特征的"马"就是马的概念。不言而喻,一匹具体的马不等于马的概念,就如同张三、李四等具体的人不等于人的概念。从这个逻辑学的层面看,这个命题很有意义,值得讨论。但中国人对这些东西通常是排斥的,认为它和人生日用没有关系,是语言游戏,斥之为诡辩。例如写起文章来很讲逻辑的荀子,居然也批评名家,说名家是"蔽于辞而不知实",意思是名家被语言名词所蒙蔽而不知道考察实在的事物。

再举一个很典型的例子。我们都知道,佛教传到中国后,到了唐朝形成很多宗派,其中有一派叫唯识宗(还叫法相宗、慈恩宗、瑜伽宗），这一派是大名鼎鼎的唐玄奘传进来的，玄奘就是这一派的始祖。说起这位唐玄奘真是了不起，特给中国人提气。当年他本是非法越境（没有度牒，今天也就是没有护照）到印度留学，专业是佛学。一个黑下来的留学生经数年苦研居然成了佛家大宗师、最高学术权威，主持佛教最高学术会议，日本人到今天还把玄奘当做神一般敬拜。玄奘载誉回到大唐，风光大大不同于当年，皇帝唐太宗都十分敬重他，甚至和他结拜为兄弟。这样一位佛教权威，还有皇室背景，他传进来的唯识宗却在八大宗派中最早衰落，传了几十年就偃旗息鼓了。为什么？就是因为唯识宗太讲逻辑，太重视思维规律，不符合中国文化的实用性格，结果遭到冷遇。

这种文化取向的后果是严重的。它的最大问题是视野狭隘、思维浅薄、功能主义，难以形成普遍有效的科学系统，文化的发展便缺乏后劲。例如，我们中国有赵州桥，有都江堰，那都是伟大的水利工程、精巧的桥梁建筑，但是中国就没有流体力学。西方则早在古希腊时就已有所谓"学科之树"，系统的、分门别类的科学系统很早就已形成，这是西方科技在后世得到迅猛发展的文化基因。我们的文化却从一开始就有一个不祥的倾斜：重实用轻原理，重功能轻本体。

王蒙：一个是逻辑学，一个是数学，再加一个科学实验，对科学的发展会有极大的作用，对于理性主义的思想方法，也有很大的作用。毛主席在其哲学论述中，提出了感性认识提升到理性认识的重要性，提出了生产斗争与阶级斗争，加上政治生活、科学与艺术活动是人类的社会实践。但是，始终有一个问题值得研究，感性认识是怎样发展成理性认识的？仅仅靠感性认识多了就能理性化吗？恐怕不能，所有的人都喘一辈子气、吃一辈子饭，但我们能产生出对于呼吸与消化系统的科学的认识来吗？

一九六三年，毛泽东在《人的正确思想是从哪里来的？》一文中，发展了《实践论》的观点，提出"人的正确思想，只能从社会实践中来，只能从社会的生产斗争、阶级斗争和科学实验这三项实践中来"。这就开始回答了怎样从感性认识上升到理性认识的问题。科学实验被提出来,而且成为"三大革命运动"之一。不是偶然的。

王元化先生提出知性认识的问题,也与这个感性、理性的认识问题密切相关。

我的看法是,感性认识需要大量的数据与数学的精细计算,需要经过严格的逻辑推理过程,并经过多次的科学实验,才能升华为理性的认识。

十四　科学精神和人文救赎

赵士林:但是话说回来,人生一味地科学化,那也很可怕。

从科学的角度看,宇宙本来就是一个冷冰冰的物理存在,是一堆看不见、摸不着的原子、电子。你一味地从科学的角度看宇宙,看人生,宇宙就太可怕,人生也就太绝望了。

我拿大地震做例子。从海地到日本,从中国的汶川到芦山,都是大地一哆嗦,成千上万的人瞬间就蒸发了。面对如此可怕的自然灾害,人们不能不思考这样的问题:我们究竟应该怎样看待人和自然的关系?人在自然面前算什么?我思考的结论是,人在自然面前什么都不是啊!正像苏东坡的《前赤壁赋》所说:"寄蜉蝣于天地,渺沧海之一粟。"人生天地间,不过就像水面上的一只小飞虫,就像大海中的一粒小米呀!大地震的可怕在于,它什么时候发生,在什么地方发生,你根本无法准确预测,这就意味着生活在地震多发地带的人们,活得很偶然。

科学如此发达了,还就是拿地震没办法。但是,科学确实伟大,通过科学家的努力,我们乐观地相信,再过几十年,人类终将能够准确地预测地震,从而大大减少地震造成的伤亡。就像科学已经能够准确地预测台风,从而大大减少了台风造成的伤亡。

但是,地震我们能够准确预测了,还有小行星撞地球哪!小行星撞地球比地震可怕多了。小行星撞地球的可怕在于我们能够准确预测却没有办法预防。就是说,我们知道这颗小行星有多大,何年何月何时撞过来,撞上会造成什么危害,这些都能算出来,但是我们只能眼睁睁地看它撞过来。这岂不更可怕?地球总共有四十多亿年的历史,其间已经经历了五次毁灭性的撞击。最近的一次发生在六千五百万年前,在那次撞击中,地球上连同恐龙在内的百分之七十五的生灵瞬间毁灭了。而据天文学家宣布,地球现在又正式进入一个撞击周期。撞上地球就至少能够毁灭一个大城市的小行星,比我们肉眼看到的繁星还要多。你知道茫茫宇宙中,有多少个准人类超人类的文明就这样毁灭了!你无法知道。天文学家们一天二十四小时紧张地盯着外星空。他们说了一句话:"我们只拥有一次机会。"这句话绝不是危言耸听。只要一次我们对付不了,地球就玩完了。

当然,科学家在想尽办法对付小行星撞地球:用原子弹轰,用太阳能辐射,来改变它的轨迹……

我们姑且还乐观地预测,人类的科学终将战胜小行星,有效地预防小行星撞地球。但是小行星被战胜了,按照热力学第二定律,宇宙还要毁灭哪!十九世纪就已发现的热力学第二定律告诉我们,宇宙最后由于再也没有动能补充,将进入热寂毁灭。面对宇宙的毁灭,人类怎么办?科学又有什么办法?太阳终有一天不再升起,这是科学告诉我们的冷酷事实。太阳死了,人类还能活吗?当然,这个行程可能非常遥远,以至于有人要说我是杞人忧天。但是从宇宙的进程来看,这是总要发生的事。人类的命运注定是悲剧性的,科学的努力也注定是悲剧性的。

您瞧,"科学"地谈宇宙,宇宙多么可怕!"科学"地谈人生,人生最后还不是绝望!

二十世纪,英国那位大哲学家、大数学家罗素曾经讲过一段耐人寻味的话:"每当我和科学家去谈人生,谈完了,回家我就想自杀。"但是回到家里,一看到我们家的花园,又觉得人生充满盎然生趣,美好得很。

花园,就是一个审美的世界,就是一个艺术的世界,就是一个中国人的文化世界。

记住罗素的话,你不能总是"科学"地看宇宙,谈人生,而是要用审美的眼光看宇宙,和艺术家谈人生,也就是和中国的传统文化对话。中国文化从来不把宇宙看成冷冰冰的物理空间,在中国人看来,宇宙就像宗白华先生所说,是生命的鼓动,是情趣的流荡,是严整的秩序,是圆满的和谐。人生天地间,则是把宇宙万物看成心心相印的朋友,把大自然看成生我养我的温暖多情的家园。你看苏东坡,他虽然说"寄蜉蝣于天地,渺沧海之一粟",但他也说:"须将幕席为天地,歌前起舞花前睡。"

"歌前起舞花前睡",这是什么境界?

你再看辛弃疾的情怀:"我见青山多妩媚,料青山见我应如是。"

中国人可以和大自然谈情说爱,大自然就好像中国人的情人。

喝酒没伴儿了,没伴不要紧。天上有月亮,地上有影子。你看李太白的《月下独酌》,他约上空中的明月,再加上自己的影子:"举杯邀明月,对影成三人。"这是何等美妙多情的世界!

中国文化所表现出来的宇宙观,对环绕着人类的大自然始终抱有一种强烈的认同感、亲和感、归宿感,也就是家的感觉。什么叫宇宙?"往古来今谓之宙,四方上下谓之宇。"宇宙就是我身边悄悄流淌的时光,宇宙就是生我养我安顿我生命的家园。中国古人眼里的宇宙,是一个亲切的、充满了人情味的宇宙,是一个流动的、跳荡着韵律的宇宙,是一个动静统一、虚实相生的宇宙,是一个美的宇宙,是一个大爱无边的宇宙。

宋明理学家津津乐道的"仁者,以天地万物为一体",体现的就是这种爱满天地的宇宙情怀。因此,宋明理学又被称为"宇宙伦理学"。

王蒙:中国古代的哲学家中,能够如你所讲几乎是绝对科学地看待世界的只有老子的这一句话:"天地不仁,以万物为刍狗。"庄子却做不到,他来了一句"天地有大美而不言",把天地美学化、文学化了,亲爱温柔起来了。

天地不仁的说法是一个文化走向成熟的标志,也是对于天人不一的揭示,这句话很了不起。懂了天地不仁,人应该也可以更坚强、更清醒、更勇敢、更理性,也更淡定,会少一点小资,少一点自作多情,少一点软弱怯懦,少一点神经兮兮。

也可以做反面文章,正因为天地不仁,正因为科学预警了地球可能遭遇的各种噩运,我们在自己有限的生命里,要给人生、人类、地球多带来些温暖与情义,要深情地活在这个不无薄情的世界上,要勇于为人民背起十字架,要"地狱不空,誓不成佛",要大爱无疆。还要仁爱为重,道义为先,祥和快乐地度过自己的一生,要用祥和快乐的心境去感染旁人,滋润群体。

你所讲的科学的可怖在于科学宣告了人的渺小。其实科学也宣示了人的伟大。人与无穷大的宇宙比,人是或近于是零。人与零相比,人就是无穷大,就是通向永恒与宇宙。我们在自己的短短几十年里,以渺小的躯体见证了、参与了、体验了、承受了、感动了那么多、那么大、那么深的一切,我们多么幸运,我们多么安慰,我们多么活泼、聪明、善意、正派!我们有什么可恐惧、可遗憾、不敢活、不敢死、不敢想、不敢不想的呢?

其实万物一体,道通为一,一切的一切,有生便有死,有兴便有衰,有红火便有寂灭。秦可卿托梦大讲月满则亏、水满则溢的道理,并要求其时红得发紫的凤姐准备树倒猢狲散的前景。一人一家、一地一国如此,一个星球、一个银河系何尝不是如此?同样,有寂灭,有虚无,有树倒猢狲散,就仍然会有新的新生;有结合,有际遇,有缘分,就会有新的银河系、新的太阳、新的地球、新的生命、新的教授、新的作家,也许是更好的世界出现、发展、奋斗,轰轰烈烈或温温馨馨,美丽动人或慷慨激昂,稀奇古怪或平安淡定的新宇宙出现。世界应该是这样的,有多少死亡就有多少新生,有多少痛苦就有多少幸福。而且,这更多的是从时间的纵轴上来说的,从空间的无穷性来说的,焉知此太阳系衰老的时候不是另几个、几十个、几百个太阳系的朝阳工程不是刚刚开始?

印度教就是把毁灭之神湿婆视为最大的神灵,没有灭亡就没有发展变化,就没有挽诗悼词,就没有庆生庆婚,就没有一切。科学面对死亡也面对新生,面对毁灭也面对成长,科学是不是并不那么一味冷酷呢?必须忘记了科学,投入宋代词人的怀抱才能在严寒中取到一点暖热,除了你的这种描绘,也可以有其他思路吧?

十五　执着此生

赵士林:我当然不感伤主义地反对科学,甚至认为解决人类问题归根到底离不开科学。我的看法是科学是把"双刃剑",一方面体现了人类智慧的伟大,造福于人类,这也应该成为"为天地立心,为生民立命"的题中应有之义。另一方面,科技带来的伦理问题、科技成果对人类生存的"异化"式的威胁也越来越严重,这也应该引起人类的高度警觉。当然,你跳出人类本体考虑问题,又完全是另一回事了。

尽管毁誉褒贬,众说纷纭,但有一个基本点似乎能普遍认可,即无论传统文化、传统思想的何种形态,都执着于现世人生,都肯定此生的存在价值。这种价值取向的形成和中华文化滥觞期的路径有内在联系。

人类学告诉我们,人类文明源起于巫术,巫术礼仪同样是中华文明的源头。但如李泽厚老师指出,西方文明中巫术的演进分为两途:巫术中的情感演化成宗教,巫术中的技艺演化成科学。中华文明则由巫而史,经周公制礼作乐,培育了人间化的情理交融的文化性格,血缘纽带构织的氏族宗法制度作为伦理政治秩序,强化了这种文化性格。儒、墨、法的入世自不待说,禅道的超世也绝非否弃现世人生,它们就在此生中追求一种超越价值或实现一种瞬刻永恒的境界。所谓"安时而处顺,哀乐不能入也""此身不向今生度,更向何生度此身",都是在接受、肯定现世人生的前提下,追寻一种此生可能有的、此生蕴含的存在价值。

王蒙:我喜欢说的是中华传统文化的此岸性与积极性。此岸性就是你这里所说的执着于现世人生,积极性就是天行健与自强不息。

我的人类学知识近于零,从中国的远古神话看,也许燧人氏、有巢氏、神农氏、黄帝与嫘祖等更多传达的是用火、狩猎、筑屋、种植、养蚕等生活与生产的消息。巫术是走在生活、衣食住行之前的吗?我不了解。是不是说生活是文化的起源更顺当一些呢?

十六　选择此生

赵士林:当然,没有人类这个生存本体,人类的一切都谈不上。生活总是具体的。巫术就是上古时代人类最重要的精神生活。更重要的问题似乎在于,传统文化怎样理解现世人生的存在价值,怎样选择此生。如果说执着此生还只是肯定人必须活着,那么选择此生则提出:人应怎样活着? 在这个问题上,固然可见出传统文化不同形态的不同观念,如道家更重自然生命,儒家更重伦理生命,但就最根本的价值取向来说,无论儒道都追求一种现世人生中超越的精神价值,而不是留驻于现世人生中的自然感性层面。它们并不宗教式地否弃人的自然感性欲求,但它们经常强调的是"节欲",是欲的满足的合理化,并且就是在这种强调中,淡化欲、突出理。在欲和理的关系中,欲永远处于被支配、被规范的从属地位。可以为理牺牲欲,却决不能为欲牺牲理。欲虽然没有被简单地否弃,但它却永远也不会是人的本体存在,永远也不会是人生目的。在某种意义上说,欲的存在正是为了被超越,为了走向理,在所谓即自然而超自然、即感性而超感性的此生的生命活动中,重心却是放在"超"上。因此,一方面是对感性生命活动的充分关注,这毕竟是超越的起点、超越的前提,它决定了中国人的多情;另一方面,就在这感性生命活动中追求一种抽象永恒的精神价值、精神境界("道"),它决定了中国人多情但却从情到理,而非从情到欲。

王蒙: 从二十世纪五十年代后期,我前后有十多年的农村生活经验。我的体会之一就是,在生产力相当不发展的情况下,怎样维持生活、怎样维持生命所需的温饱、怎样避免冻饿导致的死亡,这是全民主题。至于怎样活着与为什么活,那还是少数人的研究课题,那是下一步的事,是实现了全面温饱,通向全面小康以后的事。人要生存,人要活,这是无条件的。还有国家、民族、阶级的使命,那首先是先锋队,是仁人志士为之献身的信仰与追求。

十七　忧道与忧贫

赵士林: 当然,首先是活,然后是活得好。马斯洛需求层次理论就谈这个问题,鲁迅讲的一要生存,二要温饱,三要发展也是这个意思。

总之,肯定此生的感性生命又要从中寻求超越,这便是中华传统文化的基本价值取向,这种价值取向最终导向一种人格理想,对这种人格理想的坚定信念和不渝追求,使得中国人摒绝了神秘主义、纵欲主义、宗教迷狂等悲观的非理性维持的人生态度,而是始终对人生采取了一种乐观的理性主义态度。这种乐观的理性主义态度在面对现实苦难、人生痛苦时表现得尤为鲜明。

为了深入认识中国人面对人生痛苦的乐观的理性主义态度,不妨以西方人对人生痛苦的理解作一比照。西方文化对人生痛苦作出最深刻的表述与论析的莫过于叔本华哲学。我们知道,叔本华所理解的人生痛苦具有本体论性质——世界的本体存在是生命意志,生命意志的本质就是痛苦,因此他说:"人从来就是痛苦的,由于他的本质就是落在痛苦的手心里的。"

中国人对人生痛苦的理解却与此大异其趣。他们并不认为痛苦是人生历来如此、永远如此的必然本质。他们并不把人生痛苦归结为人的本体存在,而是归结为"人心不古"(这个"古"在儒家看来是尧舜时代,在道家看来是更早的原始时代)。因此,面对人生痛苦,两者态度迥然相异。从叔本华对人生痛苦的理解出发,必然走向灭绝生命意志的彻底的悲观主义;从中国人对人生痛苦的理解出发,则可以走向某种社会理想、归根结底又是人格理想的追求。这种人格理想是至人、真人、神人(道家),是志士、仁人、圣贤(儒家),他们归根结底又是所谓"道"的体现、化身、象征。因此,"君子忧道不忧贫""仁者不忧""朝闻道,夕死可矣""士志于道,而耻恶衣恶食者,未足与议也"。如果能够得"道",即便"饭疏食饮水,曲肱而枕之,乐亦在其中矣"(儒家);如果能够得"道",甚至"大泽焚而不能热,河汉沍而不能寒,疾雷破山、风振海而不能惊"(道家)。在这样的人生境界中,任何痛苦当然都已荡然无存。

王蒙: 对于中国人来说,世道人心是一个重要的概念,尤其是人心。人心向背,人心清浊,人心顺逆……是这些个"心"形成了社会、政权、国家、天下。

至于你所讲的得道,既是无所不包,又是各说各的。庄子的至人、真人、神人、广成子、列御寇之类已经是半仙之体,到了道教那里,炼丹、气功、用足踵深呼吸、火中不烧、水中不沉、长寿、床上功夫、无死地,从超自然到采阴补阳的性技术,都是道。而《中庸》上讲的"率性之谓道,修道之谓教"也极可爱。

这里尤其不能忘记修齐治平之道,慎独也罢,勿以善小而不为、勿以恶小而为之也罢,亲贤臣而远小人也罢,克己复礼也罢,天下归仁也罢……都是道,都是原理,都是法则,都不能违背,都需要战战兢兢,如临深渊,如履薄冰。也许理论上不像叔本华说得那样痛苦,但也不松快,则是肯定的。

十八　庄子:死的颂歌还是自由颂歌

赵士林:尽管儒道二家对"道"的理解很不相同,但它们都无限向往地追求一个"道",而不像叔本华那样充满痛苦地灭绝一个"道"(生命意志);它们都把"道"这个宇宙本体作为人生的神圣依据,而不像叔本华那样把"生命意志"这个宇宙本体作为人生的痛苦之源;它们都是在对人生的肯定中解脱人生痛苦,而不像叔本华那样在对人生的否定中解脱人生痛苦。儒家的"自强不息""乐天知命"自不待说,就是在道家激烈批判否定社会现实的愤世嫉俗中,也处处流露出对理想人生的执着、憧憬。请看庄子那"死"的美丽颂歌——"死,无君于上,无臣于下;亦无四时之事,从然以天地为春秋,虽南面王乐,不能过也。"这与其说是提倡一种宗教式的死的寂灭解脱,还不如说是高扬一种审美式的人生自由境界,在痛苦的人生中追求着一种理想的人生,走向一种既现实又超现实的审美超越。这种审美超越不是叔本华式的暂时安慰,而是人生的最高境界,是人生目的。因此,中国人的人生态度归根结底是一种相信人生有望的乐观主义。

王蒙:诸子百家中只有庄子那样正面地形容对死亡的感受,我从中察觉了庄子的无奈。庄子与先秦诸子有些话说得太过头了,恰恰是由于心虚,除了基本态度的识时务,语言文字上的夸张以外,又能说什么呢?庄子讲述一切都有一种咸鱼翻身的特异功能,越没了词儿,他讲得越精彩绝伦。他把死亡说得那样美妙,认为死说不定就像骊姬嫁晋献公的经验。开始的时候,她的眼泪把衣服都浸湿透了。后来,到了晋国的王宫,睡在柔软的床上,吃香的喝辣的,才知道自己出嫁时,哭得有多愚蠢。庄子说,如果你复活一个死人,说不定那个死人遗憾于你剥夺了他身为死者的幸福感。

还有当庄子碰到一个人无用才能保护自己与有用才能保全自己

的悖论事例的时候,他只好巧妙地说,人应该处于"有用无用之间"。还有当庄子被惠子质疑,庄子不是鱼,怎么会知道鱼快不快乐呢,他立刻原样循环论证回去:"子非我,安知我不知鱼之乐?"其实这种战法耍赖,与下象棋时重复将军一样。对方再问一句:"子非我,安知我不知子不知鱼之乐?"就变成赖皮诡辩了。

十九　圣贤与学者

赵士林:庄子所谓"子非我,安知我不知鱼之乐",实际上着了惠施的道,掉进了惠施的逻辑陷阱。还回过头来谈中国人的乐观主义。

中国式乐观主义具有两重性:一方面,它并不因为人生痛苦而否弃人生,它并不企盼人生之外的灵魂超度,它就在这个具体现实的人生——此生中培育一种道德化或超道德的灵魂——至真至善从而归于至乐的人格理想。另一方面,由于它所肯定、瞩望的道德灵魂、人格理想是一种纯然的精神境界,为了它应该压抑甚至牺牲人的最基本的自然感性欲求,于是仅靠这种精神境界来忘怀、消弭人生痛苦,就不能不具有某种虚幻性甚至欺骗性。

王蒙:你说的很有启发意义。早在读孔时我就欣赏他的"知者乐水,仁者乐山"论,"君子坦荡荡,小人长戚戚"论,"仁者无忧"论,觉得他很适合当圣人。庄子对死的优越性的鼓吹有点过度,照他说死比活好,但是他的善其生、善其死的说法太伟大也太可爱了。生与死不是个人选择取舍的结果,而是道的作用,生要好好地生,死要好好地死,不必闹腾,不必哭天抹泪太过。有的宗教认为,因为亲人死亡而悲伤太过,是有罪的。

这里头有一点可以思谋,我觉得第一个因素是中国的智者追求的目标是圣贤,第二则是读书不多的怀有大志者想当皇帝。外国的智者追求的是宗教首领、社会领袖,更多的是当学者专家。

圣贤与学者是两个概念,圣贤的一大使命是教化,是导师,是万世师表,是玄圣素王,做没有实权的世道人心之标杆,是非善恶之度量衡。仅仅从哲学的角度,你可以做一个悲观主义者,但是从教化的责任来看,你只能教给子民们、后知后觉者们,直到帝王、王公大臣们乐观、性善、向上、仁义礼智信。而学者的追求在于认知,在于发现、发明,在于发现他人尚未发现的东西,求证尚未取得确证的东西。

二十　要传统更要现代化

赵士林: 圣贤是道德表率,学者是知识代表。中国儒家的讲法是"仁"和"知",西方哲人的讲法就是道德和知识。中国儒家主张"仁"统率"知",如孔子说"择不处仁,焉得知";西方哲人讲"知"统率"仁",如苏格拉底说"知识就是道德"。

围绕着中国人的人生态度、价值取向和文化性格,儒家、道家、佛家(禅宗)开展了自己的人文建构,并最终融通为一。中华传统文化的特点,诸如思维模式上重了悟轻思辨,社会实践上重实用轻科学,国家治理上重人情轻法律,精神追求上重审美轻理性,终极眷注上重道德轻宗教,等等,都和这个基本的人生态度、价值取向、文化性格有关。

不言而喻,中华传统文化的优点缺点也都和这个人生态度、价值取向、文化性格具有内在的血肉联系。今天,我们面对传统,意味着同时面对着传统的优点和缺点,如何取舍,不仅涉及传统的命运,更涉及现代中国人的未来命运。蒂利希在他的《基督教思想史》中引用帕利坎的话说:"传统是死者的活信仰,传统主义是活人的死信仰",海德格尔说:"传统不强迫我们接受过去而一成不变的东西。"我们应该记取海德格尔的告诫,不要从传统走向传统主义。

王蒙: 中华传统文化中的精华部分应该是它能与现代化相对接的部分,如自强不息、己立立人、民胞物与、见贤思齐、高瞻远瞩、闻过则喜、不进则退、周而不比、和而不同等。

历史上,传统文化显示过它的保守性、自大性、狭隘性;早在唐朝,李白就"嘲鲁叟",说是"鲁叟谈五经,白发死章句。问以经济策,茫如坠烟雾"。但中华文化也有它的灵活性、辩证性、趋时性。许多外来的东西在中国推行起来比预期的不是更困难而是更容易。

在二十世纪,现代化的潮流席卷全球,全球化急剧发展,同时也产生了文化认同危机,最极端的反现代化的是"三股势力":宗教极端主义、分裂主义与恐怖主义。

第一要发展,第二要衔接传统。这不容易,但是只能这样。我爱说的是,不现代化就是自绝于地球,会搞得被开除球籍。不要传统就是自绝于本土,自绝于人民。

中国人的宗教意识

一　由巫入史

赵士林：咱们讨论一下中国人的宗教意识,这是一个饶有兴味的课题。讨论中国式的宗教意识,我们首先不能不关注上古时代中国文化性格的生成。如李泽厚老师所说,中华文化很早就由巫入史,进入历史也就是进入人的世界。最晚从周初开始,经周公制礼作乐,人文意识就发达起来。这从中国文化崇尚的至高形上本体——天的演变即可看出。在商代,天是原始宗教意味浓厚的天帝,是一个人格神群体。到了周代,尽管还保留着某种宗教意味的人格神性质,但天已经从天帝转换成天道,也就是宇宙的道德意志,这种道德意志的人格性已经淡化。到了春秋时期,则进而讲"天道远,人道迩",天道即人道,人道即天道,所谓道不远人,道在人伦日用。关注人间世界的文化性格就这样逐渐形成和确立了。

周代以来,天道尽管还保留着某种神圣性、权威性,也就是宗教性,但是人伦日用即道的阐释却使原始宗教精神融入人间的政治秩序和伦理规范,形成了所谓伦理、政治、宗教三合一的文化模式。宗教意识不突出、不纯粹,并且走向实用化、功利化。这应是中国式宗教的特征。整个地讲,中华文化不是一种宗教型的文化。

二 天的实存性与终极性

王蒙：对于宗教的理解我比较喜欢"终极眷注"的说法。在西方,这种说法有什么特殊的背景,我没有知识予以分析,但用在中国就特别合适。"天"在中国,既是自然的"卿云烂兮,礼缦缦兮。日月光华,旦复旦兮",这同时又是文学的敬爱与颂扬,尤其是后两句,读之感人肺腑,颂扬尽意。所以称颂一个人时,最好听的说法也是称其人格"日月经天,江河行地",这八个字是唯物论与唯心论的混一。我的感悟中,天道不仅是天的道德意志,更是天的高于、大于、远于、久于人的经验范畴的根本涵盖性、永恒性法则与规律。

天是道的另一种说法,请读《道德经》,里边天字的出现频率超过了道,道亦称天道、大道,一切的原生原在的道、德、美、善、性、命、心、神都来自天,都是天生。天道,这就是终极眷注的所得、所悟。

天,文学化为苍穹、悠悠苍天,通俗化为老天、老天爷,哲学化为天道,与此同时具有了越来越大的宗教信仰意味。所以在汉英词典里,天不但是 Sky(天),也是 God(上帝)、Owner(主)。

天道是不是道德意志,也许儒家那边是,老子这边不是,老子主张"天地不仁",老子主张"天下皆知美之为美,斯恶已",老子更主张"失道而后德"。老子倾向于认为道更超越于仁义、道德、美善。老子认为是儒家才酸溜溜地善啊、德啊地没完。老子这种说法接近西方比较现代的对于伤感——sentimental——一词的嘲弄。

我只想谈论我心目中的宗教性终极眷注,我不想议论各种教会教门,不想谈论宗教社会(或黑社会),因为我没有那方面的知识。

我还有一点迷惑处,我们可以比较中华与外域的宗教的异同,但是不是尽量避免以西方的宗教为标准衡量中华传统,同时也不要以中华传统去量度域外宗教。

三　中国和西方：不同的宗教观

赵士林：咱们做一个比较，很有趣的。例如西方文化传统以基督教为精神支柱，是一种宗教型文化。任何宗教型文化都讲两个世界：一个是天国，一个是人间。佛教尽管不讲天国、人间，但也讲此岸、彼岸。现代所谓"世俗神学"力图泯灭宗教的彼岸性，但也因此丧失了宗教的灵魂。天国是永恒的、美妙的、欢乐的世界；人间则是短暂的，并且充满缺陷和罪恶。人来到世间，就是遵循神的使命，勤奋工作，慈爱大众，赎清罪孽，最后回到天国，享受永生。

具有虔诚宗教情怀的宗教徒，就是怀着这样的信念，投入人生事业。我们都知道比尔·盖茨一捐就捐出几百亿美元，即所谓"裸捐"。他为什么具有如此慷慨的慈善行为呢？这和他的基督教价值观有很大关系。比尔·盖茨十几岁开始背诵《圣经》，一背就是十几万字，他是位虔诚的基督徒。在基督教看来，富人是上帝在人间的财富管家，是穷人的财富代理。赚了钱一定要还报社会，才是响应上帝的召唤。

说起来很有意思，世界上第一家股份公司恰好是教会办的，它诞生于十二世纪。教会要把信徒捐来的钱经营增值，更好地回报社会，开展慈善事业。

再举个例子。小布什当总统时，曾经准备制定一条法律，要取消遗产税。这条法律对谁有利？显然对富人有利，因为越有钱的人遗产税肯定就缴得越多。但是，恰好就是美国最富有的一百多位富豪，联名反对取消遗产税。这些富豪有谁？有比尔·盖茨的老爸，有索罗斯，有巴菲特，全是美国最有钱的人。他们为什么反对这条看起来对他们有利的法律呢？理由就是这违背了基督徒还报社会的精神，同时不利于培养他们的儿女独立生活的能力。

西方人的很多道德行为，都可以在基督教的宗教背景中得到解释。您一定知道德国思想家韦伯的一个重要发现:西方资本主义的发展,也得力于基督教的理念,那就是响应上帝召唤,勤奋工作,生活节俭,积累财富,回报社会。

您一定知道藏传佛教徒的虔诚。一生积蓄献给寺庙,自己留点仅够糊口的财产维持生存。每年千里之外去朝圣,五体投地呀!很多人半路上因为营养不良就去世了。但他们去世时非常安详,甚至非常幸福。因为他们坚信,这样去世,立刻就会有佛来接引他们,立刻往生西方净土。

这一套对中国的汉族人就不管用,我说的是汉民族啊!以汉民族为主体的中国人。因为中国的文化不是一种宗教型的文化,它对另外一个世界的真实性总是表示怀疑。任何宗教最重要的心理就是信,毫不怀疑地信,虔诚地信。一怀疑就麻烦了。中国人就怀疑另外一个世界的真实性、可靠性。那个世界,那个天国到底有没有啊?谁也没回来汇报过。他只相信他活着的这个世界才是真实的、可靠的。这就是"一个世界"的文化观。

由于中国人讲"一个世界",西方人讲"两个世界",于是看起来好像是同一种人生追求也遵循着不同的路径。例如中国人和西方人都讲"四海之内皆兄弟",但是由于文化背景不同,实现的途径和方式也不同。你看中国人怎样追求"四海之内皆兄弟"。《论语》这样讲:"君子敬而无失,与人恭而有礼,四海之内,皆兄弟也。"

你尊重人,对人恭敬有加,彬彬有礼,到了哪儿都有哥们儿。你看,完全是一个世界的事儿。

西方人呢,他也讲"四海之内皆兄弟",您看贝多芬第九交响曲后面的大合唱《欢乐颂》,那是今天欧盟的盟歌。《欢乐颂》的歌词用的是十八世纪德国大文豪席勒的诗歌,他也讲"四海之内皆兄弟",但是您看他怎样讲:

欢乐女神

圣洁美丽

    灿烂光芒照大地
    我们心中充满热情
    来到你的圣殿里
    你的力量能使人们消除一切分歧
    在你光辉照耀下面
    人们团结成兄弟

中国人是在一个世界，在人的道德关系中实现"四海之内皆兄弟"；西方人是在另一个世界，在神的圣殿里实现"四海之内皆兄弟"，"两个世界"了。

    中国人对宗教采取人间的、实用的，或者说功利的态度。例如，中国唯一土生土长的宗教道教，就是一种追求长生不死的宗教，它的得道成仙，它的神仙世界，并不在另外一个天国，它就是能够永远常驻的理想化的人间世界。神仙世界其实就是人间世界的升级版，因此要"一人得道，鸡犬升天"，上了天还舍不得鸡鸭鹅狗，得跟着一块儿去，甚至家里的豪宅、院子都要跟着一块儿去。这在世界宗教史上是独一无二的。

    由于对宗教采取人间的、实用的、功利的态度，任何神对于中国人实际上都是保险公司的老板，都是做买卖的关系。做买卖的伙伴当然越多越好，因此中国宗教的特点就是多神。如您指出的："百姓崇拜万有，灶有灶神，延续香火有送子观音，生天花有花神，河有龙王，海有妈祖。"

    多神其实是原始宗教的特征，例如古希腊诸神也有分工，有火神、灶神、爱神、农牧之神、商业之神、酒神、海神、太阳神、地府之神，主管天上人间地下的方方面面。但中国的宗教一直维持着这种原始面貌。道教就以多神著称，不仅自己这个系统有很多神，三清、八仙、二十八宿，其他宗教的神也往里请，如来佛、观世音菩萨等佛教的神都被请进了道观。而真正成熟纯正的宗教其实都是一神论，并且反对偶像崇拜。例如基督教曾经有毁灭偶像运动，佛教到了禅宗，更是

"呵佛骂祖",坚决反对崇拜偶像。但为了争取广大信众,基督教和佛教还是不能不屈服于偶像崇拜,神也多起来了。在保留了更多印度原始佛教精神的南传佛教,也就是小乘佛教(人家自己叫上座部佛教),例如今天我国的西双版纳,还有泰国、缅甸等国家信奉的佛教,你去看它的寺庙,里面一般只供释迦牟尼一尊佛。

四 神是概念还是偶像

王蒙:从历史上看,文化层次越低、教育程度越低的人越容易轻易地相信或更轻易地否定多神。中国古代的大家,他们相信的是神性概念,是概念神,例如"道",例如佛法,例如仁或义,例如天、天道、天地,也可以称作哲学神或文化神。不但相信,而且自己要去学,去做,去修养,去与大道合一,与圣贤合一,与尧舜合一,至少可以殉道,殉国,殉主,殉义,可以求仁得仁,可以留取丹心,可以正气浩然,可以流芳百世。

中国自古有投机分子,有阴谋家,有伪善者即鲁迅所说的"满口仁义道德,一肚子男盗女娼"的人。同时,有伯夷、叔齐,有比干、晁错、诸葛亮、关羽、岳飞、文天祥、海瑞、林则徐、邓世昌等人物,还有各种忠臣、孝子、善人、义士、高僧、大德、名士,等等。他们都有自己的信念情怀,有自己的终极眷注。即使评书演义中,满门忠烈的杨家将也感人肺腑。

其实归根结底,终极也好,上帝也好,菩萨也好,都是终极性概念造成的。即使"三位一体",我仍然难以回答耶稣进不进卫生间与有无婚姻生活的问题。圣母是童贞女,这是要千方百计地强调的。耶稣如果不具肉身,他上十字架也就谈不上献身、谈不上承受人类的罪恶与痛苦。如果他具肉身,也就谈不上与圣父、圣灵一体。偶像崇拜的问题亦是如此,有了具象就不是终极,有了终极就没有形象。宗教的创始人都否定偶像,又常常反不彻底偶像。因为没有了具象只剩下概念,是凡人难以把握与崇拜的。

赵士林:正是柏拉图提出的绝对理念,为以后基督教的上帝概念提供了逻辑前提。绝对理念可以说是最纯粹的概念神。您把佛法、仁义、天地都称为概念神、文化神、哲学神,应该说是赋予了神更宽泛的含义,倒是符合中国人关于神的理念,所谓"圣而不可知之之谓神"。这和一般宗教崇拜的人格神已经不是一种性质。

没错。任何偶像都是有限的,而神是无限的,成熟的一神教宗教一般都反对偶像崇拜的理由就在这里。但是,为了向大众传播教义,还是不能不适应大众的文化认知和心理。中世纪基督教曾经有毁坏圣像运动,捍卫神的超越性、无限性,从宗教艺术的角度看,是个大损失,从传播教义的角度看,也不受欢迎,因此又恢复了偶像。佛教开始本不是宗教,也谈不上偶像崇拜,但是后来越来越神化,大量偶像都出来了。基督新教坚持反对崇拜偶像,但是严格地说,基督新教的"十字架",也带有某种准偶像崇拜性质。

如您所说,如果宗教的神人格化,确乎就产生很多麻烦问题。例如经院哲学争论的问题:一个针尖上能站几个天使?天堂的玫瑰花有没有刺?天使站着睡觉还是躺着睡觉?天使吃什么?亚当、夏娃被造出来时几岁?多高?经院哲学争论的这类问题既无意义,也很无聊,无法回答。因此经院哲学又被称为烦琐哲学。当然这不是说经院哲学毫无价值,唯名论和唯实论的争论就开启了近代哲学。

五　可以换神的中国人

赵士林:回过头来讨论中国人的宗教性格。特别值得注意的是,从人间的、实用的、功利的角度出发,中国人崇拜的许多神,其实都是死了的人(如老子、关羽等),因此有学者认为中国的宗教就是祖先崇拜。任何祖宗、任何人,只要死后还能发挥作用,都能变成神,祖宗崇拜成了中国式宗教的特征,因此,有的学者称中国的宗教是宗法式宗教。总之,中国人给神的编制是十分慷慨的。

清代有位外国传教士指出,中国人崇拜神又忽视神。孔子劝人"敬鬼神而远之",民间有谚语"祭神如神在,不祭也无碍。拜神如神来,不拜也不怪"。其实中国人岂止是忽视神,有时还亵渎神。例如,龙是中华民族的图腾,是吉祥高贵的象征,但一到过年过节,我们还不是举着它耍来耍去?到了二月二,我们还吃龙鳞,吃龙胆。你瞧,神都可以拿来吃!为了防止灶王爷上天说人的坏话,我们竟能够把他的嘴用糖封起来。行贿都行到神的头上了。

老舍曾说佛不是保险公司的老板,他不能替你保险一切。中国人确实就把宗教的神当成了保险公司的老板,当成了做买卖的对象。做买卖有投入有产出。我敬你是投入,你灵你保佑我是产出。敬神没问题,什么神我都可以敬。但是有一个条件,我敬你多少,你也要还报多少,如果不灵,对不起,就拜拜了,这个神啊,我就换掉了。你瞧,连神都可以换。孟子当年就说,"牺牲既成,粢盛既洁,祭祀以时,然而旱干水溢,则变置社稷"。

社和稷啊!我们祭祀你们这两位神,供献的牲畜完全合格,祭祀用的器皿干干净净,祭祀的时间分秒不差。但是,我的国家还是今天水灾明天旱灾,对不起,你们这两位神不称职,还是下岗吧。你瞧!炒鱿鱼都炒到神的头上了。

这种宗教态度有两重性。正面的效应是,我们没有宗教发达国家常有的那种宗教迷狂,宗教极端主义。你查查中国历史,没有发生过宗教战争。我们中国人无论如何也不能理解:怎么为了宗教信仰还打仗?爱信什么信什么呗!就像西方人也无论如何不能理解:中国人一个人怎么还能信好几个神?我们就能信,谁灵都可以信。这种宗教态度的负面效应是,由于缺乏虔诚强烈执着纯净的宗教信仰,我们往往就缺乏对神圣事物的敬畏心和庄严感,缺乏只有宗教才能带来的文化深度。

王蒙：这正是中华传统文化的一个特点，悖论重重，相辅相成，聪明善化，玄妙不经。我们讲究杀身成仁、舍生取义，同时我们又讲究识时务者为俊杰，有道则智，无道则愚，无道则卷而怀之。我们有圣之清者、圣之任者、圣之和者、圣之时者，而且宣称"我则异于是，无可无不可"。我们讲"君让臣死，臣不得不死"，而且被赐死后要叩头谢恩，同时讲"良禽择木而栖，良臣择主而事"，还讲"帝王将相，宁有种乎？"。我们讲孝悌，同时自春秋时期就有卫国大夫石碏杀掉儿子石厚的所谓大义灭亲。中国的林子大，也就有各种鸟儿，各种鸣法。

那么中国历史上、社会里有敬神的，有疑神的，有反叛神的，似不足为奇。外国宗教史恐怕也是这样，有一正就有一反，有一反就有一合。外国有中世纪的宗教审判，宗教黑暗，也有宗教虔诚，宗教大爱。还有断然决绝地关于"上帝死了"的判决，还有传教士的"己所欲，必施于人"的强势。基督教倾向于认为不信其教者是迷途的羔羊，要找回这样的羔羊。牧羊者对于迷途后又找回来的羊只，比对一直被他驯顺地放牧着的羊只还欢喜。

《圣经》经文是"同样，对于一个罪人悔改，在天上所有的欢乐，甚于对那九十九个无须悔改的义人"。我体会到过这种传教士热忱的过犹不及、适得其反。孔子只讲到"己所不欲，勿施于人"，并因此受到伏尔泰的赞美。如果把这句名言再发展一步呢，成为"己所欲，必施于人"，那么强奸也是合理的了。

中国人能几千年历经灾难祸患而委曲求全，艰苦奋斗，摸爬滚打，大难不死，存留至今，屡遭横祸，屡屡咸鱼翻身，延续发展，与这种生活态度、信仰态度、处世态度恐怕不无关系。这其实也是一种中庸之道。当然，高士的中庸与俗陋的乃至狡猾的中庸、阴谋的中庸会有区别。提倡中庸的人当中有狡猾、阴谋与堕落，就像法国教会之中或有阴暗恐怖的"巴黎圣母院"（见雨果同名小说），意大利的神甫之中会有伪善与出卖革命者的蒙泰里尼神甫（见小说《牛虻》）一样。

六　生死观背后是宗教观

赵士林:孔子的"己所不欲,勿施于人"用佛家的讲法叫遮诠,是消极地、否定地讲;积极地、肯定地讲,就是"己所欲,施于人",这恰好是基督教的主张。《新约·路加福音》里说:"Do to others as you would have them do to you."

我倒觉得,正当的理解,这两句话应该成为人类生活的金律。

我注意到您和池田大作的对话中,谈到生死问题。生死问题是任何一个民族、任何一种文化,特别是其哲学和宗教都要关注的最高问题、最后问题。一个民族的生死观从根本上体现了这个民族的文化性格,而生死观背后是宗教观。池田大作作为一位佛教徒崇尚佛教的生死观,他所阐释的生老病死到常乐我净的转换很有趣。佛家讲的常乐我净,本来相对的是无常、苦、无我、不净。凡人将后四者理解为前四者,佛家称它为"四颠倒",只有进入涅槃境界,才有真正的常乐我净,也就是所谓"涅槃四德"。池田大作先生认为佛家智慧将生老病死的"四苦"转换为常乐我净的"四德",尽管逻辑上不严密,但大体上符合佛家意旨。他欣赏"生也欢喜,死也欢喜"的看破生死的圆觉智慧,甚至认为托尔斯泰也因受到佛教影响,主张"活着高兴,死也高兴"。其实作为虔诚的基督徒,托尔斯泰的生死观和佛教徒的生死观肯定有重大差异,但是这不妨碍他和佛教徒在对生命的体认上产生一些共鸣。

王蒙:最近我在网络上看到了方清平的单口相声,说到人如果长生不老,会出现什么样的灾难:两万岁以上的人应该缴纳地球资源浪费税;挂一个号排到二百五十年后再诊;夫妻的同一悄悄话讲了数亿次,还有只能禁止生育;等等。他说得太好了,比学者还学者。

七　六合之外，圣人存而不论

赵士林：哈！这个问题老祖宗其实讨论过。春秋时，齐景公一次游览祖国大好河山，游着游着掉下眼泪。大臣们慌了，主公这是怎么了？是什么坏了主公的好心情。景公说了，河山虽美，奈何不能永远享受。等我死了，河山再美和我也没关系了。永远活着该有多好啊！众大臣连忙陪着落泪。只有晏婴嘿嘿冷笑。景公不悦，责问晏婴笑什么。晏婴说道，您想一想，如果人能长生不死，真就麻烦了。姜太公到今天还做着齐国的诸侯，这个位置能轮到您吗？

晏婴的讽刺也够尖刻的。

再说您和池田大作先生的对话。我更注意的是您对池田大作的回应，谈到生死关系，您指出"死使生更加有意义。死是生的背景，生的结论，生的证明"，这使人想起海德格尔的"向死而生"。您还由印度文化对生死的感悟提到印度教对毁灭之神湿婆的崇拜，等等。

相较之下，我觉得中国人的生死观就显得独具特色。中国人也不是没有类似佛家的生死观，例如老子所谓："吾所以有大患者，为吾有身，及吾无身，吾有何患？"这种打穿后壁的话很有点佛家意味。庄子的"方生方死、方死方生"更是把生和死看成一回事，直达佛家的生死观。因此，有人说他是中国第一位大和尚。人说庄禅一家，很有根据。但中华文化的主流看法不认同庄子，王羲之就批评庄子"一死生为虚诞，齐彭殇为妄作"，还引了孔子的"死生亦大矣"作为论据。

整个地讲，中国人还是更认同以孔子为代表的儒家的生死观。

孔子的生死观，集中体现于他讲的六个字："未知生，焉知死。"与此相连的是另外一句话"未能事人，焉能事鬼"，这其实也是孔子生死观的另一种表述。活着的事我还没有搞清楚，哪里有可能搞清楚死后的事？人我还没侍候明白，怎么可能侍候鬼？

我由此想起庄子评价孔子讲过一句话:"六合之外,圣人存而不论。"六合就是天、地、东、西、南、北,是世界的别名。这句话的意思是,人间世界之外的事,孔子可能承认它存在,但绝不讨论它。

庄子是道家的代表人物,他不是孔子的粉丝,但是看来还是庄子最了解孔子。孔子关注的核心问题就是中国人的社会生活特别是道德生活。与人间生活没有关系的事,孔子很少关心,也很少讨论。孔子只关心人如何活着。

孔子的学生子贡追问老师:"死人,有知?无知也?"

老师你一定要回答我:人死后到底有没有知觉。孔子怎样回答呢?他这样回答:"赐,欲知死人有知将无知也,死徐自知之,犹未晚也。"死人有知还是无知这类问题你不必忙着考虑,等你死了自然就知道了。

还是没有回答。

说来说去,孔子是老实人,讲不清楚的问题,他一概拒绝讨论,不像今天一些大忽悠,专门不懂装懂,什么都敢谈,越不懂的越敢谈。

是不是也可以说,孔子只有"人生观",没有"人死观"?

王蒙:生死是相对相依、相生相克的。有死才有生,正像有生才有死一样。如果没有死,生的一切意义全部消失,一切的时间都丧失了意义,因为一切一切需要做的事都可以等到亿万年或无穷长后再考虑,无穷之后都是无穷,一切的有限与特定就都等于空无了。

八 只羡鸳鸯不羡仙

赵士林:就像贝多芬临终前的遗言:能活一千次该有多好啊!如果能活一千次,大概就不会珍惜人生了。这辈子混得不好还有下辈子嘛!人生的一次性使生命无比宝贵,也使人生意义问题格外严峻。

当然,孔子也说:"生,事之以礼;死,葬之以礼,祭之以礼。"

荀子也说:"生,人之始也,死,人之终也,终始俱善,人道毕矣,故君子敬始而慎终,终始如一。"

其实,"葬之以礼,祭之以礼"也好,"慎终"也好,都是给活人看的。都是通过祭祀死人来教训活人,通过纪念死人来尊重活人。

荀子又说:"大哉死乎!君子息焉,小人休焉。"

这话好像是在歌颂死,实际上不过是一种调侃。死真是不错啊,君子可以好好休息了,小人终于不能胡作非为了。

到了宋明理学,张载就讲:"存,吾顺事;殁,吾宁也。"活着,好好做事;死了,我就安宁了。

儒家如此,其实道家也是珍重此生。道家衍生出的道教,以长生为最高追求,这在世界各民族的宗教中都十分独特。如《太平经》讲"三万六千天地之间,寿最为善"。庄子讲"方生方死、方死方生",好像把生和死看成一回事,但你看他怎样阐释死,前面说了,"死,无君于上,无臣于下;亦无四时之事,从然以天地为春秋,虽南面王乐,不能过也。"这与其说是宣扬一种宗教式的寂灭解脱,不如说是颂扬一种审美式的自由欢乐。

即便是西方来的佛教,发展成为中国佛学——禅宗,宗旨也根本改变,开始讲"日日是好日""此身不向今生度,更向何生度此身""担水砍柴,无非妙道""春有百花秋有月,夏有凉风冬有雪",总之指向一种现世的精神安顿。

以孔子为代表的儒家所培育、为道家和佛教禅宗不同程度认同的生死观,培育了中国人专注此生的入世智慧。执着人生,珍爱人间,是中国人的基本文化取向。千年等一回,等的也是这辈子。这是一种全息的文化性格,不同层面的文化都体现了这个性格。例如民谣讲:"只羡鸳鸯不羡仙",大文豪说:"起舞弄清影,何似在人间",就连流行歌曲也唱:"在人间已是癫,何苦要上青天,不如温柔同眠。"最后民间谚语用一句话作了最精彩的总结:"好死不如赖活着。"这样一种文化性格,当然不会崇拜死亡之神、毁灭之神,不会把湿婆当做最高的神。

王蒙："死生亦大矣"云云，已经有对于死生的敬畏在其中。中国民间在对于阎王爷的传说中，也有着对于中国民间死神主持公道的敬意。对生命、生活的热爱珍惜，应该是人类的共识，原因恰恰在于死神的无情存在。基督教传教士强调的上帝的恩惠同样首先在于将每个个体生命的获得归恩于上帝。"君子息焉，小人休焉"，讲得没有什么调侃，除非读与听的人幽默满溢。幽默过度也不是由于生与死的对立，而是由于君子与小人都要面对生命与死亡，君子、小人对比了半天，一死，什么都解构了。能够从这样的生死大事中体味一点幽默，倒也可贵。

九　克制颓唐的生死观

赵士林：但是，问题来了。中国人再热爱生活，再留恋这个人间世界，他也要离开这个世界呀！好死不如赖活着，不管好死赖死，人都要死。不死的死终将夺去有死的生，面对死亡，人类感到格外惶惑，格外恐惧，因为他是有理性的存在，他意识到死亡而活着，他是走向死的生。

一次，一位古罗马统帅率领着他的百万大军行进。百万大军的行进，场面该是何等壮观！任何大片恐怕也很难描绘这个壮观场面。但是，这位统帅看着行进中的大军，突然落下了眼泪。旁边的部下问他："您是这百万大军的统帅，世界上还有比您更威风的吗？怎么还伤心落泪呢？"

这位统帅回答："一百年后，这百万大军都在哪里啊？"

这位统帅在百万大军的无比壮观的场面中，分明看到了死亡的无可抵御的阴影。

古希腊有个耐人寻味的神话：太阳神阿波罗和牧羊人伊达斯都看中了少女玛尔珀萨。两位争得不可开交，就来到众神之王宙斯面前，请他裁决。宙斯倒是很开明："还是让这位少女自己来选择吧！"

我们一般的想法是少女肯定选择阿波罗吧？但是她没有选择英俊的太阳神阿波罗，而是选择了放羊的凡人伊达斯。她为什么这样选择？你看她的理由："阿波罗是神，神是超越时间的，不死的，他会永远这样年轻。而我呢，总有一天会变成个老太太。那时候还怎样和他在一起？我不如嫁个凡人，和他一起慢慢变老吧！"

不朽属于神，人注定要走向衰老，走向死亡。因此大文豪歌德感慨："岁月给我们送来了昨天、今天和明天，但有一天他不送了，他给我们带走了昨天、今天和明天。"

王蒙：《列子·力命》中，讲到齐景公游于牛山，感动于邦国美景，想到迟早要死，哭了起来，两名佞臣随着哭，被晏子讽刺数落了一顿，最后齐景公承认错误，举觞自罚，并罚了二臣的故事。中华传统文化早就明白了死生相辅相依的道理。

赵士林：尽管也有不尽的忧伤和感慨，但是死亡问题对于虔诚的宗教徒是一个多少已经解决了的问题。他将在另外一个超越的世界，在天国获得永生。人生最后一个问题就是死亡，任何宗教的重要功能都是解决死亡问题，这才是所谓的"终极眷注"，对人生最终极的问题的眷注。宗教通过天国的设定，解除信徒的死亡恐惧，让他们相信死后有一个美好的永恒的世界等待着他，信上帝，就意味着不朽。

那么对于不相信另外一个世界的中国人，怎样解决这个问题呢？由于缺乏虔诚的宗教情怀，中国人面对死亡，更是充满无尽的悲哀。古往今来，最惊心动魄的就是感叹人生短暂的死亡诗篇。

因此，孔子首先喊出："死生亦大矣！"

你读《古诗十九首》："白杨何萧萧，松柏夹广路；下有陈死人，杳杳即长暮。"

你读陶渊明："人生似幻化，终当归空无。"这样一位伟大的隐士面对死亡也不能超然，仍不能解脱而慨叹。

就连曹操这一世枭雄，也不能不感慨："对酒当歌，人生几何？

譬如朝露,去日苦多。"

王蒙: 曹操该悲当然要悲,但他得出的并不是消极的结论。他的结论是:"山不厌高,海不厌深。周公吐哺,天下归心。"还有"老骥伏枥,志在千里;烈士暮年,壮心不已"。他就是以此岸的积极奋斗来克制个体生命对于生命将终的感伤颓丧。儒家思想仍是一个思路,而且有它的优越性。这也是文化的多元性。

十 "一个世界"的不朽

赵士林: 老百姓呢,谈到死亡同样充满无奈的感伤。你瞧这首打油诗:"城外土馒头,馅草在城里。一人吃一个,莫嫌没滋味。""莫嫌没滋味",没滋味也得吃,怕死也得死。中国人特有的幽默、调侃中透着无奈、感伤。

那么,面对无可逃避的死亡,中国人怎么办?前面说了,宗教徒在神的怀抱里解脱死亡,获得永生。不信这一套的中国人呢?他又如何解脱死亡的恐惧,获得永生。他不在神的怀抱里,不在天国,就在人世间,就在这一个世界里,完成生命的不朽。

十一 无神论以"无"为神

王蒙: 我对世界上的几大宗教,抱有足够的敬意,它们是人类在一定历史时期的精神文化想象。有这种想象是由于有这种痛苦、渴望、追求、恐惧与精神的热切愿望。世界的陌生感、神秘感、生老病死的大悲感,天地尤其是天给人顶级的伟大感与崇高感,世道人心的美化、善化与驯化期待,对于爱与宽恕、好运与保佑的期待,尤其是对于死后的另一世界的期待,都需要宗教的慰藉。人类创造了宗教世界,宗教充满了人类的主体性,它是另一个想象世界,给予着人世间所不能给予的一切。它的出现其实与文学艺术相当靠近,只是文艺诉诸审美,宗教诉诸信仰。宗教借助文艺的力量,其中包括经典、祷文的语言与奇迹传闻的力量,赞美诗的言词与合唱以及管风琴或木鱼或巨大藏式唢呐的乐器,教堂寺庙建筑、油画、雕塑、佛像、图案,等等。同时文艺也从宗教式的激情与信仰中得到启发与助力,当然同时也会受到教会的干涉与钳制。

同时,我也保持着足够的清醒。在你讲述宗教意识使得比尔·盖茨做了多么伟大的慈善事业的时候,我也不会忘记例如中世纪以宗教的名义对于哥白尼、伽利略等人的迫害。还有罄竹难书的宗教、教会的黑幕故事。雨果在《悲惨世界》中写了那个让冉·阿让变成圣徒的伟大的主教,同时他在《巴黎圣母院》中写下了令人毛骨悚然的教会黑幕故事。托尔斯泰在笃信宗教的同时,在《复活》与其他作品中痛斥了旧俄教会的各种黑暗。

从"终极眷注"论的角度来看,我认为唯物主义者的终极,甚至可以说是带有神性的终极,是自然,是物质,是客观世界,而且,还是历史、社会发展史。

你在另一处提到我的一句话,无神论是以无为神的。这里的"神"只作终极讲。我想我的意思不在于无神一词的语义学定义。无神论的主张是,世界只有此岸一个,天堂、地狱、极乐、彼岸之世界无;个体之精神生自物质,并随肉身的死亡而停止活动,独立的灵魂无;生命来自无,归于无,无而生生不已,生而终归于无。而正是这样一个"无",产生了与收回了,收回了又产生了大千世界。生于无而归于无。这难道不是极其伟大的唯物论、唯无论、自然论、大道论?正因为无是终极,所以道才能法自然,生而不有,为而不恃,功成而不居。

我们还可以想象一下世界上一些大科学家的宗教信仰。我体会他们的信仰有从俗从众的一面,因为他们也需要社会,需要与人民保持一致。与此同时,他们恰恰由于对于世界的深入探索,而产生并驱动他们的"终极眷注",使他们拜倒在伟大的世界面前,世界的具体性即 N 的面前,与世界的终极性,即 0 与 ∞ 面前,越是科学越要拜倒,这与愚夫愚妇的迷信不是一回事。

宗教对于苦、对于生死大限的个体来说,有某种安慰或转移的作用,对于处于狭隘极端情绪中的信徒来说,也可能起到煽情与负面的作用。域外的宗教热度其实已经比百年前不知道下降了多少了。庄子对于死亡的论述亲切镇静、合情合理,也是不错的。他的说法对于人们解决生死的不安,究竟起了多少作用呢?而中国的各种教徒,尤其是数量庞大的佛教徒,又作出了多少在生死焦虑与恐惧上的解脱与贡献呢?

中华传统文化对于解脱死的苦痛也有各种思路与说法。关键在于把握"终极眷注"的能力,而不在于是否皈依于某种宗教。比如在悼念死者的时候人们说"节哀顺变",不一定比说祝贺他进了天堂更无效或更不靠谱。比如,丁玲去世时冰心写的悼词是:"死而有知,也许有许多欢乐的重逢;死而无知,也减除躯壳上的痛苦。"还有各种的追悼告别仪式或活动,遗像、挽联、花圈、悼词、哀乐、白花、覆盖旗帜、追思研讨、周年纪念……全部丧礼与身后哀荣都体现着文化,都致力于使生者得到安慰与温暖,都致力于薪尽火传,精神延续,直到永垂不朽。

相反,在中国如果企图用基督教的丧葬文化取代当今的中国丧葬文化,恐怕走不通。义和团的历史经验,中外都不能忘记,急切的传教士热忱,急切地"己所欲,必施于人"的努力,只能引起古老的传统文化的被强暴的危险意识与激烈反抗,哪怕是相当初级阶段的反抗。

十二 肉体的不朽和精神的不朽

赵士林:说起不朽,不外乎两种:肉体的不朽和精神的不朽。在中国人看来,肉体的不朽靠传宗接代,因此中国人特别重视血缘亲情，重视家族关系。说起来，中国人格外重视生男孩，和这个传宗接代都有关系。古代社会，只有男孩才列入排行，女孩是不能排行的。女孩不列入排行，男孩才列入排行，这当然是重男轻女。但是为什么重男轻女呢？除了经济原因、政治原因之外，还有文化原因。对于中国人来说，他认为只有男孩才能传宗接代，女孩出嫁后就不是你家的了。这个看法说起来好像很荒唐，但是它却获得了现代科学的"证实"。现代遗传学已经破译了人体基因密码，也就是二十三对半染色体。生男孩和生女孩的奥秘被揭开了，在遗传学的层面上得到解释。原来，男性精子的染色体是 X 和 Y，女性卵子的染色体是 X 和 X。男性的 X 和女性的 X 结合，就生女孩。男性的 Y 和女性的 X 结合，就生男孩。这个 Y 非常重要。如果不发生基因突变，一个家族始终有男孩传下来，那么这个 Y 也就被传下来。这个 Y 真的就是这个家族的不变的骨血。从这个意义上说，男孩传宗接代的说法真的有道理。当然，讲这个道理不是让大家去重男轻女。

肉体上的不朽靠传宗接代，精神上的不朽呢？那就是著名的"三不朽"：太上有立德，其次有立功，其次有立言。

"太上"就是最高的意思。人生最高的不朽就是道德上的成就，能做圣人就圣人，做不了圣人做君子。中国人把道德不朽视为最高不朽，很有深意。孔子讲"我欲仁，斯仁至矣"，孟子讲"人皆可以为尧舜"，都是说追求道德的不朽。在追求道德不朽面前，人人平等。不管什么人，不管你是干什么的，只要你想在道德上有教养，都有可能。道德的不朽没有条件。从卖土豆的到国家总统，在道德的平台上都是平等的。这就在最高意义上宣示了人人平等。

人生的第二个不朽是"立功"，也就是建功立业。政治家安邦定国，军事家保家卫国，企业家富民强国，都属于"立功"，立功不像立德，要有点条件。什么条件？就是机会，还有运气。一个人不是说你想当总统就一定能当总统，想当将军就一定能当将军，想当李嘉诚就一定能当李嘉诚。立功除了个人奋斗外，还需要机会和运气配合你。

你的企业做得非常好呢,突然赶上个金融危机,你也没辙。

人生的第三个不朽是"立言",这是文化人的事。科学家搞科研,文艺家写诗做文章,理论家著书立说,都是"立言"。立言也有条件,那就是天赋。没有天赋,再努力成就也有限。不能说你喜欢写诗就一定能成为李白,你喜欢研究物理学就一定能成为爱因斯坦。冯友兰先生说得很俏皮:你可以说人皆可以为尧舜,但是你不能说人皆可以为唐太宗,人皆可以为李白。

王蒙:有趣,尧舜带有远古传说色彩。佛教讲"放下屠刀,立地成佛",讲"地狱不空,誓不成佛",却不能讲"放下屠刀,立地就业",或"监狱不空,誓不领薪"。尧、舜、李白、唐太宗,他们不在一个平台上。我们"大跃进"时曾经试过每县或每村培养一个李白,未成。

赵士林:哈哈!有趣!有理!

总之,"三不朽"都是人间的事。中国人就是在这人间的一个世界中寻找人生意义,创造人生价值,实现人生不朽。宋代大儒张载有名的"四句教",概括了中国人的人生哲学:"为天地立心,为生民立命,为往圣继绝学,为万世开太平。"这个"四句教",寄托着儒家的人生理想。"为天地立心"就是发挥"天地之性人为贵",培育一种仁者襟怀。"为生民立命",就是实现孔子所说"富之教之",孟子所谓"仁政王道",建立一个和谐的社会。"为往圣继绝学,为万世开太平",就是继往开来,弘扬优秀传统,开拓新的生活,走向一个和谐的世界。

中国人就是这样,以一种实用的智慧执着人生、热爱人生。就像李泽厚师所说:"生命多么美好,自然如此美妙,天地何等仁慈!那么,又何必去追求虚无,讲究寂灭,舍弃生命,颂扬苦痛,皈依上帝呢?就好好地活在世界上吧!"

十三　君权和神权的行政管理

王蒙:中国的一个特点是,域外多有君权神授,中国则是神权君授。有些宗教国家，君王就位时需要在宗教与行政仪式上得到宗教领袖的认可与祝福，是谓君权神授。但是，中国不一样，中国的许多神灵，都是反而要得到君王的册封。其原因可能是由于你讲的民间认为所有过世者皆可成为神，同时也就可以成鬼、成妖、成魔，太多太乱了需要政权的行政管理。不仅是过世者，一切自然存在与三百六十行都可能有自己的神祇，如土地公、树神、河神、牡丹仙子；还有财神、送子观音、红线老人等。神（魔）世界如此混乱嘈杂，需要天子某种程度的治理。例如，许多朝代都有册封泰山的典礼，再如皇帝可以册封关帝庙等民间神祇。

权力系统对于神界的治理不仅限于册封，中国帝王权力还有反邪教斗争的传统。外国也有邪教，美国的人民圣殿教，一九七八年发生在圭亚那琼斯镇自杀与谋杀九百多名教徒的事件，一九九五年日本奥姆真理教在地铁站使用沙林毒气杀人，更是骇人听闻。而中国的邪教，常常成为民间武装叛乱的导火索，它们有农民起义、造反有理的一面，又有愚昧无知的负面因素。

中国宗教势力的有限性，其后果除了没有那么多宗教战争、宗教冲突，不搞十字军东征以外，且有另一好处，历史上大变化的关头，宗教不容易成为保守与牵制的力量。例如，后现代时期，西方很重视对于同性恋者的开放态度。我们改革开放以来，虽然不可能做到对于同性恋的极大开放，但确实也改变了过去将同性恋视为流氓行为的态度，这与中国没有保守的宗教势力作梗关系不小。

赵士林：同性恋已经合法化，这是一个进步。中国也讲君权神授。这个神在上古是天帝、天命。例如，商纣王快玩儿完了，还坚信自己的王位是天命授予，谁也不能把他怎么样。周的进步就是认为，天命并不是无条件地护佑天子，所谓"天命靡常"，天命要通过老百姓体现出来。所谓"天视自我民视，天听自我民听"。中古的君权神授，最典型的是唐高宗追封老子为太上玄元皇帝，这一方面如您所说，是世俗的皇帝加封神仙，但另一方面恰好是要通过神仙增添自己统治的神圣性。问题的关键,一个是文化传统,另一个是权力结构。世俗权力始终做大的中国,宗教从来没有形成西方中世纪那种权威和地位。例如佛教最盛之时,尽管是"南朝四百八十寺",但沙门敬不敬王者的争论还是以僧侣要跪拜皇帝告终。西方一直存在着教权和王权的激烈斗争。教皇格里高利七世革除神圣罗马帝国皇帝亨利四世教籍,逼得亨利四世不得不跑到教皇驻地卡诺莎堡请罪,是教权占了上风。后来亨利四世地位稳固后,发兵攻打罗马,废了格里高利七世,另立克莱门特三世为教皇,王权又占了上风。法王腓力四世烧毁教廷敕令,囚禁并羞辱教皇卜尼法斯八世,甚至将教廷从罗马迁到了法国的阿维农,史称"阿维农之囚",七任教皇都是法国人。从此王权就一直占上风了。

十四 关于三教合一

王蒙:儒、释、道三教合一,极其独特地反映了中华文化的一生多、多归一、一即一切、一切即一的方法论。三教合一的主张最初出现在北魏吧,那个时候佛教盛行。到了唐代,三教合一就很流行了。这种合一、混一的主张,有利有弊。一方面养成了学理上马马虎虎、不求甚解、不讲求准确性严谨性的毛病;另一方面呢,也解放了接受某种主张的信仰者的头脑,扩大了某种学派成员的选择空间,同时弱化了不同学派、不同信仰、不同宗教的价值争执和文化冲突。

至于中国民间,这种类似"三教合一"的现象多有所见,显得天真可爱,莫名其妙。陕西神木二郎山上的二郎庙中,诸神殿供奉着如来佛、观音菩萨,也供奉着道教的神祇三清、玉皇大帝、王母娘娘,还有南宋抗金名将韩世忠、梁红玉夫妇的神像。

我在江南的老式"家庙"中,还看到过贾宝玉的神位,宝玉也是可以跪拜的,因为皇上封了他"文妙真人"的神祇头衔。

山西悬空寺,明确了是三教合一的寺庙,你看少林寺的三教合一碑文尤其精彩:佛教见性,道教保命,儒教明伦。极大地简化,极大地和合,很容易接受。大学问家当然不容易接受这种合杂为一,于是,人民更不容易接受大学问家。

赵士林:少林寺那尊浮雕也很有趣,正面看是佛祖,左面看是孔子,右面看是老子。

王蒙:合一混一的文化,直到后世,传播到民间,便成就了国人"齐不齐,一把泥",还有"难得糊涂",成就了对"混沌"的崇拜,成就了抹稀泥、捣糨糊的"差不多"先生。"五四"时期胡适还专门写了一篇文章,叫《差不多先生传》,严厉抨击中国人的不科学、不认真、图凑合、大概其的作风。毛泽东也强调:"世界上怕就怕认真二字,共产党就最讲认真。"

赵士林:你对合一混一的分析体现了你的一贯风格,博取广纳,思虑周详,并且特别富于生活化的智慧。合一混一的思维方式,确乎有你指出的两面性。一方面不能不伤害学理的自洽,另一方面却形成了包容的心态。三教合一到了宋代,无论知识分子还是民间社会都已经欣然接受,到了明代,就出现了"三一教"。我觉得你的分析触及中华传统文化的一个非常重要的问题,中国人究竟如何对待宗教、中国宗教的性格问题。

王蒙:合一混一,上海俚语的"捣糨糊",北京土话的"齐不齐,一把泥",都有庄子的"齐物论"色彩,都有阿 Q 精神,也都具有一种缓解矛盾、异见,挂出免战牌,自慰与自足的含义。冯友兰先生强调:不是仇必仇到底,而是仇必和而解。宗教分歧也是如此。中国的混一精神、混一态度,往低处发展,就是稀里糊涂打个马虎眼,万事不必较真,更不必较劲,一切不过如此。往高处走就是尚同、尚一、尚和、尚高了再高,最后达到矛盾的意义淡化乃至于丧失。

至今这样一种方法仍然有其用场。

后　记

早在三十年前,我已经在文化部结识了师从李泽厚先生的赵士林博士。后来,他担任了中央民族大学的教授、博导,他是科班出身的中国哲学史与宗教学专家。我的专业是文学,我的主业是小说。古语讲什么"青春作赋,皓首穷经",我则自吹"青春作赋赋犹浓,皓首穷经经更明"。

我谈孔、孟、老、庄、《红楼梦》、李商隐等是兴趣,是遐思,是感悟与思辨的智力训练,是小说家言,也给自己换换脑筋。《汉书·艺文志》:"小说家者流,盖出于稗官,街谈巷语,道听涂说者之所造也。"当然,我不止于注意街谈巷语,还注意回味与总结,证明与证伪。与科班学术放到一起,深知自己"野路子"的不足恃。

与士林对谈学术,是我的一个学习,我欣赏他的全面涉猎与旁征博引,长知识、长见闻。与他交流特别是与他"抬杠",是我一大乐趣,从中受到启发和补充。我积极学习,觉得不妨换一个角度与思路的,就与之抬抬杠,更添嘚瑟。本书他整体设计与起头,我搭讪、延伸、另起炉灶,乃至君子之争,和而不同。人生一乐,书生快意,以小说家言对博士宏论,或可解颐与?

谢谢人民出版社的辛广伟总编辑,没有他的创意与设计,当无此书。

王蒙　记于戊戌年深秋
人民出版社 2019 年初版